Cat Patrick
Tornado im Kopf

Der bemerkenswerten Adiline M. gewidmet –
einer wahren Naturgewalt

CAT PATRICK

TORNADO IM KOPF

Roman

Aus dem Englischen
von Petra Knese

BELTZ
& Gelberg

Cat Patrick lebt mit ihrer Familie in der Nähe von Seattle. So oft es geht, fahren sie ins vier Stunden entfernte Long Beach, um Marshmallows zu grillen und Papierdrachen zu entwirren. An diesem besonderen Ort ist auch Cat Patricks erstes Kinderbuch *Tornado im Kopf* entstanden.

MIX
Papier aus verantwortungsvollen Quellen
FSC® C089473

Dieses Buch ist erhältlich als:
ISBN 978-3-407-75849-1 Print
ISBN 978-3-407-75850-7 E-Book (EPUB)

Die Originalausgabe erschien 2020 unter dem Titel *Tornado Brain*
bei J. G. P. Putnam's Sons, New York
Dieses Werk wurde vermittelt durch die Literarische Agentur
Thomas Schlück GmbH, 30161 Hannover
Übersetzung: Petra Knese
Lektorat: Isabelle Ickrath
Neue Rechtschreibung
Umschlaggestaltung: Eiko Ojala
Herstellung und Satz: Viola Felicitas Hessemer
Druck und Bindung: Beltz Grafische Betriebe, Bad Langensalza
Printed in Germany
1 2 3 4 5 25 24 23 22 21

Weitere Informationen zu unseren Autor_innen und Titeln finden
Sie unter: www.beltz.de

PROLOG

FAKE: TORNADOS ZIEHEN IMMER NACH NORDOSTEN

Früher haben die Leute geglaubt, Tornados würden bloß in eine Richtung ziehen, nämlich nach Nordosten, aber das stimmt nicht. Manchmal ziehen sie auch nach Südwesten. Und manchmal berühren sie die Erde nur kurz und werden gleich wieder in den Himmel gesogen. Das ist enttäuschend. Manchmal geht es auch hin und her und her und hin. Tornados sind unberechenbar.

Ginge ein Tornado in die Schule, würden ihn die Mitschüler sicher schief ansehen. Der Schulpsychologe würde sein Verhalten als »sprunghaft« bezeichnen. Und seine Mutter würde versuchen, ihn in die gleiche Richtung zu drängen wie die anderen Tornados, damit er nicht aus der Reihe tanzt. Aber vielleicht macht es dem kleinen Tornado gar nichts aus, anders zu sein als die anderen, auch wenn er dann kaum Freunde findet.

Das kann ich gut nachvollziehen, denn ich hatte auch bloß eine Freundin und jetzt habe ich gar keine mehr. Ziemlich komplizierte Geschichte.

Wir haben uns während eines Tornados kennengelernt.

Und zwar in der ersten Vorschulwoche. So ganz gut kann ich mich nicht mehr erinnern, schließlich war ich noch klein und mein Gehirn tickt ohnehin ein wenig anders, aber so in etwa muss es gewesen sein: Alle waren draußen beim Freispiel. Ich bin immer wieder um den Spielplatz herumgelaufen und habe an Achterbahnen gedacht, von denen ich damals ganz besessen war, dabei habe ich mich an der Absperrkette entlanggehangelt, weil ich die Finger so gerne in die Kettenglieder stecke und auch den Metallgeruch an der Hand mag. Die meisten mögen ihn nicht.

Manchmal fällt mir gar nichts auf und manchmal fällt mir alles Mögliche viel zu sehr auf. An dem Tag sprang mir das Windrad hinterm Spielplatz ins Auge, weil es sich nicht mehr drehte. Bei uns in Long Beach, Washington, ist es immer windig – so windig, dass jedes Jahr im August ein internationales Drachenfest stattfindet. Aber als das Windrad plötzlich still stand, war es anders. Und wenn irgendwas anders ist, fällt es mir gleich auf. Die unheimlichen graugrünen Wolkenmassen dahinter waren ebenfalls anders. Trichterwolken mit so einer Form nennt man eine Mesozyklone. Ein tolles Wort.

Ob auch eines der anderen Kinder beobachtet hat, wie aus diesem wirbelnden Wolkenschlauch ein Tornado wurde, weiß ich nicht. Wahrscheinlich habe ich als Einzige in den Himmel geschaut, statt Schwingball zu spielen oder Schweinebaumel an der Turnstange zu machen. Wenn ich kopfüber hänge, wird mir immer schwindelig.

Vor meinen Augen berührte der wirbelnde Wolkenschlauch die Erde und kam auf uns zugerollt, ließ Dinge durch die Luft fliegen, die wie Käfer aussahen, aber in Wirklichkeit Mülleimer waren. Als dann die Sirenen ertönten, musste ich mir die Ohren zuhalten. Die anderen Kinder rannten sofort nach drinnen, aber ich nicht. Ich lief in aller Seelenruhe … auf den Tornado zu. Sobald ich die Hände von den Ohren nahm, hörte ich Zuggeräusche, erst aus der Ferne und dann immer lauter. Der schmale Hals des Tornados wurde dicker, während er alles mögliche Zeug schluckte, kleine Bäume ausriss und durch die Luft schleuderte und sogar einen Strommast nach oben saugte, der wie ein Feuerwerk Funken spie.

Ich wurde auch aufgesaugt – von einem Erwachsenen. Der riss mich hoch und rannte mit mir zum Gebäude. Dabei sah ich noch, wie der Tornado den Zaun um den Spielplatz verschlang. Wahrscheinlich das Coolste, was ich jemals beobachtet habe.

»Hast du sie nicht mehr alle?«, brüllte mir der Erwachsene ins Ohr.

Ein Audiologe hat mir mal gesagt, dass ich besser hören kann als der Durchschnitt, deswegen tat es echt weh. Falls ihr nicht wisst, was ein Audiologe ist, das ist ein Mediziner, der sich mit Gehörverlust und Gleichgewichtssinn befasst. Mit beidem habe ich keine Probleme, aber ich bin trotzdem bei so einem Audiologen gewesen, außerdem bei vielen anderen Medizinern, die alle mit -ologe enden.

Wieder hielt ich mir die Ohren zu, hörte den Mann aber trotzdem noch brüllen: »Du musst tun, was man dir sagt! Du hättest tot sein können!«

»Ist nicht meine Schuld«, schrie ich zurück. »Mir hat niemand was gesagt.«

Während ich auf dem Arm des Erziehers auf und ab hüpfte, drehte sich unser Windrad wieder, und zwar rasend schnell, bis es in einer ungestümen Tornado-Umarmung verschwand und nicht mehr zu sehen war. Der Erzieher stürmte mit mir ins Haus und weiter durch den Flur in die Cafeteria. Ohne die Ablenkung durch den Tornado spürte ich den schmerzhaften Griff des Erziehers an Beinen und Rücken. Ich machte mich steif und rutschte ihm vom Arm. Als wir endlich in der Cafeteria ankamen, wo sich alle anderen Kinder und Erzieher unter den Tischen versteckten, hielt er mich unter den Achseln, während meine brettsteifen Beine in der geblümten Caprihose wie ein Pendel hin und her schwangen. Mir taten die Achseln weh, als er mich schließlich neben einem Tisch mitten im Raum absetzte.

»Hab sie gefunden«, sagte er zu meiner Erzieherin. Ihren Namen weiß ich nicht mehr, ich mochte sie auch nicht besonders.

»Komm hier runter, Frances«, rief sie. »Setz dich zu mir. Brauchst keine Angst haben.«

»Ich heiße Frankie.« Damit kroch ich unter den Tisch. »Und das weiß ich selbst.«

»Du hast uns einen ganz schönen Schreck eingejagt, Frankie«, sagte sie und strich mir übers Haar. Mal ehrlich, ich weiß echt nicht, warum die Leute glauben, das wäre beruhigend.

»Fass mich nicht an«, fauchte ich und rückte so weit wie möglich von ihr ab. Erst sah sie mich überrascht an, dann verzog sie das Gesicht und wandte sich dem Mann zu, der mich getragen hatte.

»Ich wollte doch nur gucken«, sagte ich leise zu mir selbst.

»Was wolltest du gucken?«, fragte ein Mädchen neben mir. Ihr kupferrotes Haar war zu zwei Zöpfen geflochten und mit roten Schleifen verziert, sie hatte unfassbar viele

Sommersprossen auf Stirn und Wangen und sah verängstigt aus.

»Ich habe den Tornado gesehen!«

»Ich will zu Mami«, jammerte sie, bevor sie den Daumen in den Mund steckte. Nun sah sie aus wie ein Baby. »Holt er uns?«, fragte sie. Mit dem Daumen im Mund war sie schlecht zu verstehen. »Sterben wir? Ich will nicht sterben. Ich will Sängerin werden. Wollen wir uns an den Händen halten?«

Auf keinen Fall wollte ich ihre Hand halten, die sie gerade im Mund hatte. Ihre Fragen türmten sich bei mir im Kopf.

»Was?« Fragend blinzelte ich sie an.

»Ich heiße Colette«, antwortete sie.

»Das wollte ich gar nicht wissen.«

»Wie heißt du?«

»Frankie.«

»Ich hab Angst«, sagte sie.

Ich bekam erst Angst, als das Zuggeräusch so laut wurde, dass die Scheiben klirrten. Da klammerte sich Colette an mich und ich ließ es einfach geschehen. In seiner berechenbaren Unberechenbarkeit drehte der Tornado im letzten Moment nach Südwesten ab, bevor er zurück in die Wolke gesogen wurde, was wir da natürlich noch nicht wissen konnten. Später hieß es auch, dass er auf der Erweiterten Fujita-Skala eine F3 war, was als »stark« gilt. Was ich da ebenfalls noch nicht wusste.

Klar war mir bloß, dass auch ich Angst hatte. Ich presste meine Wange an Colettes und schlang die Arme um sie. Wahrscheinlich war sie der erste Mensch außerhalb meiner Familie, den ich umarmte.

»Lass uns Freundinnen werden, wenn wir nicht sterben«, sagte Colette.

»Okay.«

Wir starben nicht und so wurden wir Freundinnen.

1. TEIL

FREI-TA-TA

1. KAPITEL

FAKT: IN MANCHEN TEILEN DER USA HABEN SCHULEN EXTRA TORNADO-SCHUTZRÄUME.

COLETTE VERSCHWAND am zweiten Freitag im April gegen Ende der siebten Klasse. Siebeneinhalb Jahre nach dem Tornado in der Vorschule. Da waren wir seit zwei Monaten keine Freundinnen mehr.

Bevor ihr Verschwinden überhaupt bemerkt wurde, war es ein stinknormaler Morgen. Mom stand um halb sieben in meiner Tür. Ich bekam fast einen Herzinfarkt, als ich die Augen aufschlug und sie da stehen sah.

»Du weißt, dass ich das nicht leiden kann!«, murrte ich.

»Guten Morgen, Frankie«, flötete Mom. »Du musst dich für die Schule fertig machen.«

Ich schloss die Augen wieder. Abends hatte ich nicht einschlafen können, weil mir so viele Dinge gleichzeitig im Kopf herumschwirrten, und wenn mein Kopf so voll ist, kann ich irgendwann gar nicht mehr abschalten. Außerdem hatte ich vergessen, die Vitamine zu nehmen, die mir beim Einschlafen helfen sollen. Und dann bin ich nachts noch zweimal aufgewacht, einfach so, einmal um halb drei und einmal um fünf. Ich schlafe dann ganz schwer wieder ein. Insgesamt hatte ich vielleicht vier Stunden Schlaf bekommen.

Ich rieb mir die Augen und verkroch mich unter der Decke, in der Hoffnung, Mom würde sich verziehen. Doch die Gerüche, die sie mitgebracht hatte, verzogen sich nicht: leckeres Shampoo und ekliger Kaffee. Ich stellte mir die beiden als Comicfiguren vor, Kaffee-Geruch stürzt sich auf Shampoo-Geruch, der setzt sich aber zur Wehr und stößt Kaffee-Geruch von sich und …

»Bist du wach, Frankie?«, fragte Mom.

Jetzt schon.

In letzter Zeit hatte ich mir Mühe gegeben, mich gut zu benehmen, deshalb riss ich mich zusammen und schrie sie nicht an, sie solle verschwinden, damit ich in Ruhe aufwachen konnte. *Nicht brüllen*, sagte ich mir ganz laut im Kopf. *Pass dich ihrer Stimme an.*

Ich öffnete die Augen und sah sie aus der Waagerechten an, denn ich lag auf der Seite.

»Hi«, knurrte ich. Meine mürrische, müde Stimme klang so gar nicht wie ihre. Doch das schien sie nicht zu stören.

»Heute ist Freitag!«, verkündete sie. »Oder weil du heute früher Schluss hast, sollte ich vielleicht sagen: Frei-ta-ta!«

Freitags kamen wir schon um 11.25 Uhr aus der Schule, das machte drei Stunden und fünf Minuten oder drei Unterrichtsstunden, von denen die erste auch noch Stillarbeit im Klassenzimmer war, es sei denn, man war ein Superstreber und kam davor noch zur Frühstunde, das war aber viel zu früh für mich.

»Hhmm«, brummte ich und drehte mich herum. »Ich bin wach, du kannst gehen.«

»Du kennst die Regel«, antwortete Mom. »Ich gehe erst, wenn du aufgestanden bist.«

Das ist die dämlichste Regel überhaupt!, schrie ich im Kopf. Es nicht laut herauszubrüllen, bereitete mir fast körperliche Schmerzen, aber ich dachte an meinen Vorsatz, mich gut zu betragen, zählte bis zehn und schaffte es, nicht zu brüllen. Ich schlug die Decke zurück und sprang aus dem Bett, vornübergebeugt, mit geballten Fäusten und gerunzelter Stirn. Aber ich stand.

»Bitte schön«, sagte ich.

»Danke«, antwortete Mom, was mich nervte.

Damit ihr das nicht in den falschen Hals bekommt, sollte ich an dieser Stelle wohl mal sagen, dass ich meine Mutter liebe. Sie ist auch nicht fies oder so. Bloß … mich bringen Dinge immer ganz schnell auf die Palme. Oder sie berühren mich gar nicht. Entweder ganz oder gar nicht, fast nie in der Mitte. Deshalb bin ich wohl auch manchmal unglücklich. Weiß nicht genau. Egal.

Als meine Mutter endlich ging, zog ich meine weichste Skinny Jeans an, die ich mindestens zweimal die Woche trug. Heute hatte ich aber das Gefühl, dass mir die Nähte in die Oberschenkel schnitten, deshalb wechselte ich die Jeans. Ich zog meinen schwarzen Hoodie mit den Daumenlöchern an, spürte einen Moment lang nach, fand es okay. Die Nähte von den anderen Jeans störten mich auch, deshalb schlüpfte ich in ein Paar Leggings. Die hatten zwar ein Loch im Knie, waren aber sonst in Ordnung. Mit dem Fingernagel bohrte ich in dem Loch herum, bis es noch größer war.

Dann stopfte ich die halb fertigen Hausaufgaben in den Rucksack und ging mir die Zähne putzen. Im Spiegel war ein Mädchen, das mich anstarrte: wildes, kinnlanges Haar, ein viel zu langer Pony, braune Augen mit dunklen Ringen und aufgesprungene Lippen. Als ich nach meiner Zahnbürste griff, entdeckte ich ein Haar. Ich schmiss sie weg und suchte im Schrank nach einer neuen. Dabei fand ich ein Haarband, das ich früher ständig getragen hatte. Aus Spaß band ich es um und hätte Colette gerne ein Foto davon geschickt, weil es so bekloppt aussah, aber das ging ja nicht, weil wir nicht mehr befreundet waren. Nachdem ich im Bad fertig war, ließ ich das Haarband einfach fallen.

Ich zog mir die Kapuze über die wirren Haare. Aus dem Minikühlschrank in meinem Zimmer nahm ich mir Milch und kippte Getreideflocken in eine Schale, die einzige Sorte, die ich mag. Ich checkte meine Tornado-App und las von einem Tornado der Kategorie EF2, der letzte Nacht in Birmingham, Alabama, gewütet hatte. Social Media schenkte ich mir, weil ich nicht die ganzen Bilder von Colette und ihren Freunden sehen wollte.

Ich zog mir die Jacke an und stiefelte los. Ich wäre zu gerne auf meinem Lieblingsfahrrad, einem gelben Beach Cruiser, zur Schule gefahren, aber es war nicht da, wo es hätte sein sollen, deshalb musste ich laufen. Nach ein oder zwei Minuten summte mein Handy.

MOM

Hast du deinen Rucksack dabei?

Ich lief zurück, um ihn zu holen. Mom stand in der Tür, den Rucksack in der einen und einen Proteinriegel in der anderen Hand. Ihr dunkles Haar war zu einem straffen Knoten gebunden, was schmerzhaft aussah. Unwillkürlich fasste ich mir an den Hinterkopf.

»Vergiss bitte nicht, zu essen!«

»Bestimmt nicht.« Damit wandte ich mich zum Gehen um. Ständig ermahnte sie mich zu essen. Das machte sie mit anderen doch auch nicht, nur mit mir. Wahrscheinlich musste man mich manchmal tatsächlich daran erinnern, aber es nervte trotzdem.

»Ich will nicht, dass du eine Hungerlaune bekommst«, sagte sie.

Dafür gibt es im Englischen ein eigenes Wort, wusstet ihr das? Hangry. Aus *angry*, wütend, und *hungry*, hungrig. Ehrlich wahr. Ich hab's nachgesehen.

»Ich bin alt genug, um zu wissen, wann ich essen muss«, maulte ich.

»Ja, mit dreizehn bist du alt genug«, antwortete sie, als wollte sie auf irgendetwas anderes hinaus. »Hast du dir die Zähne geputzt?«

»Ja.« Hatte ich das wirklich? Ganz sicher war ich mir nicht. »Tschau.«

»Viel Spaß, Frankie. Ich hab dich lieb!«

Knurrend zog ich wieder los, nahm den Weg am Strand entlang, damit ich notfalls im Wind rumschreien konnte. Heute war mir zwar nicht danach, aber ich finde es gut, mehrere Möglichkeiten zu haben. Ich entscheide nämlich gerne selbst, was ich tue und lasse, dabei habe ich das Gefühl, alle wollen mich ständig rumkommandieren. Bloß dauert der Strandweg länger als der direkte Weg. Aus einer geraden Linie von A nach B wird ein stumpfwinkliges Dreieck.

Wisst ihr, was das ist? Geometrie. Super Sache, und die mag ich.

Ich komme so oft zu spät zur Schule, dass die Fluraufsicht nicht mit der Wimper zuckte. Ich verstaute ein paar Bücher und den Proteinriegel in meinem Spind, den ich mir mit niemandem teilen muss, weil ich es hasse, wenn fremde Bücher meine berühren. Auf dem Weg zum Klassenzimmer hinterließ ich auf dem Flur eine Sandspur, so wie die Brotkrümel bei Hänsel und Gretel. Es läutete schon zum Unterricht, doch Mrs Garrett sagte nichts, als ich zu spät eintrudelte.

Alle anderen saßen bereits auf ihren Plätzen, die meisten unterhielten sich mit ihren Nachbarn. Darin bin ich nicht so gut, ich mag dieses Gequatsche nicht. Weder das Wort noch die Tätigkeit.

Ich setzte mich an meinen einsamen Tisch am Fenster und checkte noch mal die Tornado-App. Leider keine neuen Infos.

»Alle Handys vom Tisch, sonst kassier ich sie ein«, sagte Mrs Garrett. Auch wenn einige stöhnten, ließen alle ihre Handys verschwinden. Natürlich nicht wortwörtlich. Ich gehe ja nicht auf die Hogwarts-Schule für Hexerei und Zauberei.

Mrs Garrett redete weiter. »Keine Müdigkeit vorschützen. Wir wollen ja was schaffen. Anna und Daphne, ihr seid auch gemeint. Marcus! Hör endlich auf zu kramen.«

Im Klassenzimmer wurde es still. Jeder widmete sich seinen Hausaufgaben. Ich schlug *Ruf der Wildnis* auf, das von einem Hund namens Buck handelt, der im eisigen Yukon lebt. Oft gefallen mir Bücher nicht, die ich lesen muss, aber dieses mochte ich, obwohl ich es mir nicht freiwillig ausgesucht hatte.

Auf einmal steckte Mrs Faust den Kopf ins Klassenzimmer, eine Expertin, die mich in der Schule immer im Blick behält. Wahrscheinlich ist sie ganz in Ordnung, bloß bin ich die Einzige, die von jemandem überwacht wird, deshalb tat ich so, als würde ich sie nicht bemerken. Irgendwann verzog sie sich wieder. Mrs Faust wurde mir zugewiesen oder so, jedenfalls ist es ihr Job, nach mir zu sehen, aber das war nicht mein Problem. Ich wollte sie einfach nicht in meiner Nähe haben.

Nachdem ich schon ein paar Kapitel gelesen hatte, spürte ich plötzlich Mrs Garretts knochige Hand auf meiner Schulter. Ich schreckte zurück und biss mir auf die Zunge, damit mir nichts rausrutschte, was sie womöglich unhöflich fand. Ich hatte nämlich keine Lust, dass sie meine Mutter anrief. Schnell fasste ich mir an die andere Schulter, um wieder ausgeglichen zu sein, und schaute auf meine Notizen. Während des Lesens hatte ich ein paar winzige Tornados gezeichnet.

»Tut mir leid, Frances«, sagte sie und sah beschämt drein.

»Ich heiße Frankie«, rutschte es mir heraus. Zum Glück ging sie nicht weiter drauf ein.

»Ich entschuldige mich nochmals. Ich weiß, dass du es nicht magst, wenn man dich anfasst, aber du hast nicht reagiert, als ich dich angesprochen habe.« Ich verrenkte mir fast den Hals, um zu ihr hochzuschauen, denn Mrs Garrett ist wolkenkratzermäßig groß (ich übertreibe schamlos). Sie redete immer noch. »Ähm, mir ist aufgefallen, dass du das Buch für Englisch liest, was großartig ist, aber ich wollte sichergehen, dass du auch deine Mathehausaufgaben fertig hast. Uns bleiben nur noch ein paar Minuten und Mr Hubble bat mich, darauf zu achten. Er meinte, dass du gestern …«

»Sind in meinem Rucksack«, warf ich ein. Das war nicht gelogen. Die Hausaufgaben waren wirklich in meinem Rucksack. Aber sie waren erst halb fertig.

»Verstehe.« Mrs Garrett legte den Kopf schief, so wie es unsere Hündin manchmal tut.

Hinter Mrs Garrett schielten die Schüler in den normalen Reihen neugierig zu uns herüber. Tess lächelte mit dem Mund, aber nicht mit den Augen, ein aufgesetztes Lächeln, das ich verwirrend fand. Kai lächelte mich mit Mund und Augen an, ein echtes Lächeln, das mich aus anderen Gründen verwirrte; und Mia lächelte gar nicht, sondern starrte bloß, was mich kein Stück verwirrte. Ich funkelte alle böse an, bis sie sich wieder abwendeten.

Mrs Garrett wollte gerade noch was sagen, vielleicht mich bitten, ihr die Mathehausaufgaben zu zeigen, doch da ertönte das Klingelzeichen für die Lautsprecherdurchsage. Total unerwartet, sonst gab es die Durchsagen immer dienstags und heute war ja nicht Dienstag. Und wenn, dann auch zu Beginn der Stunde und nicht am Ende.

»Achtung, Achtung«, erscholl die Stimme der Schulsekretärin. »Alle Schüler und Lehrer werden gebeten, sich in der Aula einzufinden. Unverzüglich, aber ruhig und geordnet. Direktorin Golden wird eine Ansprache halten. Vielen Dank.«

Mrs Garrett sah mich ein paar Sekunden lang völlig entgeistert an, doch dann bat sie alle, aufzustehen und sich in die Aula zu begeben. Kai verließ das Klassenzimmer mit seinen Freunden und lächelte mich dabei die ganze Zeit wieder so an wie vorhin. Verwirrt wartete ich, bis alle draußen waren, und trat erst dann in den Flur.

Kai lief, als würde er vor Lachen gleich zusammenbrechen. Er klopfte sich auf die Schenkel, als Dillon ihm von einem überehrgeizigen Touri erzählte, der sich im Skaterpark hingelegt hatte. Kai trug dunkelblaue Skatershorts und Sneakers mit Schachbrettmuster zum Reinschlüpfen; sein glänzendes schwarzes Haar wirkte besonders interessant, so als wäre eine Windböe von hinten reingefahren und dann wäre es so festgefroren. Über dem linken Ellbogen hatte er eine verschorfte Stelle, die ich eklig fand.

Ihre Unterhaltung wurde leiser, dann drehte sich Dillon zu mir um. Sofort wandte ich den Blick ab.

Übrigens finden die meisten Leute, dass unsere Schule, die Ocean View Middle School, extrem seltsam aussieht. Vor etwa fünf Jahren, als die Schule allmählich baufällig wurde, wurde sie nicht abgerissen und neu gebaut, sondern einfach angebaut. Der vordere Teil mit den Büros, der Cafeteria, den Mathe- und Englischsälen ist hell und sauber, doch der hintere Teil mit der Aula, dem Kunstatelier und den Musikräumen ist dunkel und müffelt nach alten Turnschuhen.

Im Flur strecke ich gerne die Hände zu den Seiten aus und fahre an den Wänden entlang, denn ich mag nicht, wenn andere neben mir gehen, weil sie mich manchmal anrempeln. Genau das tat ich auch, als Tess neben mir auftauchte.

Spindeldürr und groß, allerdings nicht so groß wie Mrs Garrett, wobei Tess ein wenig krumm geht, als wollte sie sich kleiner machen. Ihr glattes schwarzes Haar war seitlich gescheitelt. Um Blickkontakt aufzunehmen, musste sie den Haarvorhang hinters Ohr klemmen. Blickkontakt war mir unangenehm.

»Hast du Ärger bekommen?«, fragte sie leise und zog ihre akkuraten Augenbrauen in die Höhe. Fasziniert betrachtete ich sie. Augenbrauen sind schon was Seltsames. Sie sind nie genau gleich. Immer gibt es …

»Frankie?«

»Hhmm?«

»Ich habe gefragt, ob du Ärger bekommen hast?«

»Wofür?«

»Weil du die Hausaufgaben nicht gemacht hast?« Nun flüsterte sie quasi. Tess sprach so superleise, als wollte sie nicht, dass einer mithörte. Ich verstand sie kaum.

»Ich habe sie doch gemacht.« Was nicht direkt gelogen war. Ich hatte einen Teil gemacht. Und außerdem ging das Tess auch überhaupt nichts an. Irgendwie gelang es mir, den Gedanken für mich zu behalten. Obwohl ich immer hungriger wurde, benahm ich mich heute soweit ganz gut. Außer, als ich Mrs Garrett vorhin angeranzt habe. Doch da sie es mir anscheinend nicht übel genommen hat, zählte das nicht.

»Ach so«, meinte Tess. »Dann ist ja gut.«

Mia stieß sie an, um ihr was auf dem Handy zu zeigen. Daraufhin kicherten beide, Mia laut und Tess leise. Ich war bloß froh, dass Tess wegen den Hausaufgaben nicht weiter nachbohrte.

In der Aula lief ich hinter Tess und Mia durch den Mittelgang. Tess war einen halben Kopf größer als Mia, dafür war Mias Hintern eine halbe Backe breiter. Tess in Skinny Jeans und grauem T-Shirt mit einer deckenartigen Strickjacke darüber lief ganz normal wie alle Teenager. Mia hingegen ließ die Hüften in ihrem elastischen Jumpsuit hin- und herschwingen und ihre langen blonden Locken wurden davon angesteckt. Ich setzte mich hinter die beiden ganz an den Rand. Als ich mich umschaute, konnte ich Kai nirgends entdecken.

Dafür lächelte mir Mrs Faust von ihrem Stehplatz hinten an der Wand schon wieder aufmunternd zu. Musste sie immer zu mir sehen?

»Rutsch mal rüber!«, sagte ein Fiesling namens Alex. Ständig brüllte er die Leute an, sogar die Lehrer. Ich hab ja vielleicht Aggressionen, aber das ist nichts im Vergleich zu Alex. »Mach endlich Platz.«

»Ich war zuerst da.« Mein Bedürfnis, am Gang zu sitzen, war größer als der Wunsch, nicht angeschrien zu werden. Ich sitze nicht gern so eingequetscht. »Da«, sagte ich und nahm die Knie zur Seite, sodass er an mir vorbeikonnte.

»Was soll's.« Kopfschüttelnd drängte er sich vorbei und trat mir auch noch auf den Fuß.

»Aua!«, rief ich laut. Statt sich zu entschuldigen, verdrehte Alex bloß die Augen. Ich verschränkte die Arme vor der Brust und rutschte tiefer in den Sitz.

Es dauerte eine Weile, bis sich alle 323 Schüler gesetzt hatten. Na ja, an dem Tag waren es bloß 322, aber das wussten wir da noch nicht. In der Aula herrschte eine Stimmung wie kurz vor einem Gewitter am Strand, als könnte es einen jeden Moment erwischen. Das ist bildhafte Sprache – Vergleiche, Metaphern und so. Ich versuche, das mehr einzubauen, denn wenn man sich immer zu wörtlich ausdrückt, wird man ausgelacht.

Auf der Bühne hielt Direktorin Golden die Hand hoch, Mittel- und Ringfinger berührten den Daumen, Zeigefinger und kleiner Finger erhoben: der Kojote, das Zeichen, leise zu sein.

»Buh!«, rief Alex laut. Die Direktorin sah ihn an, wie ich nie von ihr angesehen werden möchte, und Alex war sofort still.

Dann schniefte die Direktorin laut ins Mikro.

»Es ist was passiert«, sagte sie. Ihr *P* machte ein unangenehmes Ploppgeräusch. »Heute Morgen hat es einen Vorfall gegeben. Bislang haben wir keine Einzelheiten, aber eine unserer Schülerinnen wird vermisst.«

Einige Sekunden lang knisterte das Mikro noch, bevor in der gesamte Aula Geflüster losbrach.

»Hat sie vermisst gesagt?«

»Wer kann das sein?«

»Was meinst du, was ist da passiert?«

Wie ein Pingpongball sprangen meine Gedanken von der vermissten Schülerin zu den Aushängen mit den verschwundenen Kindern in der Eisdiele »I Scream for Ice Cream«, in die mein leiblicher Vater mich und meine Schwester bei seinem Besuch letztes Jahr geschleppt hatte, obwohl es mitten im Winter war, in Strömen goss und meine Schwester keine Milchprodukte verträgt. Ich schüttelte den Kopf, um mich wieder auf die Worte der Direktorin zu konzentrieren.

»Die Untersuchung läuft, bislang wissen wir nichts weiter. Die Polizei durchsucht die Schule und möchte auch einzelne Schüler befragen. Statt diesen ohnehin kurzen Schultag mit weiteren Unterbrechungen zu stören, hat sich die Leitung entschlossen, den Unterricht für heute ausfallen zu lassen. Wenn ihr mit dem Schulbus gekommen seid, wendet euch bitte an Mrs Taylor aus dem Sekretariat, die hilft euch …«

Mit einem Schlag standen alle auf und redeten drauflos, außer mir: Ich blieb auf meinem Platz und wartete, bis sich die Aula geleert hatte. Weil ich den Weg zum Gang blockierte, musste die gesamte Reihe zur anderen Seite raus, sogar der fiese Alex. Zum Glück, denn sonst wäre er mir womöglich wieder auf den Fuß getrampelt.

Es war 9.40 Uhr. Um diese Zeit hätte sonst die zweite Stunde angefangen, Englisch, doch stattdessen sollte ich mich auf den Heimweg begeben. In meinem Bauch rumorte es. Veränderungen ertrug ich nicht.

»Sie geht nicht ans Handy.«

Im Gang steckten Tess und Mia die Köpfe zusammen und flüsterten. »Wann hast du das letzte Mal mit ihr gesprochen?«

»Gestern vorm Abendessen«, sagte Mia und drehte den Ring an ihrem Mittelfinger. »In der Frühstunde war sie nicht. Dachte, sie hat verschlafen.«

»Das sieht ihr aber nicht ähnlich.« Tess knabberte an ihrer Lippe herum. »Ihre Tasche ist nicht in unserem Spind.« Ich beugte mich vor, um Tess besser zu verstehen, dabei fragte ich mich, ob es sie nicht störte, dass Mias Locken ihre Hand berührten. Reflexartig wischte ich mir über die Hand, als hätten sie meine berührt. »Ob sie krank ist?«

Sie sahen sich mit großen Augen an. Sofort musste ich an eine ganz bestimmte Katze aus einem Comic denken; Mias Augen waren blau wie an einem Sonnentag und die von Tess grün-grau wie an einem bedeckten Tag. Vielleicht spürten sie meinen Blick, denn sie sahen gleichzeitig zu mir herüber.

»Hast du mit Colette gesprochen?«, fragte Tess auf ihre zaghafte Art.

»Klar habe ich mit Colette gesprochen.«

»Ich meine, in letzter Zeit«, fügte Tess hinzu. »Hast du zum Beispiel gestern mit ihr gesprochen?« Mittlerweile knabberte sie nicht mehr an ihrer Lippe, jetzt zerrte sie richtig daran. Mich lenkte das total ab. Warum ließ sie ihre Lippe nicht endlich in Ruhe?

»Nein«, antwortete ich, bloß um was zu sagen. *Nein* zu sagen, fällt mir nicht schwer.

»Das ist eine ernste Sache.« Mia neigte sich vor wie mein Therapeut manchmal. Dann senkte sie die Stimme. »Was, wenn sie es nun ist?«

»Was, wenn sie was ist?«, fragte ich.

Mia stöhnte. »Warum bist du nur immer so abgedreht?«

Tess sah sie vielsagend an und klärte mich auf. »Wir fragen uns, ob Colette vielleicht die vermisste Schülerin ist.«

Wortlos starrte ich sie an, denn für mich ergab das keinen Sinn, denn da wusste ich ja noch nicht, dass die vermisste Schülerin wirklich Colette war, und außerdem hatte ich mit dem seltsamen Gefühl zu kämpfen, dass ich doch gerade erst in die Schule gekommen war und nun schon wieder nach Hause sollte. Das war nicht mein normaler Ablauf.

»Los, komm.« Mia zog Tess am Arm. »Vielleicht brauchen die Lehrer ein wenig Unterstützung.«

2. KAPITEL

FAKE: ZWILLINGSTORNADOS SIND EXTREM SELTEN.

PSYCHIATER SIND DIE, die einem den Stempel aufdrücken.

Mom sammelte meine Klamotten, Bücher und Hefte vom Boden auf, während ich, statt in der Schule zu sein, faul auf dem Bett lag und so tat, als wäre sie nicht da. Mir passte es gar nicht, dass sie meine Sachen anfasste, aber wenn ich ausflippte, würde sie mich nachher wieder zum Psychiater schicken.

Wir hatten eine Abmachung getroffen: Solange ich meine Wut im Griff hatte, musste ich keine Medikamente nehmen. Und Medikamente wollte ich am liebsten nie wieder nehmen, denn davon wurde ich schläfrig, hungrig, benebelt, aufgedunsen, weinerlich, vergesslich oder zappelig, manchmal auch alles zusammen, je nachdem. Nur wegen dieses Stempels bekam ich ja überhaupt Medikamente, und wie gesagt, dafür sind Psychiater zuständig.

Mir haben sie den Stempel in der vierten Klasse verpasst. Ich habe auf dem Schreibtisch meiner Mutter nach Kleber gesucht. Stattdessen fand ich etwas, das nach einem Test aussah, bloß, dass es bei den Fragen nicht um Mathe, Geschichte oder Biologie ging, sondern um Verhalten.

In den Anweisungen stand, man sollte die Kreise ankreuzen, die am ehesten zutrafen. Dabei sollte man unterscheiden, ob eine Aussage nie, selten, oft oder immer zutraf.

Das Kind bleibt nicht bei einer Aktivität, sondern springt willkürlich zur nächsten.

Das Kind hat Schwierigkeiten, mit anderen Kindern in Kontakt zu kommen.

Das Kind blickt oder starrt ins Leere.

Das Kind wird häufig gehänselt.

Das Kind läuft zwischen zwei Personen hindurch, die sich unterhalten.

Das Kind tröstet andere, wenn sie traurig sind.

Dem Kind machen Veränderungen mehr zu schaffen als anderen Kindern.

Insgesamt gab es 75 Aussagen. Noch waren die Kreise leer. Oben auf dem Bogen stand mein Name.

Eine Woche lang habe ich mich jede Nacht aus dem Bett geschlichen, um nachzusehen, ob die Kreise ausgefüllt waren, notierte mir sogar Wörter, die ich nicht kannte, um sie nachzuschlagen. Ich wollte wissen, ob meine Mutter fand, dass ich nie, selten, oft oder immer ziellos umherwanderte, statt bei einer Aktivität zu bleiben. Ob sie fand, dass ich nie, selten, oft oder immer Schwierigkeiten mit Gleichaltrigen hatte. Ob ich nie oder immer ins Leere schaute. Ob ich nie zwischen Leuten durchging, die sich unterhielten. Ob ich oft gehänselt wurde.

Ob das Kind mehr Probleme mit Veränderungen hatte als andere Kinder.

Ich wollte wissen, was meine Mutter von mir hielt. Doch ich habe es nie herausgefunden, denn an einem Abend waren die Kreise leer und am nächsten spurlos verschwunden. Beim Psychiater tauchten sie dann wieder auf, doch keiner wollte sie mir zeigen. Ich weiß noch, wie sauer ich damals war. Auch auf den Psychiater, weil er Begriffe benutzte, die ich nicht verstand und später im Internet recherchieren musste, Begriffe, mit denen ich gemeint war: »neurologische Störung«, »Aufmerksamkeitsdefizit« und »schwache kognitive Kontrolle«! Im Internet gab es haufenweise Artikel, in denen betroffenen Eltern erklärt wurde, wie sie mit diesen Kindern »fertigwurden«. Bis man mir diesen Stempel aufdrückte, hatte ich keine Ahnung gehabt, dass ich jemand war, mit dem meine Mutter »fertigwerden« musste. Bis man dir diesen Stempel aufdrückte, wusste ich nicht, dass ich »Probleme« hatte.

Weil ich so sauer war, dass man mir die Kreise nicht zeigte, mich vom Gespräch ausschloss und in einer ekligen Weise über mich sprach, trat ich gegen den Schreibtisch des Psychiaters. Als daraufhin meine Mutter sauer wurde, stachelte mich das noch weiter an, und ich trat noch heftiger gegen den Schreibtisch. Schließlich rutschte ich vom Stuhl und trat mit voller Wucht wieder und wieder gegen den Schreibtisch. Meine Mutter und der Psychiater verließen den Raum, bis ich mich wieder eingekriegt hatte. Aber ich weiß noch, dass Mom geweint hat. Daran denke ich nicht gerne.

An manche Dinge erinnere ich mich gar nicht mehr und an andere überdeutlich. Diese Sache würde ich am liebsten vergessen.

»Frankie?« Mom hielt einen Stapel Bücher in der Hand und sah mich fragend an. Über ihrer Nase hatten sich zwischen den Augenbrauen Falten gebildet, die wie verkehrt herum gesetzte Klammern aussahen. »Hast du mich gehört? Ich habe dich gefragt, ob wir nicht Gabriel anrufen und einen Termin machen sollen? Du warst schon lange nicht mehr bei ihm. Und gerade jetzt, wo so viel passiert, wäre das sicher eine gute Idee.«

Gabriel ist mein Therapeut, was tausendmal besser ist als ein Psychiater. Therapeuten lassen sich Zeit, reden mit einem und machen Vorschläge. So genau erinnere ich mich an die erste Sitzung mit Gabriel nicht mehr, nur noch an die vielen Gesellschaftsspiele, Musikinstrumente und die ganzen Spielsachen in seinem Büro. Und Gabriel hat allein mit mir gesprochen, ohne dass meine Mutter dabei war, und hat mir keine Stempel aufgedrückt oder Fragebögen mit Kreisen vor mir versteckt. Und ich durfte Tornados malen, während er mir Fragen stellte.

»Frankie, hörst du mir überhaupt zu?«, fragte Mom.

»Ja!« Ich holte einmal tief Luft. »Du brauchst Gabriel nicht anrufen. Ich muss nicht wegen jeder Kleinigkeit zur Therapie rennen.« Dabei gab ich mir Mühe, ruhig zu klingen. »Mir geht es gut. Mach dir keine Sorgen.«

Oft ging es mir nach einem Gespräch mit Gabriel besser. Trotzdem wollte ich keinen Termin machen, denn ich wollte zeigen, dass ich allein klarkam. Auch auf diese seltsame Mrs Faust, die mir in der Schule ständig zulächelte, konnte ich verzichten. Ich wollte ein stinknormales Mädchen sein, das zurechtkam, ohne dass ihm alle naselang jemand half.

Und mir ging es gut, solange alles seinen gewohnten Gang ging. Doch dann war Colette plötzlich verschwunden – wobei ich da ja noch nicht genau wusste, dass sie es war –, und ihre derzeitigen besten Freundinnen, Tess und Mia, hatten mir Fragen gestellt, die ich nicht ganz wahrheitsgemäß beantwortet hatte, und ich war zu Hause, obwohl ich eigentlich Englisch haben sollte, also ging nichts seinen gewohnten Gang.

Mom legte die Bücher ab und trat ganz nah ans Bettende, als wollte sie sich setzen, was ich gar nicht wollte. Ich kann es nicht haben, wenn sich Leute auf mein Bett setzen, nicht mal Leute, die ich liebe wie meine Mutter.

»Das ist ja wohl keine Kleinigkeit, Frankie …«

Wehe, du setzt dich auf mein Bett, dachte ich.

»Wenn ein Mädchen vermisst wird, ist das eine große Sache.«

Lehn dich nicht so dagegen, sonst willst du gleich sitzen!

»Gabriel hat da vielleicht ein paar Tipps für …«

Sie setzte sich.

»Mom! Nicht!« Ich hatte mich nicht mehr im Griff und brüllte sie an. »Die Schülerin ist sicher längst tot. Damit müssen wir uns eben abfinden.«

»Frances Vivienne Harper!« Mom rang nach Luft.

Uups.

»Das meinte ich nicht so.« Ich ruderte schnell zurück. »Das hab ich bloß gesagt, weil ich hungrig bin.«

»Steh sofort auf!« Mom sprang stocksauer auf und lief zur Tür, dabei knackten ihre Knie. In letzter Zeit knirschte es bei ihr überall. »Wir gehen spazieren und danach essen wir was. Basta. Keine Diskussionen.« Ihre Stimme hatte nichts mehr von einer lieben Mama. Sie klang herzlos.

»Ich will nicht spazieren gehen«, jaulte ich. »Können wir nicht einfach Mittag essen? Ich sterbe vor Hunger.«

»Das überstehst du schon.« Ihrem Tonfall nach zu urteilen, war sie noch immer geladen.

Auf den Tonfall zu achten, lernt man beim Therapeuten. Gabriel nennt es »Hinweise«. Den meisten Leuten muss man das nicht erst beibringen, die verstehen es automatisch.

Da fällt mir wieder ein, dass ich als Kind dachte, dass automatische Toiletten *automagisch* genannt werden. Auf meiner langen Liste von Dingen, die ich im Leben noch vorhabe, ist auch ein Schreiben an die Macher von Wörterbüchern, ob sie nicht lieber mein Wort nehmen wollen, weil es besser ist. Daran dachte ich, als Mom richtig laut wurde, was selten passiert.

»Frankie! Steig endlich aus dem Bett!«

»Ist ja gut.« Ansonsten würde ich riesigen Ärger bekommen, das war mir klar.

Als ich aufstand, verließ sie das Zimmer. Ich zog mir die bauschige Weste über den Hoodie und setzte die Kapuze auf. Keine Ahnung, wann ich mir das letzte Mal die Haare gekämmt hatte, aber es war ein dicker Knoten drin. Ich mag mein Haar, es ist dick und lockig, aber Knoten rauskämmen mag ich gar nicht.

Ich schlüpfte in meine roten Gummistiefel und stampfte durch den Flur zum Fahrstuhl. Mom sagt zwar immer, der

Fahrstuhl sei nur für die Gäste – hatte ich schon erwähnt, dass wir in einem kleinen Hotel wohnen? –, aber mir war danach, die Regeln zu brechen.

Draußen hatten sich die Wattewolken geteilt und gaben den Blick auf kilometerweiten blauen Himmel frei. Weil es so windig war, behielt ich die Kapuze auf. Wind in den Ohren ist schrecklich.

Charles, der Freund meiner Mutter, und unsere Hündin Pirat warteten schon am Parkplatz auf mich, um einen Strandspaziergang zu machen. Charles trug sein übliches Outfit: Arbeitsstiefel, verblichene Jeans, schwarzes T-Shirt, graue Windjacke und eine rote Wollmütze, unter der sein hellbraunes Haar hervorlugte. Wenn er keine Mütze trug, stand ihm das Haar wirr vom Kopf ab, so wie mir, nur dass er es mit Absicht so stylte – mit Ökoprodukten, die er sich extra aus Seattle kommen ließ. Und wenn Mom sich darüber lustig machte, küsste er sie einfach, was ich eklig fand.

Ich mag Charles. Früher habe ich mich des Öfteren gefragt, ob sie ihn wohl heiraten wird, doch inzwischen mache ich mir keine Gedanken mehr darüber. Mom ist nicht der Typ für die Ehe. Mein leiblicher Vater und sie waren auch nicht verheiratet. Na ja, er schon … aber mit einer anderen. Manchmal treffen Erwachsene dämliche Entscheidungen, doch wenn sie es in diesem Fall nicht getan hätten, gäbe es mich nicht.

Jedenfalls arbeiten Mom und Charles sehr viel, deshalb treffen sie sich in den Pausen regelmäßig zum Spazierengehen. Normalerweise müssen meine Schwester und ich nur am Wochenende mit oder wenn die Schule mal wegen einer Lehrerfortbildung ausfällt. Wahrscheinlich hatten sie das Gefühl, mich und meine Schwester zu selten zu sehen – oder zu selten die Gelegenheit zu haben, unangenehme Fragen zu stellen.

»Hey, Boss«, sagte Charles. Als er mir einen To-go-Becher mit heißem Kakao hinhielt, rutschte sein Jackenärmel hoch und gab den Blick auf die Tattoos frei, die seinen kompletten Arm bedeckten. Arme.

Grunzend nahm ich den Becher entgegen.

»Sag einfach, dass es Pfefferminztee ist, wenn sie fragt«, meinte Charles und fuhr sich über den Stoppelbart. Ich nickte. Mom will nicht, dass wir ständig Zucker zu uns nehmen. Vielmehr, dass *ich* ständig Zucker zu mir nehme. Oder roten Farbstoff. Oder industriell verarbeitete Lebensmittel. »Wie geht's dir?«

»Alles okay.« Ich kraulte Pirat hinterm Ohr. Sie heißt Pirat, weil ein anderer Hund ihr im Kampf das linke Auge ausgekratzt hatte und sie aussieht, als würde sie eine Augenklappe tragen. Ziemlich fies, aber Pirat ist ansonsten so niedlich, dass ich nicht aufs Auge schaue und sie trotzdem liebe.

»Sind die anderen ohne uns los?«

»Ich habe gesagt, sie sollen schon mal vorgehen«, sagte Charles. »Dass wir sie einholen.«

Charles sah mich von der Seite an, um abzuchecken, wie ich drauf war. Das tut er oft. Manchmal stört es mich nicht, manchmal möchte ihn am liebsten anknurren, was ich aber nicht mehr tue, weil Gabriel meinte, es sei nicht sozialverträglich. Trotzdem finde ich es praktisch, so bringt man jemanden ganz schnell dazu, aufzuhören.

So richtig begreife ich auch nicht, warum es als schlechtes Benehmen gilt, wenn man knurrt oder jemandem direkt sagt, was man nicht will. Umgangsformen bedeuten, die Worte in Watte zu packen, dabei sagt es sich doch viel leichter ohne das ganze Brimborium. Da ich keine Freunde habe, liege ich womöglich falsch. Also hört lieber nicht auf mich.

Charles und ich liefen los. Eine Weile gaben wir nichts von uns, keine normalen und auch keine in Watte gepackten Worte. Das Schweigen tat gut. Deshalb vermisste ich auch Colette so, denn mit ihr konnte ich stundenlang schweigend durch die Gegend laufen, ohne ein komisches Gefühl zu haben.

Pirats Hundemarken klirrten, während wir das kurze asphaltierte Stück zum Strand hinunterliefen. Es klang wie ein Lied, und ich stellte mir vor, wie ich dazu tanzte. Natürlich tat ich es nicht in echt.

Bald schon versank ich mit jedem Schritt tiefer im Sand. Ich platschte durch die Pfützen, die von dem kurzen Regen vorhin zurückgeblieben waren, dann hielt ich mich links vom Weg, um mit der Hand über den dünnen Strandhafer zu streifen, der mir bis zur Hüfte reichte.

Als wir die Stelle erreichten, wo das Gras aufhört und sich der Strand zu beiden Seiten kilometerweit erstreckt, schirmte ich die Augen mit der Hand ab und hielt nach Mom Ausschau. Sie lief mit meiner Schwester direkt am Wasser entlang.

»In der Schule glauben manche, dass es Colette sein könnte.« Ich sah aufs Wasser hinaus. Die See war kabbelig, als würden sich die Wellen wie Geschwister streiten. Fast hätte mir der Wind die Kapuze vom Kopf geblasen, deshalb zog ich die Bänder fester. »Sie war heute nicht in der Schule und keiner konnte sie erreichen.«

»Das kann einem echt Angst machen«, meinte Charles.

»Ja.« Wobei ich nicht so recht wusste, ob ich jetzt Angst hatte. Ich fand es eher aufregend und brannte vor Neugier, aber das war garantiert nicht die richtige Reaktion, wenn eine Mitschülerin womöglich in Schwierigkeiten steckte. Gefühlsmäßig reagiere ich nicht immer so, wie ich soll. Und weil ich, statt in der Schule zu sein, nun am Strand entlanglief, war ich noch zusätzlich aus dem Takt.

»Was, wenn sie sie nicht finden?«, fragte ich Charles. Als ich sah, dass meine Mutter und meine Schwester Hand in Hand gingen, wurde ich eifersüchtig. Mit mir machte sie das nie.

»Das wäre schrecklich.« Charles ließ Pirat von der Leine. Sofort raste sie zum Wasser, um die Möwen zu jagen, die selbst auf der Jagd nach Futter waren. »Echt schrecklich, egal, wer es ist.«

»Ja«, antwortete ich. Wäre es für mich wirklich so schrecklich, oder würde ich nur so tun, damit mich die anderen nicht für schräg hielten?

Pirat kam mit einem großen Stock im Maul zurück, lief einmal um Charles herum und legte ihn dann vor seinen Füßen ab. Kaum hatte Charles den Stock geworfen, schoss sie auch wieder los.

»Charles?«

»Ja?«

»Ich glaube, es ist Colette.« Ich hatte es im Gefühl.

Ehrlich gesagt hatte ich Tess und Mia angelogen. Ich hatte Colette am Vortag nämlich doch gesprochen. Sie war unangekündigt bei mir im Zimmer erschienen, das erste Mal seit Februar. Wir hatten uns gestritten und dann war sie abgezogen. Deshalb hatte ich nachts auch so schlecht geschlafen, mich hat der Streit noch bis in die Nacht hinein verfolgt.

»Hoffentlich täuschst du dich«, meinte Charles und lächelte mich an.

Hoffe ich auch, dachte ich.

»Was macht sie denn jetzt schon wieder?« Charles hielt die Hand schützend vor die Augen und blinzelte in die Sonne. Pirat schien einen Krebs auszugraben. »Der kneift sie doch bloß«, stöhnte er. »Bin gleich wieder da.«

Ich nickte und lief zu einem Baumstamm, den das Meer ausgespuckt hatte. In den Rillen und Riefen steckte zwar Sand, aber er war so trocken, dass er als Bank taugte. Vorsorglich suchte ich ihn noch nach Käfern ab, dann ließ ich mich darauf nieder und dachte an alles und nichts.

Mit einem Stock schrieb ich *Hallo* in den nassen Sand.

Charles nahm sich den Stock und schrieb *Selber hallo*. Ich hatte gar nicht bemerkt, dass er zurück war. Da kamen auch schon meine Mutter und meine Schwester auf uns zu. Manchmal bin ich völlig weg in Gedanken, das passiert mir oft. Da weiß ich nie, wie viel Zeit vergangen ist.

»Was trinkst du da?«, fragte Mom.

»Heißen Kakao«, antwortete ich gedankenlos. Mom warf Charles einen wütenden Blick zu, doch der zuckte nur mit den Schultern.

»Für dich gibt es heute nichts Süßes mehr«, sagte Mom und stiefelte Richtung Gasthaus. Charles und Pirat rannten hinter ihr her.

Meine Schwester lief neben mir her. »Wie blöd. Heute gibt es nämlich Schokoladenkuchen zum Nachtisch.«

»Hat dir schon mal jemand gesagt, dass du nervst?«,

fauchte ich. Erst als ich ihren gekränkten Blick sah, wurde mir klar, dass es ihr leidtat und sie mich gar nicht hatte ärgern wollte.

»Du musst es ja wissen, Frankie«, sagte sie kopfschüttelnd. »Was ist in letzter Zeit bloß mit dir los?«

Wie eine Gazelle sprang sie auf ihren langen Beinen davon und ich musste auf meinen kürzeren allein zurücklaufen.

Oh, hatte ich schon erwähnt, dass Tess meine Schwester ist? Sie ist eine Minute älter als ich. Damit sind wir Zwillinge, aber keine eineiigen, sondern zweieiige.

Und ja, meine Zwillingsschwester hat mir die einzige Freundin weggenommen, die ich je hatte.

3. KAPITEL

FAKE: VERRAMMELTE HÄUSER BRINGT EIN TORNADO DURCH SEINEN STARKEN UNTERDRUCK ZUM EXPLODIEREN.

Mom und Charles leben in einem kleinen Cottage hinterm Hotel. Tess und ich haben uns dort ein Zimmer geteilt, bis wir auf die weiterführende Schule kamen. Da hat Tess dann gefragt, ob sie nicht eines der Zimmer im Hotel haben könnte, eines ohne schönen Ausblick.

Tess meinte, alle ihre Freundinnen hätten ein eigenes Zimmer und sie bräuchte ein wenig Privatsphäre für ihre Kunst. Eines Tages wollte sie nämlich auf die Kunstakademie gehen, das Zeug dazu hätte sie bestimmt, nur müsste sie dann auch mal jemandem ihre Zeichnungen zeigen, doch davor hat sie eine schreckliche Angst. Ich glaube, mit Kunst hatte ihr Argument auch wenig zu tun, Tess wollte sich einfach kein Zimmer mehr mit mir teilen.

Ist ja auch egal, was dahintersteckte, Mom und Charles waren jedenfalls einverstanden. Mom stellte Regeln für Tess auf: Ohne Erlaubnis durfte sie keinen in ihr Zimmer lassen, nachts musste die Tür immer verschlossen werden, spätestens um 21.00 Uhr musste sie auf ihrem Zimmer sein, und bevor sie schlafen ging, musste sie sich kurz bei Mom oder Charles melden.

Daraufhin meinte ich, es sei unfair, dass Tess ein Zimmer im Hotel bekäme und ich nicht. Mom hatte wahrscheinlich mehr Bedenken, mir das zu erlauben, denn sie vertraut Tess mehr als mir, aber sie hat es erlaubt. Wir bekamen zwei Zimmer mit Verbindungstür, was mich, ehrlich gesagt, beruhigte, denn so sicher war ich mir gar nicht, dass ich wirklich umziehen wollte. Das gesamte erste Jahr ließen Tess und ich die Türen nachts sperrangelweit auf. Manche Leute glauben doch tatsächlich, dass ein Haus in die Luft fliegt, wenn man während eines Tornados Fenster und Türen verrammelt. Stimmt zwar nicht, aber ich fand es trotzdem schön mit offenen Türen. Doch mit Beginn dieses Schuljahrs ging Tess dazu über, ihre Tür immer zu schließen. Und weil es mir komisch vorkam, dass ihre zu war und meine offen, schloss auch ich meine.

Daran dachte ich, während ich Tess am Handy beobachtete. Sie saß mit angezogenen Knien auf dem Stuhl, im Licht des Displays schimmerte ihre Haut bläulich. Ihre Daumen flogen über die Tastatur, dann wartete sie und biss sich vor Ungeduld auf den Daumennagel.

»Wem schreibst du?«, fragte ich.

Tess sah mich scharf an, dann glitt ihr Blick hinüber zu Mom, die uns den Rücken zugedreht hatte und über der Spüle Gurkenscheiben für die Wasserkaraffen schnitt. Da das Wasser lief, hatte sie mich nicht hören können.

»Ist 'ne Gruppe«, flüsterte Tess. »Alle fragen sich, wer wohl vermisst wird. Manche Leute wurden schon auf die Polizeiwache bestellt.«

Das Wasser wurde abgedreht. »Wer ist denn alles in der Gruppe?«, fragte ich.

Mom fuhr herum. »Tess! Kein Handy am Tisch, du kennst die Regeln. Gerade jetzt nicht, in dieser Situation.« Sie streckte die nasse Hand nach dem Handy aus.

Tess sah mich finster an und reichte ihr das Handy. »'tschuldigung, Mom.«

Tess tauchte den Grillkäse in die Tomatensuppe und führte ihn mit solcher Präzision zum Mund, dass kein Tröpfchen danebenging. Im gesamten Körper spürte ich, dass wir statt in der Cafeteria nun im Cottage aßen. Abweichungen vom normalen Ablauf mochte ich gar nicht.

»Habt ihr Hausaufgaben auf?«, fragte Mom und meinte damit uns beide. Merkwürdig, dass sie ausgerechnet jetzt nach Hausaufgaben fragte, aber Eltern sind schon manchmal merkwürdig.

»Außer der ersten Stunde hatten wir heute doch gar keine Schule«, entgegnete ich und hinterließ auf der Tischdecke eine verräterische Tomatensuppenspur. »Wie sollen wir denn da was aufbekommen haben?«

»Ich werde heute Nachmittag weiter an meiner Kunstmappe arbeiten«, sagte Tess. Wahrscheinlich wollte sie nur gut Wetter machen, weil ich sie mit dem Handy reingeritten hatte.

»Schön für dich«, knurrte ich. Mom sah mich scharf an.

»Sei nett zu deiner Schwester. Und wenn du schlau bist, kümmerst du dich um dein großes Bioprojekt. Das wäre doch eine super Sache für heute. Eine schöne Ablenkung.«

»Das habe ich mir auch gedacht«, meinte Tess.

»Dafür habe ich doch noch bis Mai Zeit«, protestierte ich.

»Ja, aber bis Mai sind es bloß noch zwei Wochen und es ist recht umfangreich«, sagte Mom. »Das erfordert viel Planung. Und den Text wirst du sicher ein paar Mal überarbeiten müssen, damit da ganz genau steht, was du sagen willst.« Darauf antwortete ich nicht, denn wir wussten beide, dass ich das nicht tun würde. »Was willst du denn sonst heute machen? Ich möchte, dass du irgendwie produktiv bist und nicht gammelst oder den ganzen Tag *Tornado Alley* guckst.«

Ich verdrehte die Augen. *»Tornado Ally!«*

»Ist mir schnuppe, wie es heißt, jedenfalls kannst du nicht den ganzen Tag davorsitzen.« In dem Moment schweiften meine Gedanken ab.

Tornado Ally hatte ich auch geschaut, als Colette am Vorabend bei mir geklopft hatte. Anfangs hatte ich das Klopfen noch ignoriert. Und auch das zweite Klopfen. Ich dachte, dass sich einer der Gäste in der Tür geirrt hatte, das kommt nämlich öfter vor, als man denkt. Doch nach dem dritten Klopfen riss ich entnervt die Tür auf.

»Hi, Frankie«, sagte da Colette, als wäre nichts gewesen, als hätte sie mich nicht seit Februar ignoriert. Ihr leuchtend rotes Haar war zu einem Knoten aufgesteckt und sie lächelte über ihr supersommersprossiges Gesicht. Sie trug einen blauen Pulli mit Delfinen. Am Bund war er etwas knapp.

»Hi.« Ich setzte mich zurück an den Schreibtisch.

»Du bist wohl beschäftigt«, sagte sie und blieb im Türrahmen stehen, denn sie wusste, dass ich es nicht leiden konnte, wenn Leute einfach so in mein Zimmer kamen. »Ich wollte auch nur kurz fragen, ob ich das alte Notizbuch mal ausleihen kann. Du weißt schon, in das wir alles reingeschrieben haben.« Ungehalten drehte ich mich zu ihr um. Colette zog den Bund ihres Pullis herunter. »Ich will da was abschreiben.«

»Nein.« Damit wandte ich mich wieder meinem Computer zu.

»Nein?« Colette klang, als könnte sie es nicht fassen, dass ich ihr das Buch nicht einfach aushändigte, nachdem sie zwei Monate lang nicht mit mir gesprochen hatte.

»Nein«, sagte ich. »Du kannst es nicht haben.«

»Komm schon, Frankie. Ich gehe auch gut damit um und du bekommst es ja wieder. Gleich morgen in der Schule.«

»Nein!«, rief ich entschlossen. Im Bildschirm sah ich ihre Spiegelung.

Colette holte tief Luft. »Machst du die Hausaufgaben bei deiner Mutter im Cottage?«

»Was geht dich das an?« *Was hast du mit meinen Hausaufgaben zu tun?*

»Bitte, leih's mir doch«, bat Colette mit liebenswürdiger Stimme.

»Nein!«

»Warum nicht?« Nun wurde sie sauer. »Es gehört mir genauso wie dir.«

»Ich hab's verloren«, erwiderte ich leise. Ich hatte mit dem Fingernagel zu leicht auf das Touchpad getippt. Nichts tat sich. Mir schoss die Röte in die Wangen.

»Du lügst doch«, sagte Colette. »Wenn du lügst, kannst du mich nicht ansehen. Warum musst du nur so sein?«

In mir brachten sich die kleinen Monster in Stellung, es war nur eine Frage der Zeit, bis ich herumbrüllen würde. Doch ich wusste, dass es keine gute Idee war, denn Mom könnte mich hören. Oder einer der Gäste würde sich an der Rezeption über mich beschweren. Deshalb schnappte ich mir meine Kopfhörer, die alle Geräusche abschirmten.

Kurz darauf spürte ich, wie die Tür mit Wucht zugezogen wurde. Nicht zugeschlagen, nein, das würde Colette nie tun. So was tat wohl nur ich …

»Frankie!« Mom riss mich unsanft aus den Erinnerungen. »Hör mir doch mal zu.«

»Was?« Verwundert blinzelte ich sie an. Keine Ahnung, wie lange sie schon auf mich einredete. »Was denn?«

Tess stöhnte.

»Was?«

Tess schüttelte bloß den Kopf.

»Das war gerade die Polizei am Telefon«, sagte Mom. Ich hatte es weder klingeln noch sie sprechen hören. Gerade als ich überlegte, ob ich was an den Ohren hatte, sagte Mom: »Es tut mir so leid, aber das vermisste Mädchen ist tatsächlich Colette.«

»Ich hab's gewusst«, sagte ich tonlos.

»Nein!«, heulte Tess. Dabei muss sie sich das doch auch schon gedacht haben. Tränen rannen ihr übers Gesicht. »Was denken sie, wo sie steckt? Haben sie schon bei den Krankenhäusern nachgefragt? Das glaube ich jetzt nicht!«

»Die Polizei weiß gar nichts.« Mom nahm Tess in den Arm, strich ihr übers Haar und wischte ihr die Tränen weg. »Sie tun alles, um sie zu finden, deshalb werden ihre Freunde gebeten, auf die Wache zu kommen und Fragen zu beantworten. Sie hoffen, dass es hilft.«

»Wann?«, flüsterte Tess.

»Jetzt gleich.«

4. KAPITEL

FAKT: MANCHMAL SIEHT MAN EINEN TORNADO NICHT KOMMEN.

MIT ELF hörten meine Schwester und ich auf, gemeinsam Geburtstag zu feiern.

Auch wenn Tess nicht übermäßig kontaktfreudig ist, mögen sie alle. Vielleicht liegt es daran, dass sie sich gar nicht so sehr um andere reißt, aber alle sich um sie reißen. Und zum Geburtstag hatte Tess immer die gesamte Klasse eingeladen, damit sich keiner ausgeschlossen fühlte.

Oft gab es ein Motto wie Prinzessinnen, Zirkus oder Halloween, das Mom uns zu unserem achten Geburtstag im August feiern ließ. Tess war ganz versessen auf Halloween, denn sie liebte es gruselig. Zusammen mit Charles verwandelte sie den Veranstaltungsraum des Hotels in ein kinderfreundliches Spukhaus. Ich fand es schrecklich. Charles wartete als Zombie verkleidet hinter der Tür, um die Geburtstagsgäste beim Reinkommen zu erschrecken. Tess machte sich vor Lachen beinahe in die Hosen, aber ich brach in Tränen aus.

Jedenfalls ging es auf diesen Festen immer recht laut zu, selbst die stille Tess drehte auf. Und ich stand meist in der Ecke und beobachtete das kreischende Treiben aus der Ferne, je nachdem, welche Medikamente man mir zu der Zeit verabreichte.

Mich medikamentös einzustellen, ist nicht leicht. Meine »Herausforderungen«, wie Gabriel es nennt, sind unsichtbar wie ein Tornado, den man erst sieht, wenn er mitten in der Nacht Häuser verwüstet. Mom sagt, mein Gehirn sei besonders, doch für den Psychiater sind es neurologische Krankheiten: Aufmerksamkeitsstörung, Asperger-Syndrom und Störung der Sinnesverarbeitung. Und die kann man nicht so einfach mit Antibiotika behandeln wie Halsweh. Deshalb hat der Psychiater mit verschiedenen Mitteln an mir herumexperimentiert. Doch keines hat so richtig gut angeschlagen. Selbst wenn ich Medikamente nahm, war ich oft neben der Spur. Und auf meinen Geburtstagsfesten grundsätzlich immer.

Von daher wollte ich keine Feste mehr. Und deshalb war mein elfter Geburtstag mein allerbester.

»Wenn du keine Party willst, wie möchtest du dann deinen Geburtstag feiern?«, fragte Mom. »Du wirst elf! Und hattest ein tolles Jahr. Da gibt es jede Menge zu feiern.«

Es war Samstagmorgen und wir hatten es uns im Wohnzimmer des Cottages gemütlich gemacht. Tess lag zusammengerollt im großen Sessel, eine Horrorgeschichte vor der Nase. Charles kämpfte mit Pirat auf dem Boden, sein T-Shirt mit dem Logo irgendeiner alten Rockband, von der ich noch nie gehört hatte, war schon voller Hundehaare. Mom und ich saßen jeweils an einem Ende des Sofas und schauten irgendwas im Fernsehen. Alle trugen Schlafanzüge.

Ich hatte mir ein Sofakissen geschnappt, warf es in die Luft und fing es auf. Immer wieder.

»Vielleicht könnten wir ja in die Arkaden«, sagte ich. In den Arkaden gab es eine riesige Halle mit allen möglichen Spielautomaten und Computerspielen, so wie in jeder Stadt.

Hep. Schnapp. Hep. Schnapp.

»Super«, meinte Mom begeistert. »Wir könnten …«

»Ach, nein.« Ich wollte nicht, dass sie es so aufbauschte. *Hep. Schnapp.* »Eigentlich habe ich dazu gar keine Lust.« Allmählich gefiel mir der Gedanke, mein Nicht-Fest ganz allein zu planen. »Kann ich im Zelt am Strand schlafen?«

Hep. Schnapp. Hep. Schnapp.

»Da der Strand offiziell als Straße zählt, geht das leider nicht.« Charles schaute zu mir hoch. »Auf einer Straße zu schlafen, ist keine gute Idee.«

»Ha«, sagte ich, lachte aber nicht wirklich und warf das Kissen abermals in die Luft. »Kann ich denn wenigstens ein Lagerfeuer machen?«

»Klar«, sagte Mom. Ihr war anzusehen, dass ich sie mit dem Kissen nervte, ihr Gesichtsausdruck glich dem Emoji mit dem geraden Strich als Mund. »Wir können auch Marshmallows grillen. Das wird toll! Ich könnte Schaschlikspieße machen. Die isst du doch so gerne!« Als sie dann lächelte, sah sie gleich viel besser aus.

»Okay, aber ich dachte eher an weniger Leute«, sagte ich. Ich konzentrierte mich voll und ganz aufs Kissen, denn mir war klar, dass meine Mutter jetzt ein trauriges Emoji-Gesicht ziehen würde. »Ich will bloß Colette einladen.«

»Und deine Schwester nicht?«, fragte Mom.

»Kommst du denn zu meiner Feier?«, fragte Tess leise. Offenbar hatte sie doch alles mitbekommen. Wer weiß, vielleicht tat sie immer nur so abwesend.

»Nein«, antwortete ich schnell. Mom wollte Tess und acht Freundinnen nach Aberdeen zum Rollschuhlaufen fahren. Was ich aus wenigstens sieben Gründen schrecklich fand.

»Sorry, Mom, aber Frankie hat recht. Ist doch nur gerecht, dass ich nicht auf ihre Party gehe, wenn sie nicht zu meiner geht«, sagte Tess sachlich.

»Aber das ...« Mom verstummte. »Ihr habt doch immer ...« Wieder verstummte sie. Dann räusperte sie sich. »Ihr beiden und Colette, ihr spielt doch immer zusammen. Seid ihr sicher, dass das nicht ... seltsam wird?«

»Wir spielen doch nicht zusammen.« Tess bekam rote Wangen. »Wir hängen zusammen rum. Und es ist kein Problem, Mom, echt nicht.« Tess begriff, dass es mir wichtig war, dass es gerecht zuging. Und wenn ich nicht zu ihrer Party ging, würde sie auch nicht auf meine gehen. Alles, was gerecht ist.

»Dann unternehme ich in der Zeit was mit Tess«, sagte Mom. »Aber du kannst allein kein Lagerfeuer machen, Frankie. Charles muss mit. Oder ich, dann könnten Charles und Tess was zusammen machen.«

»Ähm ...«, machte ich und grinste. Wenn es darum geht, ein Feuer zu machen, ist Mom die totale Niete.

»Kapier schon«, sagte sie lachend. »Charles wird sich ums Feuer kümmern.«

»Kein Problem.« Und das meinte ich auch so. Auch wenn Charles Anwalt war, bevor er nach Long Beach zog, benahm er sich nicht wie einer, mehr wie ein erwachsenes Kind. Charles würde uns nicht in die Quere kommen.

Am Nachmittag meiner Nicht-Feier, die am ersten Samstag nach meinem eigentlichen Geburtstag stattfand, beluden

Colette, Charles und ich einen Handwagen vom Hotel mit Brennholz, Anzündholz, einem Feuerzeug, Stranddecken, Liegestühlen, Hot-Dogs, Limos und Utensilien für Marshmallow-Spieße. Charles zog vor uns den Wagen und Pirat raste wie eine Verrückte um ihn herum, offenbar freute sie sich genauso sehr wie ich.

Am Sandweg hielten wir uns rechts und liefen im Gänsemarsch, um mit den Händen über den hohen Strandhafer zu streifen. Dieser Zugang war für Autos gesperrt, damit die Bänke der Scheidenmuscheln nicht zerstört wurden. Während der Muschelsaison war es verboten, mit dem Auto an dieser Stelle auf den Strand zu fahren, nicht mal mit dem Pferd durfte man zu dieser Jahreszeit hier durchreiten. In der Hinsicht war Charles ganz konsequent und ließ uns nicht mal mit den Rädern durch diesen Eingang. Da die Autos nur vom Nord- oder Südende auf den Strand fahren durften, gab es hier statt der üblichen tiefen Reifenspuren jede Menge winzige Sandhügel.

»Was hast du heute gemacht?«, fragte Colette.

»Weiß nicht«, antwortete ich mit einem Achselzucken. »Nichts.«

»Oh. Ich musste mit meiner Mutter einkaufen gehen. Anschließend waren wir in der Bücherei und ich habe mir den nächsten Band von dieser tollen Comicserie ausgeliehen. Und dann haben wir uns Smoothies geholt.« Colette verschnaufte kurz. »Wenn du dich entscheiden müsstest, ob du Mango- oder Erdbeersmoothies bis ans Ende deines Lebens trinken willst, was würdest du nehmen?«

»Mango.«

»Dafür musstest du aber nicht lange überlegen.«

»Ich hasse Erdbeeren.«

»Und wenn du dich beim Essen zwischen Erdbeeren und Brokkoli entscheiden müsstest, was würdest du nehmen?«

»Ich würde das Essen ausfallen lassen.« Ich strich mir das Haar aus dem Mund. Colette hatte ihres zu zwei Mickey-Maus-Ohren hochgesteckt. Vielleicht hätte ich meines auch zurückbinden sollen, damit ich es nicht ständig im Mund hatte, aber ich mag es nicht, wenn meine Ohren ganz nackt sind. Und über einen Pferdeschwanz oder einen Dutt kann ich keine Kapuze ziehen. Und von einem Haarband bekomme ich Kopfschmerzen.

Inzwischen waren wir beim mitteltrockenen Sand angekommen. Ich schaute mir so gerne die unterschiedlichen Spuren von den Zehen, Fußsohlen, Schwimmfüßen und Pfoten an, die in Kreisen oder Achten herumführten, ein überdimensionales Verbinde-die-Punkte-Spiel zwischen angeschwemmtem Seetang, Treibholz und Muscheln. Ich kickte eine Krebsschere weg.

»Ich habe dir ein Geschenk gekauft.« Colette blieb stehen und zog ihre Flip-Flops aus. »Ich habe auch Musik dabei, falls wir was singen wollen, und zwei neue Frage- und Antwortspiele.«

»Frage- und Antwortspiele finde ich super«, sagte ich. Singen fand ich nicht so super, aber das behielt ich für mich.

»Ich weiß. Das wird so lustig! Meine Mutter meinte, dass deine Mutter uns erlaubt hat, bis zehn Uhr draußen zu bleiben!«

»Ich weiß!«, sagte ich und sah zum Wasser. »Das ist das Tollste überhaupt!«

Am Meer wurde ich immer ganz ruhig. Es herrschte Ebbe

und die Wellen hatten geriffelte Spuren im Sand hinterlassen. Wie gebannt schaute ich dahin.

»Was macht denn Tess heute Abend?«

»Ist mit Mom im Kino«, antwortete ich kurz angebunden. Mir passte es nicht, dass sie nach Tess fragte. Vielleicht spürte Colette das, denn sie rannte zu Charles, der stehen geblieben war und den Wagen auspackte.

»Komm!«, rief Colette und drehte sich zu mir um. Weil sie so tief im Sand versank, sah es aus, als würde sie in Zeitlupe rennen. Ihre Wangen waren gerötet und ihre Augen leuchteten. »Jetzt machen wir ein Lagerfeuer!«

Kurz bevor die Sonne unterging, schoss Charles mit meinem ersten Handy noch ein Foto von mir und Colette. Auf dem Bild ist der Himmel hellblau und weiter oben tiefblau. Die Wolken sehen grau aus, aber weil sie von hinten angestrahlt werden, schimmern ihre Ränder gold- und korallenfarben. Colette und ich sind als Umrisse zu erkennen, eine mit wehendem Haar, die andere mit Micky-Maus-Ohren. Im nassen Sand spiegelt sich der Himmel und unsere Schatten sind zu sehen: Wir lachen, unsere Hosenbeine sind nass, weil wir nicht schnell genug vor den ansteigenden Wellen davongelaufen sind.

Das Foto von mir und Colette vorm Sonnenuntergang ist mein Lieblingsbild.

Ich hab's nicht mehr.

Die Polizeiwache von Long Beach ist ein kleiner würfelförmiger Bau, der komplett mit Holzschindeln bedeckt ist, nicht nur das Dach. Die Schindeln sind in Reihen übereinander genagelt und von der Sonne total verblichen; wenn man darüberstreichen würde, hätte man garantiert die Hand voller Splitter.

Die große Uhr über dem Eingang der Polizeiwache zeigte 13.45 Uhr, obwohl es erst 13.15 Uhr war. Eigentlich hätte nach dem verkürzten Unterricht heute Morgen mein Wochenende beginnen sollen, doch nun war ich hier auf der Polizei.

Die Uhr war seit vergangenem Sommer stehen geblieben. Dass keiner sie reparierte, machte mich wahnsinnig. Wieder mal ein gutes Beispiel dafür, dass mir zu vieles zu sehr auffällt – ob ich wollte oder nicht, diese dämliche Uhr nervte mich. So wie ein eingerissener Fingernagel, an dem man ständig hängen bleibt. Im übertragenen Sinn, meine ich. Ich glaube, mir passiert das häufiger als Leuten wie Tess. Sie störte sich nicht an der Uhr.

»Warum repariert denn keiner mal dieses dumme Ding?«, fragte ich.

»Wie kannst du jetzt an die Uhr denken, wenn doch Colette vermisst wird?« Tess schlang die Jacke enger um sich.

»Ich meine ja bloß, dass sie mal einer reparieren soll.«

Mom hielt uns die Tür zur Polizeiwache auf, so musste ich sie wenigstens nicht berühren. Doch ich war noch nicht mit dem Uhrenthema fertig. »Ergibt doch keinen Sinn. Die Leute müssen doch wissen, wie spät es ist. Die Polizei muss doch wissen, wie spät es ist!«

Tess hörte mir nicht länger zu.

Direkt neben dem Empfangstresen saßen fünf Jugendliche. Alle wurden von einem oder beiden Elternteilen begleitet, und die saßen zusammen vor der gegenüberliegenden Wand.

Mia war aufgesprungen und umarmte Tess, sie hatte ihr einen Platz frei gehalten. Colettes seltsame Nachbarin Naomi winkte und lächelte, als wäre sie zu einem Event geladen und nicht zum Verhör auf die Wache bestellt. Bryce – zusammen mit seinem besten Freund Colin – war natürlich auch da, denn vor ein paar Monaten hatten Colette und Bryce verkündet, sie seien ein Paar.

Brolette, so nannten die Leute Colette und Bryce. Echt seltsam, vor allem, weil die beiden eigentlich kaum ein Wort miteinander gewechselt hatten, bevor aus ihren Namen ein Wortungetüm wurde.

Neben Colin, ganz vorn auf der Stuhlkante und mit einem Skateboard zwischen den Beinen, saß … Kai?

»Was machst du denn hier?«, fragte ich, bevor ich meine Zunge im Zaum halten konnte, die manchmal die wildesten Wörter in die Welt katapultiert.

»Ich … ähm …« Verlegen schaute Kai nach unten auf den Aufkleber NO HATE JUST SKATE auf seinem Brett. Dann sah er mich mit seinen superbraunen Augen an und zuckte die Achseln.

Ich widerstand dem Drang, die Spitzen seiner nach vorne geföhnten Haare und seine zarte Haut zu berühren. Auch wenn ich es selbst gar nicht leiden kann, angefasst zu werden, bereitete es mir selbst fast körperliche Schmerzen, wenn ich was berühren möchte und es mir verkneifen muss.

»Das war jetzt aber nicht besonders nett«, raunte mir meine Mutter barsch zu und stieß mich zu den zwei freien Stühlen auf der Elternseite. Ich wich vor ihrem Atem in meinem Ohr zurück.

»Lass das«, sagte ich laut.

Mom sah beschämt drein, aber das war mir egal, mich wurmte eher, dass sie mich immer auf meine Fehler hinweisen musste – meistens wurde es mir sofort selbst klar –, und außerdem war ich sauer, dass sie mir ins Ohr geflüstert hatte, denn inzwischen sollte sie ja wissen, dass sich das für mich absolut schrecklich anfühlt.

Zur Beruhigung steckte ich mir einen Finger ins Ohr. Da tauchten auf einmal zwei Polizisten auf. Einen kannte ich, es war Maggie Saunders' Vater. In der vierten Klasse war er mal bei uns gewesen und hatte uns seinen Beruf vorgestellt. Er hatte ein rundes Gesicht mit einem Doppel- oder Dreifachkinn. Ich mochte ihn, denn er hatte mich mal erwischt, als ich auf dem Friedhof hysterisch lachend einen Grabstein umarmt hatte, doch er versprach mir, meinen Eltern nichts zu sagen, wenn ich es nicht wieder tue.

Den anderen, also den Kollegen von Mr Saunders, hatte ich noch nie gesehen. Mit seinen Muskelpaketen und einem Bart, hinter dem der Mund verschwand, war er das totale Gegenteil von Mr Saunders. Mir war sofort klar, dass er das Sagen hatte. Auf seinem Namensschild stand: ROLLINS.

»Mia Gilmore?«, fragte Officer Rollins. Mia zuckte ein wenig zusammen, dann umarmte sie meine Schwester noch einmal, denn ohne Umarmung läuft bei denen gar nichts. Schaurig. Dann folgten Mia und ihre Mutter dem Officer.

Colin erzählte Tess von seiner Zahnspange, die fester gestellt werden musste, und Kai beantwortete Naomis Frage zu irgendwelchen Hausaufgaben und pulte dabei an der Ecke eines Aufklebers, der sich vom Skateboard gelöst hatte. Bryce starrte mit seinen hellblauen Augen Löcher in die Luft. Besonders interessant hatte ich ihn noch nie gefunden, und wenn ich ihn so ins Leere blicken sah, fragte ich mich, warum Colette ihn bloß zu ihrem ersten Freund auserkoren hatte. Ob sie sich wohl geküsst hatten? Allein bei dem Gedanken, einen Jungen zu küssen, könnte ich schon ausflippen. Ich glaube, man muss sich dabei auch anfassen, aber ganz sicher bin ich nicht.

Keine Ahnung, warum ich ausgerechnet in dem Moment wieder zu Kai schaute. Nun saß er vornübergebeugt und tippte auf seinem Handy herum, den Mund leicht geöffnet. So konzentriert sieht er bei Klassenarbeiten auch immer aus. Noch bevor er meinen Blick bemerkte, holte ich selbst mein Handy raus, ging auf meinen Lieblingsblog und las den letzten Post des berühmten Tornadojägers.

Nach und nach wurden alle mit ihren Eltern reingerufen, blieben eine Weile und gingen dann. Es dauerte jedes Mal höchstens fünfzehn Minuten, aber mir kam es wie eine Ewigkeit vor. Mom ging mit Tess rein, und als sie rauskamen, hatte Tess rot verweinte Augen. Tess bat Mom, dass sie schon ohne uns gehen dürfte, weil sie zu Mia wollte, und Mom erlaubte es. Schließlich saßen nur noch Mom und ich im Wartebereich. Als Officer Rollins auftauchte und meinen Namen rief, folgten wir ihm zu seinem Büro. Bevor wir hineingingen, bat Mom mich, hier zu warten.

»Darf ich Sie kurz allein sprechen?«, fragte Mom.

»Natürlich«, sagte er. Und so lehnte ich mich an die Wand, trotzdem hörte ich, was drinnen gesprochen wurde.

»Ich wollte Ihnen nur sagen, dass bei Frankie eine neurologische Normabweichung diagnostiziert wurde«, begann Mom leise. »Vielleicht wird sie nicht logisch auf Ihre Fragen antworten oder Ihnen ins Wort fallen. Sie ist sehr impulsiv und reagiert empfindlich auf Veränderungen, für sie ist diese Befragung schwieriger als für andere Kinder. Außerdem hat sie eine semantisch-pragmatische Störung, das heißt, sie ist sehr berührungsempfindlich und kann überreagieren, wenn sie …«

Beschämt drehte ich den Kopf weg.

Warum bin ich immer die Einzige, deren Mutter alle Leute vorwarnen muss?

5. KAPITEL

FAKT: DIE REGION IN DEN USA, DIE AM SCHLIMMSTEN VON TORNADOS VERWÜSTET WIRD, HEISST TORNADO ALLEY.

»SETZ DICH DOCH, Frances«, sagte Officer Rollins, als sie mich endlich nach drinnen holten. Mom wechselte auf den zweiten Stuhl, der näher an der Wand stand. Sie schlang ihre Schlabberjacke enger um sich, als würde sie frieren, dabei war es ziemlich heiß hier drin.

»Da wollte ich aber sitzen.« Ich sah sie an und verschränkte die Arme vor der Brust.

»Sei mal ein bisschen flexibel, bitte«, gab sie zurück.

»Bin ich doch. Ich gebe mir Mühe.« Flexibilität ist ihr unheimlich wichtig. Therapeuten auch. Und Leute im Allgemeinen. »Aber kann ich trotzdem da sitzen?«

Seufzend stand Mom auf. Während wir aneinander vorbeizukommen versuchten, stieß ich gegen ihr Knie und trat ihr auf die Füße. »Der Sitz ist ja ganz warm«, grummelte ich, blieb aber sitzen.

Officer Rollins beobachtete uns von seinem Platz am Schreibtisch aus. »Können wir anfangen, Frances?«, fragte Officer Rollins hinter dem Holzschreibtisch.

»Ich heiße Frankie.« Unbehaglich rutschte ich auf dem Stuhl mit der harten Lehne und dem heißen Sitz herum.

Wie gerne wäre ich jetzt am Strand. Aus dem Gedanken heraus fragte ich sicher auch: »Sind Sie aus Long Beach?«

Er schüttelte den Kopf. »Tacoma.«

»Da gibt es diesen tollen Freizeitpark Wild Waves«, sagte ich.

»Wild Waves liegt in Federal Way«, antwortete Officer Rollins.

»Ist das nicht in der Nähe von Tacoma?«, fragte ich. »Direkt daneben, oder? Im Grunde gehört es doch dazu.« Er zuckte nur mit den Achseln, also unternahm ich einen neuerlichen Anlauf. »Mir gefällt auch der Zoo in Tacoma.«

»Den meisten gefällt er.«

»Ihnen etwa nicht?«

»Ich bin erwachsen.« Ich dachte, es kämen noch weitere Erklärungen, also wartete ich ab, doch es kam nichts mehr.

»Na und. Auch Erwachsene können doch gerne in den Zoo gehen.«

»Frankie, lässt du jetzt bitte mal den Officer zu Wort kommen?« Mom rutschte mit ihrem Stuhl etwas zurück, bis sie halb hinter mir saß.

Ich drehte mich zu ihr um. »Du machst mich wahnsinnig. Stell deinen Stuhl gefälligst wieder zurück.«

»Nicht in dem Ton«, sagte Mom. »Und denk dran, dass Officer Rollins das Verhör leitet und nicht du.«

»Weiß ich doch.« Hoffentlich führte sie im Kopf nicht Buch über all die Sachen, die ich heute nicht so gut machte – alles Gründe, mir wieder Medikamente zu verabreichen. Oder mich zu Gabriel zu schicken.

Mom rückte mit dem Stuhl wieder vor, sodass sie jetzt neben mir saß.

Ich sah zur Decke und checkte die Ecken. »Wird das Gespräch aufgezeichnet?«

Mom seufzte.

»Ja«, antwortete Officer Rollins.

»Wo ist denn die Kamera?«, fragte ich. Mom räusperte sich, wahrscheinlich wollte sie mich daran erinnern, dass Officer Rollins hier die Fragen stellte.

Stimmt schon, ich rede viel. Gabriel meint auch immer wieder, ich würde »das Gespräch so an mich reißen«. Sprich, wenn man einfach sagt, was man zu sagen hat, ohne dem anderen Gelegenheit zu geben, auch was zu sagen, selbst wenn man weiß, dass jetzt was Ödes oder Nerviges kommt. Egal, man soll es sich trotzdem anhören.

Officer Rollins' Supermann-Arme lagen auf dem Schreibtisch, nun hob er einen wie eine Zugbrücke hoch und deutete zur Kamera an der Decke.

»Ach da.« Ich machte einen langen Hals, um die kleine Kugel mit dem winzigen roten Auge neben der Deckenlampe anzuschauen.

»Danke, das hätte mich sonst echt verrückt gemacht.«

»Was hätte dich verrückt gemacht?« Officer Rollins strich sich über seinen Gesichtspelz.

»Die ganze Zeit nach der Kamera zu suchen«, antwortete ich. »Besser, ich weiß von Anfang an, wo sie ist.«

Officer Collins' rechter Mundwinkel wanderte nach oben, als würde er ein Lächeln in Betracht ziehen, dann überlegte er es sich aber anders und runzelte stattdessen die Stirn. Durch seinen kreisrunden Bart wirkte es, als würde dieser Gesichtsausdruck jetzt für immer so bleiben.

Ob er überhaupt richtig lächeln konnte? *Haben Sie ein*

Problem mit Ihrer Mimik? Man muss ja auch nicht ständig grinsen. Clowns grinsen zu viel ... Die sind mir unheimlich. So unheimlich wie die Meerhexe. Als ich klein war, waren wir mal ...

»So, darf ich dir jetzt mal ein paar Fragen stellen?« Officer Rollins unterbrach meinen Gedankenfluss. Ich nickte, aber ganz ehrlich, wenn wir denn schon reden mussten, hätte ich lieber weiter über die Kamera gesprochen. »Ich wollte dir gleich vorneweg sagen, dass du nicht in Schwierigkeiten steckst.«

»Wieso ich? Colette wird doch vermisst.«

»Ja«, sagte er und diesmal lächelte er wirklich. »Und wir suchen nach ihr, deshalb haben wir euch heute auch alle hergebeten. Vielleicht könnt ihr uns ja Hinweise geben, die uns weiterhelfen.«

»Haben Sie ihr Handy schon untersucht?«, fragte ich. »Ihr ganzes Leben ist auf dem Handy.«

»Wir gehen davon aus, dass sie ihr Handy bei sich hat. Doch es ist ausgeschaltet, deshalb konnten wir es nicht orten.«

»Was ist mit ihrem Computer?«, fragte ich. Officer Collins stöhnte. »Okay, stellen Sie Ihre Fragen.«

»Danke.« Er blickte kurz in ein Notizbuch mit einem beigen Ledereinband, das vor ihm lag. »Du bist also ganz eng mit Colette befreundet?«

»Nein.«

»Nein? Aber das haben deine Mitschüler alle gesagt.«

Mom rutschte auf ihrem Stuhl hin und her.

»Ich war mit Colette befreundet, aber jetzt nicht mehr.« Officer Rollins sah mich an, als wollte er Genaueres wissen, deshalb redete ich weiter. »Früher waren Colette und ich beste Freundinnen … und meine Schwester und Colette auch. Wir haben viel Zeit zu dritt verbracht. Später ist Mia hergezogen und hat sich unserer Gruppe angeschlossen. Tess und Colette mochten sie richtig gern, aber ich nicht, und dann war ich auf einmal …« Was sollte ich sagen? Die Wahrheit? Dass ich plötzlich außen vor war? Mir kam es albern vor. »Dann war es einfach vorbei mit der Freundschaft.«

Officer Rollins nickte. »Verstehe. Ich habe selbst eine fünfzehnjährige Tochter.«

»Ich bin aber dreizehn.«

»Weiß ich doch«, sagte er lächelnd. »Damit will ich nur sagen, dass ich verstehe, wie solche Dinge ablaufen.«

Während er sich Notizen machte, fiel mir auf, dass es in dem Zimmer gar keine Uhr gab. Ich fragte mich, ob das wohl Absicht war, so eine Verhörtaktik für Kriminelle. Ansonsten wirkte das Zimmer nicht sehr angsteinflößend. An der Wand hing sogar ein Poster vom Strand bei Sonnenuntergang.

In Gedanken baute ich Sandschlösser mit Colette und Tess, in aller Eile stapelten wir Sandsteine, so hoch wir konnten, bis die Flut kam und sie davonspülte.

»Frankie?«, fragte Officer Rollins.

»Was?« Ich kehrte wieder zum Gespräch zurück, das er offenbar kurz ohne mich führen musste.

»Ich hatte gefragt, was Colette früher gerne gemacht hat, als ihr noch befreundet wart?«

»Gesungen«, antwortete ich.

»Ach, ja?«

Ich nickte. »Insgeheim möchte sie gerne ein Popstar werden. Dauernd schreibt sie Songs, wenigstens hat sie das früher.« Ich sah meine Mutter an. »Ihre Eltern wissen nichts davon, also behalt es für dich.«

Mom lächelte. An Officer Rollins gewandt fügte ich hinzu: »Colette singt richtig gut.«

»Das ist ein wertvoller Hinweis, Frankie. Dass Colette gerne singt, hat uns bislang noch keiner gesagt.« Unweigerlich musste ich lächeln. Über das Lob freute ich mich. »Glaubst du, dass Colette von zu Hause ausgerissen ist?«

Ich lachte laut auf. »Nein! Sie ist doch erst dreizehn! Und nicht besonders mutig.« Colette konnte nicht mal einen Grabstein umarmen.

»Aber hältst du es trotzdem für möglich, dass sie ausgerissen ist? Auch wenn es noch so unwahrscheinlich ist?« Er schaute von seinem Gekritzel auf. Unmöglich, seine Handschrift auf dem Kopf zu lesen.

»Nein.« Ich wurde hibbelig, schlenkerte mit den Füßen.

Officer Rollins schaute zu meinen Füßen. »Wir sind gleich fertig.« Mithilfe des Stifts blätterte er durch seine Notizen. »Noch eine letzte Frage, Frankie. Dann kannst du gehen.«

»Okay.« Als ich zu meiner Mutter sah, lächelte sie mir aufmunternd zu. Offenbar hatte ich mich einigermaßen gut geschlagen. Dann kam die eine Frage, vor der ich mich schon gefürchtet hatte.

»Wann hast du Colette zum letzten Mal gesehen?«

Nein!

Ich hatte mich schon entschlossen, die Polizei nicht anzulügen. Wenn ich direkt gefragt würde, wollte ich ehrlich antworten. Doch jetzt sah mich Officer Rollins mit einem Fragezeichen im Gesicht an, und ich bekam es mit der Angst zu tun, denn Colette war direkt nach ihrem Besuch bei mir verschwunden. Und ich wollte nicht das Gefühl haben, dass es meine Schuld war. Denn das war es absolut überhaupt nicht.

»Ich habe Colette gestern Abend gesehen«, platzte ich heraus. Überrascht schaute Officer Rollins auf.

»Was?« Mom richtete sich in ihrem Sitz auf. »Wieso hast du das nicht gleich …«

»Wenn Sie Frankie bitte ausreden lassen würden«, unterbrach Officer Rollins.

»Tut mir leid«, sagte Mom, »sprich weiter, Frankie.«

»Colette klopfte um sechs Uhr fünfundvierzig an meinem Zimmer.«

»Verstehe, und …« Officer Rollins verstummte wieder und legte die Stirn in Falten. Flugs blätterte er durch sein Notizbuch, offenbar suchte er nach einem bestimmten Eintrag. »Meinst du morgens um sechs Uhr fünfundvierzig?«

»Ähm … nein«, antwortete ich lachend. »Wer würde schon so früh vorbeikommen?«

»Du sagst also, dass Colette gestern Abend um achtzehn Uhr fünfundvierzig bei dir gewesen ist?« Als ich nickte, sah er mich streng an. »Woher weißt du die Zeit so genau?«

»Weil sie mich bei *Tornado Ally* gestört hat und ich es dann nicht live gucken konnte.« Daraufhin sagte er nichts, deshalb fügte ich hinzu: »Hinterher die Aufzeichnung zu sehen, macht mir keinen Spaß. Und Colette weiß das. Außerdem musste ich bald Hausaufgaben machen, da hätte ich dann eh ausschalten und mein Zimmer verlassen müssen. Deshalb hat es mich besonders geärgert.«

»Warum musst du für die Hausaufgaben dein Zimmer verlassen? Bist du in die Bibliothek gegangen?«

Ich warf meiner Mutter einen strafenden Blick zu. »Sie zwingt mich dazu, damit sie mich überwachen kann.«

»Damit ich dir helfen kann«, sagte Mom leise.

Officer Rollins rieb sich die Augen, dann die Stirn und den kahlen Kopf. Zum Glück hörte er auf, bevor die Haut ganz ab war. »Soll das ein Witz sein?«

»Wie meinen Sie das?« Was war denn daran lustig? Ernst sah ich ihn an, dann wurde ich von seinen Stirnfalten abgelenkt: *eins, zwei, drei, vier*.

»Frankie?« Als er die Brauen hob, gruben sich die Falten noch tiefer in die Stirn. Er blickte meine Mutter mit einem Ausdruck an, der nur bedeuten konnte: *Ich weiß jetzt, was Sie meinen.*

Ich wollte mich ja normal verhalten, aber ich verstand nicht, was er von mir wollte. »Hä?«

»Frankie, konzentrier dich bitte!«, sagte Mom.

»Tue ich doch!«, fauchte ich.

Officer Rollins atmete tief durch. »Ich wollte damit sagen, dass bereits jemand anderes ausgesagt hat, Colette habe den Betreffenden genau um achtzehn Uhr fünfundvierzig besucht und sei zwanzig Minuten geblieben. Colette kann nicht gleichzeitig an zwei verschiedenen Orten gewesen sein, es sei denn, sie verfügt über magische Kräfte.«

»Tut sie nicht«, antwortete ich irritiert. »Und ich lüge nicht. Ich weiß doch, wann *Tornado Ally* online gestellt wurde. Das können Sie auf der Viewer–App nachprüfen.«

»Meinst du Tornado Ally oder Alley?«, fragte Officer Rollins.

»*Ally*, genau wie ich gesagt habe. Den Freund von Tornados.« Ich verdrehte die Augen. Wie kam er bloß auf die

Idee, ich könnte meinen Lieblings-Vlog mit der Gegend verwechseln, die am allermeisten von Tornados heimgesucht wird? »Auch wenn ich mir bei all den Fragen selbst vorkomme, als wäre ich in die Tornado Alley geraten ... und könnte selbst gut einen Freund gebrauchen«, witzelte ich. Keiner lachte. Peinlich. »Ich sage die Wahrheit. Colette kam genau um die Zeit zu mir aufs Zimmer und blieb zehn Minuten. Vielleicht auch fünfzehn. Die andere Person muss lügen.«

War sie wirklich zehn Minuten geblieben? Oder eher fünf? Keine Ahnung, aber das behielt ich für mich.

»Kann es nicht sein, dass sie eher so um halb sechs vorbeigekommen ist? Denn dann käme es noch hin mit ...«

»Ich bin hundertprozentig sicher«, fiel ich ihm ins Wort.

Mom räusperte sich wieder.

»Ich frage mich, ob du das auch sagen würdest, wenn du wüsstest, wer die andere Person ist«, sagte Officer Rollins.

»Wer denn?« Bei mir im Kopf drehte sich alles. Was die Zeit anging, war ich absolut sicher. Warum in aller Welt sollte jemand anders behaupten, Colette habe ihn zur gleichen Zeit besucht? Da log doch jemand! »Wer? Sagen Sie schon.«

Officer Rollins klappte sein Notizbuch zu und schaute mich stirnrunzelnd an. Schweigen. Meine Mutter und er sahen sich an, dann mich, dann wieder sich. Schließlich zuckte meine Mutter die Achseln und Officer Rollins beantwortete meine Frage.

»Tess.«

6. KAPITEL

FAKT: DIE MEISTEN TORNADOS DAUERN NUR EIN PAAR MINUTEN.

ICH STÜRMTE NACH DRAUSSEN und blieb mit geballten Fäusten auf dem Gehweg stehen. Um ein Haar hätte ich eine Polizistin umgerannt, die mit einem großen Umschlag gerade reingehen wollte. Ich entschuldigte mich nicht mal bei ihr, denn ich war außer mir vor Wut und kämpfte mit den Tränen. Mitten auf der Pacific Avenue zu heulen, ging gar nicht. Quasi mitten auf der Hauptstraße unseres Städtchens.

Meine Mutter war noch geblieben, um mit Officer Rollins unter vier Augen zu sprechen. Na toll! Ich hielt mich links und lief am Rummelplatz vorbei, der bis zum Memorial Day außer Betrieb war, zu den Bänken vor der über vier Meter hohen Bratpfanne. Auf dem Schild davor steht, dass sie zum Muschelfest 1940 errichtet wurde. Ich setzte mich und vermied es, zu den Touristen hinüberzuschauen, die sich vor der Pfanne fotografieren ließen und dabei taten, als seien sie der Schinken. Wie originell!

Ich musste mich schnell einkriegen, denn wenn meine Mutter mich so sah, wäre es ein weiterer Grund, mir wieder Medikamente zu verabreichen.

Colette geht es garantiert gut und sie ist bald wieder da, redete ich mir ein. *Am Montag gehen wir wieder ganz normal in die Schule und das Ganze wird uns im Nachhinein bloß wie ein böser Spuk vorkommen.*

So etwas nennt man Selbstgespräch. Soll angeblich helfen, tat es aber nicht. Knurrend schlug ich mit den Hacken gegen die Bank. Bestimmt war mein Gesicht wutverzerrt, denn als mich die Bratpfannen-Touristen bemerkten, gingen sie schnell weiter.

Hör auf! Mom kommt gleich raus.

Ich zwang mich dazu, mit der Treterei aufzuhören und ein Lächeln aufzusetzen. Manchmal wird aus einem künstlichen Lächeln ja ein echtes. Diesmal nicht, aber besser ein seltsam gequältes Lächeln als ein finsterer Blick. Als Nächstes entspannte ich die Hände und drehte sie, sodass die Handflächen nach oben zeigten. Hat mir irgendwer mal geraten, heute war es genau das Richtige. Die kühle Brise, die mir über die Handflächen strich, beruhigte mich. Aus meinem aufgesetzten Lächeln wurde ein neutraler Gesichtsausdruck, und der Drang, die Bank zu treten, verschwand wie von selbst. Ich zog den Rotz hoch und sah auf mein Handy. Es war erst 14.50 Uhr. Mein innerliches Ausflippen hatte nur ein paar Minuten gedauert, auch wenn es mir viel länger vorkam.

Ich schaute über die Straße zu Marsh' Museum, das mehr ein Kuriositätenladen als ein Museum war. Keine Ahnung, warum es dann Museum hieß. Der Parkplatz war rappelvoll, denn es war jetzt Mitte April und die Wärme lockte Touristen nach Long Beach. Die konnten entweder am Strand abhängen, Schinkenfotos schießen oder eben Marsh einen Besuch abstatten.

Früher haben Colette, meine Schwester und ich regelmäßig unsere Sparschweine geplündert und sind zu Marsh, um Salzkaramell zu kaufen, uns aus der Hand lesen zu lassen und Jake, dem Krokodilmann, eine Minute lang in die Augen zu schauen. Das ist superschwer, denn dieses Wesen, halb Mensch, halb Krokodil, sieht total eklig aus. Irgendwo habe ich noch ein paar Videos davon. Es gehörte zu unserem Tat-oder-Schreck-Spiel. Echt cool.

Bei dem Gedanken versiegten meine Tränen sofort.

Ob Kai nach seinem Verhör wohl da hingegangen war? Seinen Eltern gehört der Laden, und manchmal muss Kai mithelfen, wobei das wahrscheinlich gar nicht erlaubt ist. Vielleicht sollte ich mich bei ihm für mein unfreundliches Verhalten entschuldigen, aber wahrscheinlich war er schon längst darüber hinweg. Was soll's also.

»Wie geht's dir?«, fragte Mom vorsichtig, als sie kam.

»Ganz gut«, antwortete ich.

»Im Ernst?«

Ich nickte. Dass sie so überrascht wirkte, ging mir gegen den Strich.

»Das ist schön«, sagte Mom, »denn sie wollen euch noch mal sprechen, dich und Tess. Ich habe gerade schon mit ihr telefoniert und sie ist auf dem Weg hierher. Ein Beamter hat etwas in Colettes Spind gefunden, dass ihr euch mal ansehen sollt.«

»Was denn?«, fragte ich.

Mom zuckte mit den Achseln. Als ich zu ihr aufschaute, stach mir die Sonne in die Augen. »Das werden wir ja gleich erfahren«, sagte sie. »Und bestimmt wollen sie noch mal nachhaken, wann genau ihr Colette zuletzt gesehen habt.«

»Tess lügt!« Gerne sagte ich das nicht über meine Schwester, aber wie sollte es anders sein?

»Red nicht so über deine Schwester«, sagte Mom finster.

Als der Wind unter ihr langes, dunkles Haar fuhr, sah sie aus wie eine Superheldin. Hätte sie es mal gelassen, aber sie band es sich mit einem Gummi hinten zu einem Knoten zusammen. Mom, Tess und ich haben alle die gleiche Haarfarbe – Mom hat vielleicht ein paar graue Strähnen –, aber während die Haare der anderen beiden glatt, meist frisch gewaschen und gekämmt sind, sind meine lockig, dreckig und wild. Deshalb trage ich meine Haare kürzer, denn Knoten rauskämmen ist das Schlimmste.

»Ich sage jedenfalls die Wahrheit.« Ich erhob mich von der Bank und bewegte mich auf die Polizeiwache zu. Mom folgte mir. »Colette ist um achtzehn Uhr fünfundvierzig zu mir gekommen. Da bin ich hundertprozentig sicher.«

»Ich glaub dir ja, Frankie. Aber würde deine Schwester die Polizei anlügen? Glaubst du das im Ernst?«

»Keiner traut Tess was Böses zu. Tess macht doch nie was falsch.« Ich hatte Mühe, ruhig zu bleiben. »Wenn, dann halten mich doch alle für die Lügnerin.« Ich blies mir den Pony aus den Augen. Ich musste dringend zum Friseur, noch so ein ätzender Termin. »Ich sage die Wahrheit.«

»Ich habe doch gesagt, dass ich dir glaube«, entgegnete Mom. »Ich nehme an, dass ihr beide glaubt, die Wahrheit zu sagen. Aber eine von euch muss sich irren. Natürlich unbeabsichtigt.«

»Los, gehen wir rein. Bringen wir es hinter uns.« Wir standen wieder vor der Polizeiwache.

»Wir müssen noch auf Tess warten.« Mom schaute die

Straße hinunter und schlang die Jacke enger um sich. »Sie wird gleich da sein.«

»Na schön.«

Officer Rollins zog noch einen weiteren Stuhl ins Verhörzimmer. Tess setzte sich auf den Stuhl an der Wand, wie immer nach vorne gebeugt und die Arme eng um den Körper geschlungen.

»Das ist mein Platz«, sagte ich.

»Ist es nicht«, flüsterte sie und presste die Lippen aufeinander.

»Da habe ich vorher auch gesessen, also ist es mein Platz.«

»Und als ich vorhin mit Mom hier war, habe ich da auch gesessen. Setz dich doch …«

»Tess«, sagte Mom.

»Was denn?«, fragte Tess leise. »Kann sie sich nicht einen anderen Stuhl nehmen? Das ist einfach nur peinlich.«

»Kann es losgehen?«, fragte Officer Rollins. »Es ist für jeden ein Stuhl da. Keiner geht leer aus.«

»Aber sie sitzt auf meinem Platz.« Ich zeigte auf den neuen Stuhl und sagte zu Tess: »Du kannst den nehmen.«

»Kannst du auch?« Tess formulierte es als Frage. Sie sah von mir zu Officer Rollins, zu Mom. Ihr schien die Situation extrem unangenehm, aber ich konnte nicht anders, ich musste den Stuhl an der Wand haben.

Im Grunde wäre es das Einfachste gewesen, wenn ich mich auf den Stuhl direkt neben mir gesetzt hätte. Aber das Einfachste ist für mich manchmal echt schwierig.

»Ich kann nicht an der Tür sitzen.« Meine Stimme wurde schrill. Mir schnürte sich schon die Kehle zusammen, gleich würden mir die Tränen kommen. Und ein Schrei. Tess musste mir Platz machen.

»Du kannst meinen Stuhl haben.« Mom stand auf.

»Du weißt genau, dass ich auch nicht in der Mitte sitzen kann.« Um mich zu beruhigen, drehte ich wieder die Handflächen nach oben, schaffte es aber nur kurz. Denn im Zimmer war es so heiß, dass mir der Kopf juckte und ich mich kratzen musste. Deshalb konnte ich es nicht lange genug ausprobieren.

»Meine Damen, können wir endlich anfangen?« Officer Rollins klang genervt.

»Tess, bitte«, sagte Mom verzweifelt. Mir rannen schon die Tränen über die Wangen, aber ich merkte es erst, als ich eine auf den Lippen schmeckte. Warm und salzig. Ihhh!

Tess stand auf und ließ sich mit voller Wucht auf den neuen Stuhl fallen. Sofort schlang sie wieder die Arme um sich und beugte sich vor, sodass ihre Haare das Gesicht fast verdeckten. Auch sie hatte Tränen in den Augen.

Ich wischte meine weg und setzte mich rasch auf meinen Platz.

»So, dann möchte ich euch jetzt endlich mal zeigen, was wir in Colettes Spind gefunden haben.« Officer Rollins sah Tess an. »Du teilst dir doch den Spind mit ihr, nicht wahr?«

Tess nickte. »Was haben Sie denn gefunden?«, fragte sie ängstlich. Mir wurde immer mulmiger zumute.

»Ein Tagebuch«, antwortete Officer Rollins.

Ich legte den Kopf auf die Seite und malte mir aus, wie Colette mit einem rosa Einhorn-Tagebuch in die Schule spazierte. »Soll das ein Witz sein?« Und weil mir vom Weinen die Nase lief, zog ich sie auch noch hoch.

»Frankie!«, sagte Mom. »Benimm dich.«

»Schon gut«, meinte Officer Rollins. Zu mir sagte er: »Wundert mich, dass ausgerechnet du das fragst, Frankie. Dein Name steht nämlich drauf.« Ungläubig starrte ich ihn an, während er sich meiner Schwester zuwandte. »Deiner auch, Tess.«

Ich beugte mich vor, sodass ich an Mom vorbei zu Tess schauen konnte. Tess tat das Gleiche. Der Vorfall mit dem Stuhl war vergessen. Inzwischen hatte sich meine Familie an meine Gefühlsausbrüche gewöhnt.

»Er meint doch nicht etwa …« Weiter sagte Tess nichts, denn sie wusste, dass ich wusste, was sie sagen wollte.

»Unmöglich«, antwortete ich. »Ist doch bei mir im Zimmer. An der Stelle.«

»Dachte ich eigentlich auch, aber …«

»Oder?«, fragte ich. »Wie denn …«

»Genau. Und wann …«

»Eben und …« Ich legte die Stirn in Falten. »Keinen Schimmer.«

Da schauten wir beide wieder zu Officer Rollins auf, der extrem verwirrt wirkte. Er räusperte sich. »Also, schön und gut. Keine Ahnung, ob das jetzt Zwillingscode oder Jugendsprache war, aber auf jeden Fall habe ich kein Wort verstanden. Kann mir das mal einer übersetzen?«

»Häh?«, fragte ich.

»Entschuldigung«, murmelte Tess. Warum entschuldigte sie sich bloß andauernd? »Es gibt da ein Notizbuch …«

»Könntest du ein bisschen lauter sprechen?«, fragte Officer Rollins. »Man versteht dich ja kaum.«

»Entschuldigung«, sagte Tess wieder, diesmal ein wenig

lauter. »Es gibt da ein Notizbuch von früher, als wir noch klein waren. So in der dritten Klasse. Da haben wir während der Grundschule immer reingeschrieben.«

Ich quatschte dazwischen. »Wir waren nie in derselben Klasse, deshalb haben wir uns Nachrichten in dem Buch hinterlassen und es in der Bibliothek versteckt. Wenn unsere Klasse dann in die Bibliothek durfte, haben wir reingeschaut.«

»So blieben wir immer in Kontakt.« Tess betrachtete ihre Hände, bevor sie wieder zu Officer Rollins aufsah. »Es kann nicht dieses Notizbuch sein, denn das ist zu Hause bei Frankie. Und Colette würde es auch nie mit zur Schule nehmen.«

»Hast du's mitgenommen?«, fragte Officer Rollins.

»Nein!« Tess bekam rote Flecken am Hals.

Officer Rollins bückte sich und hob einen dicken, gefütterten Umschlag vom Boden auf. Er sah genauso aus wie der Umschlag, den die Polizistin vorhin in die Wache gebracht hatte. Officer Rollins leerte den Umschlag auf dem Schreibtisch. Darin war ein Buch in einer Plastikhülle. Ein Buch, das ein Erwachsener womöglich als Tagebuch bezeichnen würde. Das Buch, das Tess, Colette und ich aber anders genannt haben.

»Fred!«, brüllte Tess. »Sie hatte Fred!«

Das Notizbuch zu sehen, um das mich Colette noch am Vorabend gebeten hatte – und das eigentlich in meinem Zimmer sein sollte –, war so verwirrend. Während ich es anschaute, überlegte ich fieberhaft, wie sie nur da rangekommen sein könnte. Es sei denn, es hatte gar nicht bei mir im Zimmer gelegen. Doch wo sollte es sonst gewesen sein?

Oder sie hatte es doch an sich genommen. Bloß wann? Ich war die ganze Zeit in meinem Zimmer gewesen, nur zum Abendessen war ich kurz ins Cottage gegangen.

»Das Buch heißt also Fred«, sagte Officer Rollins und unterbrach meinen Gedankengang. »Verstehe.«

Das Notizbuch hieß deshalb Fred, weil meine Rechtschreibung früher total miserabel war und ich eigentlich *Freund* auf den Umschlag hatte schreiben wollen, aber das U und das N vergessen hatte. Zum Glück behielt Tess diese Blamage für sich und sagte bloß: »Uns gefiel der Name und er gehörte zu unserem Geheimcode. Wenn wir uns im Flur begegnet sind, haben wir uns zugeflüstert: ›Du solltest dich mal wieder mit Fred treffen!‹ Und die anderen haben nicht gewusst, worum es ging.«

»Verstehe.« Officer Rollins steckte Fred zurück in den dicken Umschlag. »Das Buch geht ins Labor. Ich wollte mich nur vergewissern, dass es auch Colette gehört.«

»Es gehört mir«, sagte ich.

Tess schüttelte den Kopf und sagte leise: »Fred gehört uns allen drei.«

»Mädels«, mahnte Mom uns mit scharfem Ton, was so viel wie »kein Streit« heißen sollte.

»Entschuldigung«, meinte Tess. Ich hielt den Mund.

»Schon gut.« Officer Rollins lächelte Mom zu. »Wir haben Kopien angefertigt, sodass ihr sie in Ruhe zu Hause durchsehen könnt. Falls euch was dazu einfällt, gebt uns bitte Bescheid.« Er räusperte sich. »Viel verspreche ich mir nicht davon, aber wir müssen jeden Hinweis verfolgen.«

»Können wir jetzt gehen?«, fragte ich.

Mom sah mich finster an.

»Sofort«, antwortete Officer Rollins. »Ich möchte euch beide noch mal fragen: Wann habt ihr Colette gestern Abend zuletzt gesehen?« Mit verschränkten Armen wartete er auf unsere Antwort.

»Achtzehn Uhr fünfundvierzig«, posaunte ich.

»Was?« Tess klang empört. »Da war sie doch bei mir? Was sollte sie denn bei dir gewollt haben?«

»Wieso kann sie denn nicht zu mir ins Zimmer kommen?«, fragte ich. »Habe ich die Pest, oder was?«

»Das meine ich doch gar nicht!«, rief Tess. »Aber sie kann doch nicht …«

»Mädels!« Moms Ton war streng. »Schreit hier nicht so rum.«

»Tut mir leid, Mom«, meinte Tess.

»Ja, mir auch«, murmelte ich.

Dabei tat es mir gar nicht leid, denn ich war ja im Recht.

Tess durfte zu Mia, um Kekse für Colettes Eltern zu backen und in der Stadt Vermisstenmeldungen aufzuhängen, während ich mit Mom nach Hause musste. Das zeigt mal wieder, dass sie mich wie ein kleines Kind behandelt, obwohl Tess und ich gleichaltrig sind.

Unterwegs bombardierte Mom mich mit Fragen über das Gespräch mit Officer Rollins, über Fred und Colettes Besuch am Vorabend.

»Darüber will ich nicht reden«, blaffte ich.

»Dann sag mir, warum du in letzter Zeit so eine Mordswut auf deine Schwester hast.«

Weil sie mir meine einzige Freundin weggenommen hat, dachte ich, sagte aber nichts, denn so ganz glaubte ich das selbst nicht. Wenn jemand unsere Freundschaft ruiniert hatte, dann eigentlich Mia. Aber Tess hatte mich hintergangen, sodass ich am Ende alleine dastand. Also hat Tess mir doch die einzige Freundin – oder die einzigen Freundinnen, wenn man eine Schwester auch dazuzählt – weggenommen, zumindest hatte sie dazu beigetragen. Doch natürlich wollte ich das alles nicht meiner Mutter auf die Nase binden, denn sie würde Tess ohnehin nur in Schutz nehmen.

»Ich weiß nicht, was du meinst«, sagte ich stattdessen.

Wir liefen die Pacific Avenue in die andere Richtung, also weg vom Hotel. Ich hatte die Führung übernommen und Mom hatte nicht protestiert. War einfach mit meiner Fred-Kopie im Arm neben mir hergelaufen.

Mir juckten die Hände.

»Also schön …«, sagte Mom, »dann möchte ich wissen, warum du auf der Wache so unfreundlich zu Kai warst. Hat er dir was getan?«

Die Frage war leicht zu beantworten. »Nein, Kai ist immer nett.«

»Dachte ich mir doch«, sagte sie. »Ihr zwei wart doch immer so süß zusammen. Weißt du noch, wie ihr euch im Ferienlager diese Geheimsprache ausgedacht habt?«

Damals haben mich die anderen Kinder ausgelacht, weil ich mir meine eigene Sprache ausgedacht habe, bis Kai mich bat, sie ihm auch beizubringen. Doch das behielt ich für mich. Und weil ich gar nicht auf ihre Frage einging, begriff Mom, dass es mir unangenehm war, und so liefen wir schweigend weiter.

Mir schwirrte so viel im Kopf herum. *Colette ist verschwunden. Warum hört sie nicht auf mit dem Quatsch und kommt zurück? Ich sollte jetzt eigentlich frei haben. Stattdessen komme ich gerade von der Polizei! So sollte der Tag nicht ablaufen!*

Mir juckte der Kopf. Ich lief mit meiner Mutter an dem Drachenladen mit den waagerechten blauen Blenden und dem Souvenirladen mit den senkrechten weinroten Blenden vorbei. Ich kratzte mich am Kopf und zählte die Schritte zwischen den altmodischen Straßenlaternen: zweiundzwanzig. Ab der nächsten machte ich größere Schritte: achtzehn. Wieder kratzte ich mich am Kopf. Fast hatten wir die Stelle erreicht, wo ich links abbiegen wollte, deshalb trat ich zwischen die am Straßenrand parkenden Autos. In dem Moment packte mich meine Mutter und riss mich brutal zurück.

»Aua!« Noch während ich mich aus ihrem Griff befreite, ertönte gellendes Hupen. Als ich zu meiner Mutter herumwirbelte, hatte sie die Augen weit aufgerissen. »Du hast mir wehgetan!«, brüllte ich.

»Du wärst fast vom Auto überfahren worden!«, brüllte sie zurück.

»Hab ich doch gesehen!« Ich rieb mir den schmerzenden Arm. »Ich wäre schon stehen geblieben.«

»Das Gefühl hatte ich aber nicht«, sagte Mom in normalem Ton. »Komm, wir gehen zum Zebrastreifen.«

Ganz ehrlich, ich hatte das Auto nicht gesehen. Aber so was gibt man seiner Mutter gegenüber lieber nicht zu, vor allem nicht, wenn man keinen Bock auf Medikamente und Therapie hat.

Außerdem liegt die Geschwindigkeitsbegrenzung hier bei 40 Stundenkilometern, dem Tempo eines Tornados, da wäre ich wohl nicht gleich gestorben. Irgendwo habe ich mal gelesen, dass die Wahrscheinlichkeit, von einem so langsamen Auto totgefahren zu werden, bei etwa drei Prozent liegt. Vielleicht habe ich das aber auch falsch verstanden.

Nachdem wir die Straße gefahrlos überquert hatten, bogen wir links in die Bolstad Avenue und liefen aufs Meer zu. Mom ließ sich ohne Protest am Rathaus und am Campingplatz vorbeiführen, dann weiter unter dem Schild »LÄNGSTER STRAND DER WELT« durch und über den Strandparkplatz.

»Können wir den Bohlenweg nehmen?«, fragte sie nun. »Ich möchte keinen Sand in die Schuhe bekommen.«

Vor uns stand eine große rote Boje, dahinter fängt der Strand an. Da kann man entweder geradeaus durch den Sand gehen, auf den Holzbohlen links davon oder zurück in die Stadt umkehren. Rechts geht's nach Kanada, links nach Oregon, man muss nur lange genug laufen.

Und ich laufe am liebsten am Strand entlang. Normalerweise hätte ich Mom sicher gebeten, die Schuhe einfach auszuziehen, aber weil heute alles anders war, war ich total verstört und gab nach. Und ich bereute es kein bisschen, denn das rhythmische Stampfen unserer Schritte auf den Holzbohlen beruhigte mich. Meine Mutter neben mir zu haben, beruhigte mich auch.

»Machst du dir Sorgen um Colette?«, fragte Mom mit sanfter Stimme. Der Wind pfiff durchs Gras und über dem Strand standen bestimmt ein Dutzend Drachen in der Luft.

»Natürlich«, antwortete ich hastig. »Das geht doch allen so.«

»Ja, aber mir geht's nicht um die anderen, sondern um

dich. Die letzten Monate waren ganz schön schwierig für dich …«

»Weil ich die einzige Freundin verloren habe, die ich je hatte?«

»Ich glaube, wir alle erleben die Dinge unterschiedlich«, sagte Mom liebevoll. »Manchmal fühlt man sich ungerecht behandelt, während der andere das ganz anders sieht.«

»Kann schon sein.« Der Strandhafer wogte wie Wellen im Wind. Da wäre ich jetzt gerne durchgelaufen und hätte mir die Handflächen davon kitzeln lassen. »Ich weiß bloß nicht, wie man das anders sehen kann. Colette wollte nicht mehr mit mir befreundet sein.«

»Hhmm«, machte Mom. »Würde Colette das auch so erzählen? Dass sie nicht mehr deine Freundin sein wollte? Oder vielleicht, dass du sauer auf sie warst und nichts mehr mit ihr zu tun haben wolltest?«

»Colette hat hinter meinem Rücken über mich geredet, sie hat mir gar keine Wahl gelassen. Es ist ihre Schuld, nicht meine.«

»Aber Frankie, in Freundschaften geht's doch nicht um Schuld, sondern darum, dass man sich auch verzeiht.« Mom stupste mich mit der Schulter an. Seit letztem Sommer waren wir fast gleich groß. Tess war viel größer. »Und Freundschaften können auch mal schwierig sein, besonders wenn man älter wird und sich verändert. Da muss man seine Freunde immer wieder neu kennenlernen. Weißt du, in welchen anderen Beziehungen das auch so ist?«

»In welchen?« Ich hörte nur mit halbem Ohr hin.

»In denen zwischen Eltern und Kindern«, sagte sie. »Ihr werdet größer und verändert euch auch ständig, da muss ich mich immer neu auf euch einstellen. Gar nicht so einfach.«

»Ich bin immer noch die Gleiche. Ich hab mich nicht verändert. Aber bei Colette stimmt das.« *Oder hat das gestimmt?* »Mom?« Ich sah meine Mutter an.

»Hhmm?«

»Was, wenn Colette tot ist?«

»Ach, Liebes«, sagte Mom. »So was darfst du nicht mal denken. Mit Colette ist bestimmt alles okay.«

Sehr überzeugt klang sie allerdings nicht.

»Ich denke das aber. Mom, im Ernst, was, wenn sie nun tot ist?«

Da schaute mich Mom furchtbar traurig an. »Ich hoffe von ganzem Herzen, dass sie am Leben ist. Das hoffe ich für ihre Eltern, für Tess und ihre anderen Freunde und … für dich.«

»Ich auch.« Denn das tat ich wirklich, ganz egal, was passiert war.

7. KAPITEL

FAKT: BEIM TORNADO GIBT ES DREI WARNSTUFEN: GELB, ORANGE UND ROT.

SPÄTER, ZU HAUSE, war ich nervös und zappelig wie bei Warnstufe Gelb. Gelb bedeutet Vorwarnung, wenn die Bedingungen für einen Tornado gegeben sind, die Wetterleute aber noch keine Trichterwolken entdeckt haben.

Immer wieder sah ich aus dem Fenster, als ob Colette jeden Moment mit einem breiten Lächeln auf ihren sommersprossigen Lippen hier im Hotel aufkreuzen könnte. Während Pirat mich vom Fuß des Bettes mit gesenktem Kopf beobachtete, lief ich im Zimmer auf und ab und stellte Colette eine Reihe von Fragen.

»Wo bist du … und warum lag Fred bei dir im Spind? Wie bist du überhaupt da rangekommen? Und wie kannst du gleichzeitig bei mir und Tess im Zimmer gewesen sein? Was hatte Kai auf der Polizeiwache zu suchen? … Und überhaupt, was hat es mit deinem seltsamen Freund auf sich, der Löcher in die Luft starrt?«

Jetzt verrate ich euch mal was über mich: Ich brauche Antworten. Wenn ihr mir ein Rätsel stellt, das ich nicht sofort lösen kann, müsst ihr mir unbedingt die Auflösung verraten. Und statt mir anzukündigen, dass ich später ein

Geschenk bekomme, solltet ihr es mir lieber gleich geben, sonst macht mich das ganz verrückt. Dann drehen sich meine Gedanken nur noch darum, so ähnlich, wie wenn man ständig an einem eingerissenen Nagel fummelt oder eine wunde Stelle an der Lippe immer wieder leckt, auch wenn es wehtut.

Wie gesagt, ich brauche Antworten. Dann fühle ich mich der Welt nicht so ausgeliefert.

So zu sein, ist nicht so toll, jedenfalls nicht, wenn man Freunde haben möchte. Oft fühlen sich die Leute unwohl, wenn man sie geradeheraus Dinge fragt. »Direkt sein« nennt sich das und die meisten meiner Mitschüler können es nicht ab.

Außer Kai.

Ich kramte mein Handy hervor und schickte ihm eine Nachricht. Schon eine ganze Weile her, seit ich ihm geschrieben hatte. Das letzte Mal vor einem halben Jahr.

Frankie
Hallo 👋🌪🍨

Kai
Futterst du Eis im Tornado?

Frankie
LOL. Nein. Frag mich, warum du heute bei der 🚓 warst???

Die Pünktchen tanzten länger, als sie sollten, offenbar tat sich Kai mit der Antwort schwer. Ich wurde ungeduldig.

Frankie
Und?

Kai

Sie war im Laden gestern Abend.

Ich hab gearbeitet.

Frankie:

????

Kai

Woher soll ich das wissen?

Hat sich gefilmt und so.

Frankie

Häh

Wobei denn?

Kai

Gesagt hat sie nichts …

Stand da wie eine Salzsäule und hat die Kunden vergrault.

Frankie

Kai

So gegen acht.

Hab ich den Bullen auch gesagt.

Du fragst so viel wie die???????

Frankie

tmltmnl

Tut mir leid, tut mir nicht leid war quasi mein Motto.

Daraufhin schickte er mir ein Smiley, das Tränen lacht, und eine winkende Hand.

Einmal hat Gabriel eine ganze Therapiestunde lang mit mir SMS-Schreiben geübt. Dass ich so was mit einem Erwachsenen üben muss, daran sieht man schon, dass mein

Leben nicht normal ist. Gabriel hat mir beigebracht, auf Anzeichen zu achten, dass der andere die Unterhaltung beenden möchte. Sonst würde ich den Leuten nämlich die halbe Nacht hindurch Nachrichten schicken. Falls ich jemanden hätte, dem ich Nachrichten schicken könnte.

Frankie

Bye-bye Kai!

Er schickte mir noch eine winkende Hand. Am liebsten hätte ich ihm jetzt geschrieben, dass sich meine letzte Botschaft gereimt hat, aber Kai wollte die Unterhaltung ja ganz eindeutig beenden. Also legte ich mein Handy auf den Nachttisch.

So einen merkwürdigen Freitag hatte ich noch nie erlebt, dabei war er noch nicht mal vorbei. Bis zum Abendessen waren es noch ein paar Stunden hin. Ich brauchte irgendwas, um mich von diesem seltsamen Tag abzulenken, deshalb schnappte ich mir die Fotokopien von der Polizei.

Fred, unser Notiz- oder meinetwegen auch Tagebuch, hatte normale Buchgröße, aber die Seiten waren auf weiße DIN-A4-Blätter kopiert. Deshalb gab es da einen breiten Rand, auf dem ein Stück Arm der Person zu sehen war, die Fred beim Kopieren runtergedrückt hatte.

Die Haare am Handgelenk dieser Person, die auf jeder Seite mit abgelichtet waren, ekelten mich so dermaßen an, dass ich eine Weile brauchte, bis ich mich auf Fred konzentrieren konnte.

Beim Lesen schämte ich mich, denn was mir in der dritten Klasse bedeutsam vorgekommen war, wirkte nun fast lächerlich. Die ersten Einträge, die Tess, Colette und ich in der Bibliothek füreinander hinterlassen hatten, klangen so:

Hallo! Wie geht's so?
Hallo! Mir gut und euch? :)
Draußen ist es kalt. Ich will in der Pause nicht raus!
Mr Ellensburg ist so fies!
Ich wünsche mir ein Meerschweinchen, aber meine Mutter ist dagegen!

Colettes und Tess' Eintragungen waren meistens relativ nichtssagend. Es wimmelte von Zeichnungen von Kindern, Tigern, Regenbögen und Delfinen. Meine hatten mehr Inhalt. In einer stand:

Emmy hat mir in der pause einen ball Ins gesicht Geworfen. Das hat sie extra Gemacht. Miss French wollt mir nicht glauben das es extra war aber Emmy und ihre freundinnen haben mich ausgelacht weiel ich Geweint hab. Ich musste zur krangenschwester weiel mein gesicht ist ganz rot. Emmy ist Gemein!

Die Antwort von Tess lautete:

Sie ist gemein! Tut mir leid!

Und darunter von Colette:

Wir glauben dir Frankie. Tut mir leid das dein Gesicht wehtut. Ich hab Emmy gesagt das ich nicht zu ihrem Ge-

burtstag komme. Da meinte sie es gibt Schokomuffins. Ist mir egal hab ich gesagt weil sie gemein zu meiner Besten Freundin war.
PS: Du bist auch meine Beste Freundin Tess.

Nachdem ich eine halbe Stunde solche und ähnliche Nachrichten gelesen hatte, kam ich zu dem Entschluss, dass der Kram, den wir in der dritten und vierten Klasse geschrieben hatten, Officer Rollins höchstens wissen ließ, welche Kinder in der Grundschule gemein waren und dass Tess sich zu einer richtigen Künstlerin entwickelte.

Ich holte mir Wasser aus dem Kühlschrank in meinem Zimmer, bevor ich weiterlas. Ich wusste schon, dass als Nächstes die Seite mit dem Tat-oder-Schreck-Spiel kam. Während ich das Glas austrank, dachte ich an die fünfte Klasse zurück. Da hatten wir das Spiel in den Winterferien erfunden.

»Mir ist langweilig«, hatte ich gemault.

»Mir auch«, maulte Colette ebenfalls.

»Und mir erst«, stöhnte Tess.

Eingemummelt in mehrere Lagen Klamotten hockten wir auf Colettes Veranda in einem Schaukelstuhl, der eigentlich nur für zwei gedacht war. Der Himmel war bedeckt, und es war viel zu windig, um an den Strand zu gehen.

»Wir könnten aufs Dach klettern«, schlug Colette vor. Ihr Haus hatte ein Nurdach. Falls ihr nicht wisst, wie das aussieht, stellt euch einfach ein stinknormales zweistöckiges Haus mit einem spitzwinkligen Dach vor, dann nehmt ihr das Erdgeschoss weg, sodass das Dach unten fast den Boden berührt. Sieht aus, als wäre das Haus halb in der Erde versunken. Echt irre.

»Das haben wir doch schon gestern gemacht«, stöhnte ich.

»Da rutsche ich immer wieder ab«, meinte Tess.

»Weil du's falsch machst«, sagte ich.

»Ach Quatsch.« Colette stellte sich auf die Seite meiner Schwester. »Es war wirklich rutschig.«

Tess konnte einfach nicht richtig klettern, das stand fest. »Wir könnten ein Quiz machen«, schlug ich vor.

»Meinetwegen«, sagte Tess.

»Das ist doch was für Babys«, meinte Colette, was mich ein wenig kränkte. Sie wusste genau, wie sehr ich Frage-und Antwort-Spiele mochte. »Kommt, wir schminken uns mit Moms Make-up.«

Tess bekam glänzende Augen und setzte sich freudig auf. Vielleicht lag es an ihrem künstlerischen Talent, dass sie so gut im Schminken war. Sie schaute mich fragend an.

»Auf keinen Fall!«, platzte ich heraus. »Ich kann nicht ...« Die Worte verhedderten sich. »Die Pinsel ... auf der Haut ... das ist so ...«

»Schon gut, Frankie«, sagte Tess frustriert. »Sie mag keine Schminke auf der Haut«, fügte sie erklärend für Colette hinzu.

»Oh«, meinte Colette.

Ich hatte das Gefühl, die beiden enttäuscht zu haben, deshalb musste ich mir jetzt ganz schnell was Tolles einfallen lassen. Was machte uns zu dritt am meisten Spaß? Am besten, wir dachten uns ein Spiel aus, aber nicht irgendein Spiel, sondern das beste Spiel aller Zeiten!

»Wir spielen Wahrheit oder Tat!«, rief ich und sprang aus dem Schaukelstuhl. Mir war es schon die ganze Zeit zu eng gewesen, und ich hatte bloß kein Theater gemacht, weil ich zu der Zeit Tabletten schluckte. Von denen wurde ich aber hungrig und zittrig. Auch nicht so toll.

Ich sah meine Freundinnen an. »Wir können uns super Taten ausdenken!«

»Au ja!« Tess' Miene hellte sich auf, aber nur eine Sekunde lang. »Bloß haben wir doch gar keine Geheimnisse mehr voreinander.« Nachdenklich knabberte sie am Fingernagel, dann strahlte sie wieder. »Wie wär's mit Tat oder Schreck?«

Tess liebt es, andere Leute zu erschrecken und selbst erschreckt zu werden. Das klingt jetzt vielleicht überraschend, weil sie doch so still und zurückhaltend ist. Sie entschuldigt sich dauernd und wirkt manchmal, als hätte sie Angst vor der Welt. Doch in dieser Hinsicht ist Tess richtig mutig – viel mutiger als ich.

»Ähm …« Mir behagte dieses Erschrecktwerden nicht.

»Wie meinst du das?« Colette wirkte interessiert.

»Na, entweder man traut sich«, sagte Tess, »oder man bekommt einen Schrecken eingejagt!« Tess lachte boshaft.

»Ich möchte nicht erschreckt werden.« Ich wedelte abwehrend mit den Händen. »Du weißt, dass ich das nicht leiden kann.«

»Dann musst du dich eben immer trauen.« Colette lachte. Sie legte den Zeigefinger an den Mund und überlegte. »Du müsstest dich zum Beispiel trauen, einen Grabstein zu umarmen!«

»Nein!« Ich riss die Augen auf, mein Herz klopfte wie verrückt.

»Besser, als wenn dir jemand auflauert und dich erschreckt«, meinte Tess. »Außerdem könntest du es am helllichten Tag machen.« Ich muss richtig entsetzt ausgesehen haben, denn Tess fügte hinzu: »Wer sich am meisten traut, bekommt eine Belohnung.«

»Was für eine Belohnung?«, fragte ich.

»Karamell«, antwortete Tess bestimmt. Karamell von Marsh' war sozusagen ein Grundnahrungsmittel.

»Super. Dann sammeln wir jetzt mal Ideen«, sagte Colette.

»Einverstanden.« Auch wenn mir die Sache mit dem Friedhof so gar nicht behagte, war ich überzeugt, die Beste von uns dreien zu sein. »Ich werde gewinnen und alles Karamell bekommen.«

»Wirst du nicht«, riefen Tess und Colette lachend im Chor.

Tess schaute auf ihr Handy, das sie zu Weihnachten bekommen hatte. »Um fünf müssen Frankie und ich zu Hause sein«, sagte sie stirnrunzelnd. »Also Beeilung, Leute.«

»Gleich wieder da!« Colette raste ins Haus und kehrte sogleich mit Fred zurück. »Ich schreib alles hier rein.«

Zu meiner Bestürzung schrieb Colette als Erstes: *Umarme einen Grabstein.* Grinsend boxte sie mich in die Seite und meinte, ich würde das schon hinkriegen. Dann riefen wir alle unsere Ideen durcheinander, und am Ende schrieb Colette diejenigen auf, auf die wir uns einigen konnten: *Allein auf Colettes Dach klettern. So schnell wie möglich vom Hotel zum Strand laufen. Mitten in den Arkaden Hampelmänner machen.* Die Liste ging endlos weiter. Wir füllten eine ganze Seite mit Mutproben, Vorder- und Rückseite. Dafür brauchten wir so lange, dass wir an dem Tag zu keinen Taten mehr kamen – und zum Glück auch nicht mehr zum Erschrecktwerden. Doch am nächsten Tag ging es mit dem Spiel los.

Ich hatte gar nicht gemerkt, dass sich beim Lesen ein Lächeln auf mein Gesicht geschlichen hatte. Das verging mir, als mir bewusst wurde, dass ich allein in meinem Zimmer saß. Colette und ich waren keine Freundinnen mehr. Mein Verhältnis zu Tess hatte sich auch gewandelt. Beide hatten mich hintergangen.

Betrübt griff ich wieder nach der Fred-Kopie und blätterte um, jetzt war ich neugierig auf die Liste mit unseren Taten. Doch auf der nächsten Seite ging es nicht mehr um Tat oder Schreck. Da war bloß noch von Schule die Rede. Ich blätterte weiter. Auf der nächsten Seite waren auch nur Kritzeleien, meist von Tornados, die natürlich von mir stammten. Verwirrt sah ich die restlichen Seiten durch, die ich von Officer Rollins erhalten hatte. Entweder war meine Kopie nicht vollständig oder jemand hatte eine Seite herausgerissen.

Fest stand nur, dass Tat oder Schreck in meiner Fred-Kopie mit keinem Wort mehr erwähnt wurde.

8. KAPITEL

FAKE: MAN KANN EINEM TORNADO DAVONLAUFEN.

»CHARLES, MIR IST LANGWEILIG.« Ich hing über dem hohen Empfangstresen, das Kinn in die Hand gestützt. *Langweilig* kann bei mir einfach auch heißen, dass ich eine Abwechslung brauche.

»Hhmm.« Charles löste den Blick nicht von dem Zauberwürfel in seiner Hand. Während er an dem nervigen Teil hin und her drehte, sah ich mir die Tattoos auf seinen Armen an: den Kompass, der gleichzeitig das Auge eines Mannes ist, und wie dessen Haar in einen Ozean mit einem hochspringenden Orca übergeht. Von den Handgelenken bis zum T-Shirt-Ärmel gibt es kein Stück blanke Haut. Oben auf der Schulter hat Charles eine Rose für die Freundin, die er vor Mom hat und die bei einem Autounfall ums Leben gekommen war. Ihretwegen hatte Charles auch seinen Job als Firmenanwalt aufgegeben und war nach Long Beach gezogen, also haben wir es sozusagen ihr zu verdanken, dass wir ihn kennengelernt haben. Ich überlegte gerade, wie sehr es wohl wehtun musste, sich Tattoos stechen zu lassen, da meinte Charles: »Du könntest die Lobby fegen.«

»Vergiss es.«

»Die Kissen von den Gartenmöbeln reinholen? Es riecht

nach Regen.« Die Eingangstür stand offen. Meine Nase sagte mir, dass Charles recht hatte.

»Die Kissen sind immer voll mit Käfern.« Bei dem Gedanken schüttelte es mich.

»'ne Kanne frischen Kaffee kochen?«

»Du klingst wie Mom.«

Charles schaute auf und lächelte mich an. Um seine Augen hatten sich kleine Fältchen gebildet. »Vielleicht hat sie recht und ich lass dir und deiner Schwester zu viel durchgehen.«

»Wenn ich den Kaffee aufsetze, darf ich dann mit dem Rad raus?«

Charles schaute hinüber zum Parkplatz. In dem Augenblick stiegen gerade neue Gäste aus einem Auto, die gleich einchecken würden. Mit einem Seufzer legte er den Zauberwürfel beiseite und wuschelte sich durchs Haar.

»Für frische Luft bin ich sonst immer zu haben«, setzte er an, »aber heute ist kein gewöhnlicher Tag. Die Sache mit Colette. Und dann schau dir bitte mal die Wolken an. Da wird richtig was runterkommen.«

»Ich fahre gerne im Regen Rad.«

Charles kratzte sich am Kopf. »Hast du deine Mutter schon gefragt?«

»Ich kann sie nirgends finden.« Streng genommen war das keine Lüge, denn auf dem Weg von meinem Zimmer durch den Flur und die Treppe hinunter zur Lobby hatte ich sie nicht gesehen. Aber ich hatte auch nicht übermäßig nach ihr gesucht.

»Ich weiß nicht, Frankie«, sagte Charles mit Blick auf die Gäste. »Hast du dein Handy dabei?«

Ich nickte.

»Na gut, eine halbe Stunde.« Er lächelte den Gästen zu, die das Hotel betraten. »Willkommen«, sagte er. Mich sah er dann streng an, wie ein Kind, das erwachsen tut. »Eine halbe Stunde, keine Minute länger.«

»Jaaa!« Dann verzog ich mich winkend, ohne Kaffee aufzusetzen. Und während Charles voll und ganz damit beschäftigt war, die neuen Gäste einzuchecken, schnappte ich mir einen der Beach Cruiser, die eigentlich für die Gäste reserviert waren. Charles hätte bestimmt nichts dagegen gehabt. Bei Mom bin ich mir nicht so sicher. Mein gelbes Lieblingsrad war noch immer ausgeliehen, deshalb nahm ich das grüne.

Auf dem Weg in die Stadt trat ich ordentlich in die Pedale. Ich tat so, als wäre ich auf der Flucht vor einem Tornado, drehte mich immer wieder um, sah ihn schon förmlich hinter mir, so wie damals im Kindergarten. Ich malte mir aus, wie der Tornado durch die neue Schickimicki-Minigolfanlage peitschte und die Golfbälle durch die Gegend schleuderte, das Theater dem Erdboden gleichmachte, Popcorn durch die Luft wirbelte und die kleine Hütte, in der man Ausritte am Strand buchen konnte, beiseite fegte.

Meine Fantasie nahm mich so gefangen, dass ich an einer Kreuzung viel zu lange stehen blieb und angehupt wurde. Der Schreck holte mich wieder in die Realität und beförderte den eingebildeten Tornado zurück in den Himmel. Hastig radelte ich weiter, vorbei an Baugrundstücken, die zum Verkauf standen, und zwei Motels. Auf der Boldstad Avenue bog ich zum Strand ab.

In Gedanken jetzt beim Tat-oder-Schreck-Spiel, fuhr ich

an den Strandparkplätzen mit der Boje vorbei und nahm den asphaltierten Fahrradweg, der mich zurück zum Hotel führen würde. Ich drehte eine große Runde. Schwere graue Wolken ballten sich über mir zusammen, aber noch regnete es nicht. Mir ging so viel durch den Kopf, dass ich auch bis nach Oregon hätte strampeln können, doch das war in einer halben Stunde nicht zu schaffen.

Warum fehlte Fred bloß die Liste mit dem Tat-oder-Schreck-Spiel? Das hatte was zu bedeuten, das spürte ich. Und wie war Colette überhaupt an das Buch gekommen und was wollte sie damit? Auch das hatte was zu bedeuten.

Ich hatte ordentlich Tempo drauf, und als die viel zu niedrige Unterführung kam, wo man unter der Strandpromenade durchfährt, zog ich rasch den Kopf ein. Da war auch schon unser Hotel, doch ich fuhr einfach vorbei, immer weiter geradeaus. Links lagen Häuser, rechts Grasdünen und dahinter das Meer. Gleich würde ein ganz bestimmtes Haus auf der linken Seite kommen, das wollte ich auf keinen Fall sehen, aber im nächsten Moment war es schon vorbei.

Während ich wie eine Wilde strampelte, überschlugen sich meine Gedanken. Ich war diesen Weg schon so oft gefahren, dass ich ihn in- und auswendig kannte. So hatte ich den Kopf frei, mir die Tatenliste ins Gedächtnis zu rufen.

Einen Handstand machen.
Mitten in der Cafeteria wie ein Hund bellen.
Klingelstreich machen.
In der Öffentlichkeit singen.
Eine Minute lang sich was Ekliges ansehen.
Sich ohne Spiegel schminken.

Einen wildfremden Menschen um eine Pommes anbetteln und sie essen.

In dem Moment kam es mir superwichtig vor, dass mir sämtliche Taten einfielen. Doch welche hatten wir gemacht, welche wurden abgelehnt und welche dachte ich mir jetzt bloß aus? Sosehr ich mich auch konzentrierte, ich bekam es einfach nicht zusammen. Da gab es so unendlich viele Möglichkeiten. Los, denk nach. Wie viele Zeilen passen auf die Vorder- und Rückseite eines Notizbuches?

»Manno!«, rief ich laut. *Du dummes Gedächtnis, ich hasse dich!*, brüllte ich in Gedanken und packte den Lenker fester. Warum hatte Colette sich Fred geschnappt, warum fehlte die Seite mit der Liste? Aber warum wollte ich das eigentlich wissen? Sollte ich mir nicht eher Sorgen um Colette machen als um ein dämliches Buch und ein Spiel? Klar sollte ich das, aber ich konnte mal wieder nicht aufhören, mich auf die falschen Dinge zu konzentrieren.

Ein Stück vor mir saßen zwei Männer auf einer Bank und rauchten. Denen wollte ich nicht zu nahe kommen und auch nicht durch ihre Rauchwolke fahren, deshalb machte ich eine Vollbremsung und drehte um. Vom schnellen Treten war ich verschwitzt und atemlos.

Der Wind frischte auf und vom Radfahren ordneten sich meine Gedanken auch nicht. Auf dem Rückweg sah ich nicht zu dem bestimmten Haus auf der rechten Seite, denn es löste ungute Gefühle in mir aus. Im nächsten Moment lag es schon hinter mir.

Als ich fast wieder zu Hause war, sah ich Tess und Mom zum Cottage laufen. Es war wohl Abendessenszeit. Statt den Cruiser ordnungsgemäß zurückzubringen, lehnte ich ihn einfach gegen die Hauswand und rannte zu den beiden. Ich kam fast um vor Hunger.

Freitags machen wir immer Pizza und spielen ein Brettspiel. Heute Abend arbeitete Charles aber noch am Empfang und Tess wollte nichts spielen. Sie und Mia hatten Colettes Eltern Kekse gebracht. Seitdem wirkte Tess sehr niedergeschlagen. Stimmte was nicht mit mir? Ich wollte gerne spielen, dabei machte ich mir schon irgendwie Sorgen um Colette. Bloß weiß ich nicht so genau, wie sich Sorgen anfühlen.

Deshalb schauten wir einen Film über ein Mädchen und ein Pferd, den Tess ausgewählt hatte. Mom schrieb in einer Tour Nachrichten und ging auch einmal raus, um einen Anruf von Colettes Mutter entgegenzunehmen. Dafür zog sie sich in ihr Zimmer zurück und schloss die Tür. Wir mussten den Film über zwanzig Minuten anhalten.

Als sie zurückkam, waren ihre Augen rot und geschwollen. »Es gibt noch nichts Neues.«

»Hast du geweint?«, fragte ich.

»Mir geht's gut«, sagte Mom.

»Danach habe ich nicht gefragt.«

»Weiß ich«, antwortete Mom. »Soll ich Popcorn machen?«

Moms Popcorn ist unschlagbar, also sagte ich Ja und vergaß darüber, wegen des Weinens nachzubohren. Irgendwann mitten im Film fing es an zu regnen. Der Wind peitschte die Tropfen gegen das Fenster, das Prasseln erinnerte mich an eine klackernde Tastatur. Ich verkroch mich unter einer Decke, und während das Pferdemädchen im Film erwachsen wurde und ihre Probleme überwand, träumte ich davon, Meteorologin zu werden, Tornados zu jagen, jemanden zu haben, dem ich während eines öden Films Nachrichten schreiben konnte, dass mich alle mochten, weil ich so nett und lustig war, anstatt mich wegen meines seltsamen Verhaltens schief anzugucken.

Ich träumte, Colette würde an meine Tür klopfen und mich um Fred bitten, und ich würde Ja statt Nein sagen. Ich würde sie fragen, wofür sie Fred wollte, statt mir einfach Kopfhörer aufzusetzen und sie zu ignorieren. Ich träumte, Colette würde sich für Februar entschuldigen und mich zu einer Mutprobe einladen – auf die ich mich einließ. Ich träumte, ich würde ihr Karamell gewinnen, es am Ende aber mit ihr teilen.

Ich träumte davon, dass Colette nicht verschwunden war.

Und dann rannte ich durch den strömenden Regen ins Bett und träumte auch in der Nacht, dass es Colette gut ging.

2. TEIL

EIN SCHLIMMER SAMSTAG

9. KAPITEL

FAKT: TORNADOS ENTSTEHEN AUS EINEM GEWITTER.

»Hey, Frankie.«

»Hallo, Teddy«, sagte ich zu dem Oberschüler, der in den Arkaden hinterm Tresen stand. Er half gerade jemandem, also musste ich mich gedulden.

Obwohl ich Bauchschmerzen hatte, war ich in die Arkaden gegangen, gleich morgens um zehn, wie jeden Samstag. Ich musste tun, was ich immer tat, anstatt mir dauernd vorzustellen, Colette wäre weggelaufen oder entführt worden. Oder sie hätte die Seite mit den Mutproben aus Fred gerissen und in Stücke gefetzt, um mir zu zeigen, dass es mit unserer Freundschaft ein für alle Mal vorbei war. Wobei ich ihr das eigentlich nicht zutraute, auch wenn ich immer noch sauer auf sie war.

Dass meine Mutter mich unter den Umständen überhaupt gehen ließ, grenzte schon an ein Wunder, aber sie hatte alle Hände voll mit einem Gast zu tun, der sein Badezimmer geflutet hatte.

»Alles klar?«, fragte Teddy, als ich an die Reihe kam. Ich trat an den Tresen, ohne ihm ins Gesicht zu schauen, denn vor seinen Pickeln graute mir. Aber ich verbiss mir eine Bemerkung darüber. Dabei fiel mein Blick auf das Schwarze

Brett hinter Teddy. Colette. Eine Vermisstenanzeige mit ihrem Schulfoto.

Teddy drehte sich um. »Oh, hey, ist das nicht deine Freundin?«

»Nein«, antwortete ich. »Kann ich meine Karte haben?«

»Passwort?«

Ich verdrehte die Augen. »Das Passwort ist: ›Gib mir meine Karte.‹« Plötzlich bekam ich ein fürchterliches Stechen im Unterleib. Hatte ich was Falsches gegessen?

»Is' ja gut.« Teddy öffnete die Kasse und holte meine Spielerkarte heraus. Einmal im Monat lud Mom die Karte für mich auf, und dann konnte ich spielen, bis sie leer war. Ich ließ die Karte immer in den Arkaden, damit ich sie nicht irgendwo verbummelte, in meinem Zimmer, in der Schule oder auf dem Nachhauseweg. Meine Sachen zusammenzuhalten, ist nicht gerade meine Stärke. »Bitte schön«, sagte er und reichte mir die Karte. »Gerade hat jemand neben den neuen Egoshooter gekotzt. Da würde ich einen Bogen drum machen.«

»Danke für die Info«, sagte ich und ging zur anderen Seite, weit weg von der Kotzecke.

Obwohl die Arkaden gerade erst aufgemacht hatten, war schon viel los. Samstags bekommt man nämlich zwei Spiele für den Preis von einem und solche Schnäppchen mögen die Leute aus Long Beach. Mit Skee-Ball fange ich immer am liebsten an. Ich schob mich durch die Menge, den Kopf ziemlich weit in den Nacken gelegt, damit der Teppichboden aus meinem unteren Gesichtsfeld verschwand. Er ist schwarz mit blauen Spiralen, dazwischen überall psychedelische Sterne in Rot und Gelb. Davon wird mir schwindelig, dieser Teppich ist wirklich das Schlimmste an den Arkaden. Das Lichtgewitter und der Lärm haben mich noch nie gestört, so was gehört schließlich zu einer Spielhalle dazu, außerdem gewöhnt man sich mit der Zeit dran. Aber der Teppich geht gar nicht.

Mit dem Kopf im Nacken durch die Arkaden zu gehen, ist nicht so einfach, denn zwei Mal gibt es eine Stufe. Bei den Greifautomaten und vor den großen Bildschirmen von Fruit Ninja geht es entweder rauf oder runter, je nachdem, aus welcher Richtung man kommt.

Heute stolperte ich kurz beim Greifarmspiel, schaffte es aber ohne hinzufallen bis zum Skee-Ball. Die Bahn ganz links war allerdings besetzt, und weil ich nur an der spiele, musste ich warten. Ich wurde schrecklich ungeduldig, in mir braute sich ein richtiges Gewitter zusammen.

Das kleine Mädchen, das da spielte, traf immer nur in den ersten Ring, also konnte es eigentlich nicht lange dauern. Ich rückte ihr unangenehm dicht auf die Pelle, um ihr zu signalisieren, dass ich als Nächste dran war. Das macht man in unserem Alter so, auch wenn ich davon weiche Knie bekam. Lautlos zischelte ich ihr die ganze Zeit zu, sie solle sich beeilen. Um die ganze Sache abzukürzen, hob ich jedes Mal den Ball von dem gefürchteten Teppich auf, wenn sie ihn aus dem Spiel gekegelt hatte.

Ich habe oft genug Skee-Ball gespielt, um zu wissen, dass sie gleich fertig sein würde. Und genau in dem Moment kam ein weiteres Kind, vielleicht ihr älterer Bruder, und ein Erwachsener, wahrscheinlich der Vater. Als das Mädchen fertig war, las der Vater die Karte des Jungen ein und ließ ihn spielen.

»He!«, rief ich. Gleich brach das Gewitter in mir los. »Ich war dran!«

Der Vater drehte sich überrascht um. »Oh, tut mir leid. Ich habe dich gar nicht gesehen. Dauert auch nicht lange.«

Ich murrte laut.

Wieder sah der Vater mich an. »Die anderen beiden Bahnen sind doch frei. Kannst du nicht eine von denen nehmen?«

»Mir gefällt aber diese.« Ich verschränkte die Arme vor der Brust. »Ich warte.«

Innerlich schrie ich sie an, bis sie abdampften. Und die ganze Zeit über hatte ich grässliche Bauchschmerzen.

Als ich endlich an meine Skee-Ball-Bahn treten konnte, war ich so sauer über die Warterei, dass ich den ersten Ball vergab, doch danach traf ich jedes Mal in den obersten Ring. Ich stellte einen neuen Rekord auf.

Anschließend sah ich nach, wie viel noch auf meiner Karte drauf war. Wenn ich fünf Mal spielte, würde es noch für nächstes und übernächstes Wochenende reichen. Sofort kam mir Colette wieder in den Sinn. Ob sie dann wohl wieder sicher zu Hause wäre oder …

Ich schüttelte den Gedanken ab und trabte zum Motorradrennen. Da gab es nur eine Maschine, ein gelbes Teil, das zum Glück nicht besetzt war. Ich stieg auf und wählte die Einstellung, wo man durch Felder rast. Ehrlich gesagt stelle ich mir dabei immer vor, dass um mich herum ein Tornado peitscht. Irgendwann werde ich den Machern des Spiels schreiben, das habe ich mir zumindest vorgenommen: Die Fahrt durch die Felder wäre noch viel cooler, wenn sie einen Tornado dazupacken würden.

Ich wurde bloß Dritte, was viel zu schlecht war. Deshalb zog ich meine Karte erneut durch das Lesegerät. Doch auf dem Bildschirm flimmerte weiterhin: MÜNZE EINWERFEN. Ich zog die Karte noch drei Mal durch, aber ohne Erfolg. Jetzt musste ich Teddy Bescheid sagen, aber ich hatte keine Lust, vom Motorrad zu steigen, weil es so beliebt ist und irgendein Kind es mir sicher wegschnappen würde. Womöglich sogar die Skee-Ball-Bahn-Räuber. Eine Weile überlegte ich hin und her. Vielleicht würde Teddy ja zufällig vorbeikommen. Tat er aber nicht. Schließlich stand ich auf.

»Das Kartenlesegerät beim Motorradrennen ist kaputt«, sagte ich zu Teddy. Ich stand mit dem Rücken zum Tresen und schaute hinüber zu dem leuchtend gelben Motorrad. »Kannst du's reparieren?«

»Da muss ich den Manager rufen«, antwortete Teddy. »Für Lesegeräte ist er zuständig.«

»Aber ich muss da spielen!«, protestierte ich. »Ich hab bloß den dritten Platz gemacht, ich muss mich verbessern, sonst verfolgt mich das den ganzen Tag!«

»Kann ich gut verstehen.« Teddy öffnete die Kasse. »Hier, nimm einfach die Chips, okay? Die funktionieren garantiert.«

Ich drehte mich um und lächelte ihn an. »Danke!«, sagte ich begeistert. Teddy wirkte perplex. Offenbar hatte er das Wort aus meinem Mund noch nie gehört.

Mit den Chips eilte ich zurück zum gelben Motorrad, den Kopf aus Angst vor dem Teppichmonster weit im Nacken. Von der anderen Seite kamen drei Mädchen angelaufen, die ich aus der Schule kannte. Ich packte den Lenker rechts und im selben Moment packte eines der Mädchen den Lenker links. Sie war aus meinem Bio-Kurs. Ihr blondes Haar war zu einem hohen Pferdeschwanz gebunden und an der höchsten Stelle thronte eine riesige Tupfenschleife. Sah etwas eigenartig aus.

»Ich war zuerst da«, sagte ich schnell.

»Warst du nicht.« Das Mädchen musterte mich von oben bis unten. »Wo ist Tess?«

Ich holte tief Luft. Die Frage habe ich bestimmt schon tausend Mal gehört. »Woher soll ich das wissen?«

»Echt jetzt?« Das Mädchen riss die Augen weit auf, die Hand noch auf dem Lenker. »Das wundert mich jetzt aber. Darfst du ohne deine Babysitterin überhaupt hier sein?«

»Quatsch!«, rief ich. »Tess muss nicht auf mich aufpassen. Ich bin genauso alt wie sie. Wir sind Zwillinge!«

»Ja, aber ihr seht euch gar nicht ähnlich.« Die Freundin des Mädchens rümpfte die Nase über meine Klamotten. Auch sie trug eine riesige Schleife im Haar.

»Hallo, es gibt auch zweieiige Zwillinge!« Ich packte das Lenkrad fester.

»Du wirkst irgendwie … jünger.« Das Mädchen aus meinem Bio-Kurs lächelte mich fies an. Ihre Freundinnen kicherten.

»Mir egal.« Natürlich war es mir nicht egal. In meinem Bauch rumorte es und ich hatte einen Kloß im Hals. »Weg da! Ich will endlich spielen!«

Achselzuckend wandte sich das Mädchen ab, dabei fiel ihr Blick auf den Motorradsitz. »Igitt!« Ihre Freundinnen schauten ihr über die Schulter und stießen angewiderte Schreie aus. »Viel Spaß damit!«, rief mir das Mädchen noch zu, bevor die drei lachend abzogen.

Nervös, die Finger um Teddys Chips gekrampft, schaute ich mir den Sitz an. Ein rotbrauner Streifen. Irritiert starrte ich auf den Fleck und überlegte angestrengt. Hatte sich in der Zwischenzeit jemand anderes aufs Motorrad gesetzt? Unmöglich, ich hatte es doch nicht aus den Augen gelassen. Oder war der Fleck von Anfang an da gewesen … dann hatte auch ich mich reingesetzt. Igitt!

Ich fasste mir hinten an die Jeans. Tatsächlich fühlte sie sich nass an. Als ich meine Fingerspitzen betrachtete, klebte etwas schwach Rötliches daran. Ich wurde stinksauer. Irgendwer hatte rumgekleckert und der Nächste setzte sich rein. *Unfassbar, was manche Leute …*

Doch dann fiel es mir wie Schuppen von den Augen.

Da stand ich nun mitten in den Arkaden, um mich herum Massen von Schnäppchen-Fans, und dann DAS. Wie zum Spott bohrte sich der Schmerz mit spitzen Krallen in meinen Unterleib, wie eine Katze, die nicht auf den Arm genommen werden will.

Ich sah Sternchen. Schnell drehte ich mich mit dem Rücken zum Motorrad und zog das Sweatshirt so tief es ging. Leider reichte es nur bis zur Hüfte. Und das Blau meiner Jeans war ziemlich hell.

In den Arkaden gibt es keine Klos. Man kann die öffentlichen Toiletten draußen benutzen oder ins Restaurant gehen.

Was mach ich bloß? Hilfe! Was soll ich jetzt bloß machen?

Mir schossen die Tränen in die Augen und mein Herz raste. Gelesen hatte ich ja davon und in Bio hatten wir's auch gehabt, aber aus unerfindlichen Gründen hatte ich nicht damit gerechnet, dass es mich ebenfalls treffen würde. Erst recht nicht heute. Ich ballte die Hände zu Fäusten.

Schmerzhaft gruben sich die Nägel und die Chips, die ich noch festhielt, in die Handflächen. Mein Atem ging schnell und flach. Ein Kind, das neben mir spielte, sah mich erschrocken an und nahm Reißaus. Der Teppich begann zu tanzen. Mir war schwindelig und heiß, verzweifelt suchte ich die Halle ab. Wo könnte ich mich verstecken und in Ruhe nachdenken? *Tess wüsste, was zu tun ist. Sie würde nicht die Krise kriegen.* Panik stieg in mir auf. Da fiel mir die Tür vom Laser Tag ins Auge. Ohne groß zu überlegen, sprintete ich durch die Arkaden und verschwand dahinter.

Die Deckenbeleuchtung war ausgeschaltet, aber knallig grüne, pinke und gelbe Neonbalken wiesen den Spielern den Weg durch die Arena. Während ich durch die Dunkelheit schlich, hörte ich vor mir andere Spieler. Ich schlüpfte zwischen zwei Trennwänden hindurch und tastete mich zu einer Ecke vor, die sich außerhalb des Spielfelds befand. Da ließ ich mich auf den Boden gleiten und holte mein Handy raus.

Auf einmal musste ich wieder an die Sache in der vierten Klasse denken, als die Mädchen einen Fußball im Dreck gewälzt und mich damit beworfen hatten, weil ich zu einer von ihnen gesagt hatte, sie sehe mit ihrer neuen Brille aus wie meine Oma. Dabei hatte ich es gar nicht als Beleidigung gemeint. Aber das Mädchen war anderer Meinung. Als Colette den fetten braunen Fleck auf meinem neuen Pulli und die Tränen in meinen Augen sah, weil ich äußerlich wie innerlich tief getroffen war, gab sie mir ihren Pulli. Obwohl es an dem Tag eisig kalt war. Wären wir noch Freundinnen und wäre Colette nicht verschwunden, würde sie mir jetzt garantiert helfen.

In die Ecke der Laser-Tag-Arena gekauert, wischte ich die Tränen weg und überlegte, wem ich schreiben sollte. Mom oder … Tess.

Frankie
Tess!
Ich brauch deine Hilfe
Komm schnell in die Arkaden

Erst kapierte sie gar nicht, was ich wollte.

Tess
Komm schon, Frankie
Ich hab keinen Bock auf Spiele

Frankie
Ich spiele gar nicht
Ich habe MEINE … gekriegt

Tess
Was meinst du?

Frankie
IM ERNST
ICH HAB SIE
DU WEISST SCHON

Tess hatte sie letzten Winter bekommen, deshalb war mir unerklärlich, warum sie so auf dem Schlauch stand.

Tess
Sag endlich, was los ist
Ich mach mir um Colette Sorgen

Ich habe echt keine Lust auf die Arkaden
vielleicht nächste Woche

Frankie
ICH HAB MEINE TAGE!!!!!!!!!!

Ihre Antwort ließ ein paar Sekunden auf sich warten, mir kam es wie eine Stunde vor.

Tess
OMG Frankie!
Wie cool!

Ich fand es kein bisschen cool und konnte auch nicht nachvollziehen, warum Tess oder sonst wer es cool finden könnte. Ich fühlte mich schleimig, feucht und krampfig. Am liebsten hätte ich mich nach Hause unter die Dusche gebeamt. Und das soll was heißen, denn ich dusche total ungern. Das alles schrieb ich Tess in dem Moment nicht, denn ich wollte, dass sie sich sofort zu mir auf die Socken machte.

Frankie
Beeil dich!

Tess
Mach ich!
Alles okay?

Frankie
Ja klar
ich sterbe ja nicht oder so
Kann hier bloß nicht weg
Bin in der Laser-Tag-Arena

BEEIL DICH

Tess

Hast du einen Pulli, den du dir umbinden kannst?

Ich verdrehte die Augen. Darauf war ich auch selbst schon gekommen, doch da ich nicht gerne mehrere Sachen übereinander trug, hatte ich nur einen BH unter dem Sweatshirt an.

Frankie

Im BH rauszumarschieren, ist noch schlimmer als mit einer fleckigen Jeans.

Tess

Waaaaas?

Frankie

Beeil dich einfach!!!

Tess war überraschend schnell da und half mir aus der Patsche. Sie brachte ein dunkles Sweatshirt mit, das den Fleck auf der Jeans komplett bedeckte, und schob ihr Rad neben mir auf dem Nachhauseweg. Außerdem bot sie mir auch später zu Hause noch ihre Hilfe an. Doch ich ließ niemanden auch nur in die Nähe der Badezimmertür. Die Gebrauchsanweisung auf der Tampon-Schachtel konnte ich ganz allein lesen, aber es war nett, dass sie mir helfen wollte.

Einen Augenblick lang vergaß ich, dass sie mich vor ein paar Monaten hintergangen hatte.

Einen Augenblick lang hatte ich meine Schwester zurück.

10. KAPITEL

FAKT: BEI 25 PROZENT ALLER TORNADOS GIBT ES NICHT EINMAL EINE UNWETTERWARNUNG.

»ALLES … OKAY?«, fragte Tess leise und warf einen Blick auf mein neues Outfit: Jeans mit Löchern und graues Kapuzenshirt, das am Ausschnitt von meinem tropfenden Haar nass war. Tess stand in ihrer Zimmertür und ich draußen im Flur. »Geht's dir gut, meine ich?«

»Na klar.« Warum machten alle bloß immer so ein Theater? Ich will die Sachen einfach in den Griff kriegen und damit sind sie für mich erledigt. »Da, dein Sweatshirt.«

»Danke.« Tess nahm es und warf es in den Wäschekorb.

»Ist doch gar nicht schmutzig«, sagte ich beleidigt. Ich hatte es doch bloß eine Viertelstunde um die Hüften geschlungen.

»Ich hatte es gestern beim Radfahren an«, meinte sie. »Es muss gewaschen werden.« Einen Moment lang sah sie mich an. »Du musst nicht im Flur stehen. Kannst ruhig reinkommen.«

Ich war schon länger nicht mehr in ihrem Zimmer gewesen. Es zu betreten, fühlte sich seltsam an.

Tess' Zimmer sieht haargenau aus wie meines – nur total anders. Unsere Zimmer haben den gleichen Schnitt und die gleichen Möbel, aber auf ihrer Bettdecke tummeln sich bunte Blumen, während meine schlicht grau ist. An ihren Wänden hängen Poster mit Zitaten und eigene Zeichnungen – Landschaften, Menschen und abstrakte Formen –, an meinen Bilder von Tornados aus dem Internet, eine Karte der Regionen mit den heftigsten Tornados und ein paar Post-its mit Dingen, die ich nicht vergessen darf. Passwörter und so. Tess' Bett ist immer gemacht, meines nicht, es sei denn, jemand hat sich heimlich reingeschlichen und es für mich gemacht, was ich gar nicht mag. Ihre Bücher stehen im Regal. Ihre Buntstifte befinden sich nach Farben geordnet in einer durchsichtigen Box. Ihre Klamotten sind im Schrank. Meine … nicht.

Tess setzte sich auf den Stuhl vorm Schreibtisch, das linke Bein untergeschlagen, sodass sie auf dem Fuß saß. Das erinnerte mich an die Situation mit Colette vor zwei Tagen, da hatte ich an meinem eigenen Schreibtisch gesessen und sie hatte in der Tür gestanden. Wart ihr schon mal bei einem Rodeo und habt erlebt, wie der Stier in die Arena stürmt? So fühlte sich das an, nur war das, was in meinem Kopf herumbockte, kein Stier, sondern wieder das ganze Thema Colette und Fred und unser Spiel.

»Hast du gemerkt, dass die Seite mit dem Tat-oder-Schreck-Spiel in der Fred-Kopie fehlt?«, fragte ich. »Die Seite mit den Mutproben?«

»Nö.« Tess knabberte am Daumennagel.

Wenn Mom dabei wäre, würde sie Tess ermahnen, es zu lassen. Noch so ein merkwürdiger Unterschied zwischen uns beiden: Tess kaut ihre Nägel ab, bis nichts Weißes mehr zu sehen ist. Hat sie schon immer gemacht. Vor allem, wenn sie gestresst ist. Vielleicht findet sie Fingernägel auch einfach nur widerlich. Ich wiederum ekle mich so vorm Nägelschneiden, dass meine Nägel total lang sind. Versteht ihr? Wir sind komplett gegensätzlich.

»Glaubst du, die Polizei hat die Seite rausgerissen?«, fragte ich.

Tess sah mich verdutzt an. »Nein, bestimmt nicht.«

»Glaubst du, es war Colette?«

»Weiß ich nicht, Frankie. Warum sollte sie?« Offenbar wurde Tess gerade bewusst, dass sie Nägel knabberte, denn sie schob die Hände unter die Oberschenkel.

»Vielleicht war ihr das Spiel peinlich. Oder sie hat es getan, um mir eins auszuwischen. Oder …«

»Spinnst du? Colette wäre nie mit Absicht gemein zu dir.«

»Ja, ja.«

»Nie im Leben! Colette hat dich immer gern …«

»Ich versuche, mich an alle Mutproben von unserer Liste zu erinnern«, unterbrach ich sie lautstark. Darüber, dass Colette sehr wohl gemein zu mir sein konnte und es ja auch gewesen war, wollte ich nicht reden. »Tess, es ist echt wichtig.«

»Warum?« Tess knabberte wieder am Daumen. »Du glaubst doch nicht im Ernst, dass Colettes Verschwinden mit diesem Spiel zu tun hat? Das waren doch bloß alberne Mutproben, wie von der Düne springen und landen, ohne hinzufallen. Das hat doch gar nichts …«

»Ich versuche, sie einfach zusammenzukriegen«, sagte ich leise. »Mich macht es wahnsinnig, wenn mir Sachen nicht einfallen.« Vielleicht steckte auch mehr dahinter. Irgendwas ließ mir keine Ruhe – und vielleicht wollte ich das meiner Schwester gegenüber auch nicht zugeben.

»Es waren sehr viele.« Tess erhob sich und begann, die gefaltete Wäsche wegzuräumen, die auf einem Stapel am Bettende lag. »An alle kann ich mich auch nicht mehr erinnern. Da geht's mir wie dir.« Weil ich daraufhin nichts sagte, fuhr sie fort: »Schau doch mal in unseren alten Viewer-Account, da haben wir die Videos doch gespeichert.«

Ich schlug mir mit der flachen Hand an die Stirn. Wieso war ich nicht selbst draufgekommen? Manchmal ist man wirklich blind. Ich holte mein Handy raus, nahm im Schneidersitz auf dem Boden Platz und starrte aufs Display.

»Du kannst dich auch gerne auf einen Stuhl setzen«, meinte Tess.

»Hhmm.« Ich rief Viewer auf und gab das Passwort ein, das nur Colette, Tess und ich kannten. »Ich bin schon ewig nicht mehr auf der Seite gewesen.« Ich klickte ein Video an. »Ist ein komisches Gefühl.«

Tess setzte sich neben mich auf den Boden und lehnte sich an mich. Ich hielt das Handy so, dass sie auch etwas sehen konnte. Sie duftete nach Fruchtshampoo. Wahrscheinlich ist Tess der einzige Mensch, der sich so dicht neben mich setzen darf – besonders jetzt, wo ich keine Medikamente nahm, kaum Therapie bekam und jemand aus meinem Umfeld … verschwunden war.

»Guck mal.« Auf dem Video sah man Turnschuhe durch hohen Strandhafer flitzen. Offenbar war das Handy irgendwo hingestellt worden. »Ohne Ton.«

»An die Mutprobe erinnere ich mich gar nicht«, sagte Tess leise. Nach einer Weile fragte sie: »Haben wir nicht alle Videos gemeinsam gemacht? Warum filmt denn keiner von uns? Warum wurde das Handy aufgestellt?«

»Weiß ich nicht.« Zu viele Fragen auf einmal. »Aber das sind Colettes Schuhe.« Solche weißen Retro-Sneaker hatte ich nicht gehabt, weil meine Zehen in diesen Gummiteilen Platzangst kriegen, und Tess hatte zu breite Füße für die Marke.

»Nein«, meinte Tess.

»Doch. Warte, ich spiel's noch mal ab.« Als die Schuhe ins Bild rückten, drückte ich auf Pause. »Das ist auf jeden Fall Colette«, sagte ich. »Die hatte sie Donnerstagabend auch an.«

Tess zuckte zusammen. An dem Abend hatten wir Colette zum letzten Mal gesehen. Darüber, dass sie angeblich zur selben Zeit in unseren Zimmern gewesen war, verlor ich kein Wort. Tess auch nicht.

»Aber das Video haben wir vor zwei Jahren aufgenommen, Frankie.« Tess zeigte auf das Datum, wann es eingestellt worden war. »Muss eines der letzten gewesen sein. Wie alt waren wir da? Elf? Jedenfalls ist Colette inzwischen größer als ihre Mutter und hat riesige Füße. Die hat doch Donnerstag nicht dieselben Schuhe angehabt wie in der fünften Klasse. Da würde sie doch gar nicht mehr reinpassen!«

Ich zuckte die Achseln, denn ich war ziemlich sicher, auf genau diese Schuhe gestarrt zu haben, als ich Colette vor zwei Tagen nicht in die Augen hatte sehen wollen. Aber manchmal liege ich auch daneben. Das Video war tatsächlich vor zwei Jahren hochgeladen worden. Vielleicht hatte sich Colette die gleichen Schuhe noch mal gekauft, nur ein paar Nummern größer.

Oder …

Irgendwas stimmte da nicht. Mir tat der Bauch weh, aber

an meinen Tagen lag es jetzt nicht. Ich konnte mich überhaupt nicht an dieses Video erinnern, obwohl es unseren anderen sehr ähnelte. Doch bei der Fülle an Videos bekam ich sie im Kopf nicht mehr richtig sortiert.

Im nächsten Video wurde die Kamera von jemandem gehalten, der die Stufen einer Veranda hochstieg. Als dieser Jemand einen Blumenstrauß vor die Tür legte, war kurz eine schwarze Windjacke zu sehen. Die Person drückte die Klingel und rannte die Stufen schnell wieder hinunter, dabei hüpfte das Bild auf und ab, sodass mir richtig schlecht wurde. Dann wurde alles schwarz.

»Hast du das Haus erkannt?«, fragte ich.

»Kannst du dich noch daran erinnern?«, fragte Tess zurück. »War das nicht der Klingelstreich?«

Ich sagte, dass ich mich erinnerte, aber nicht an die Blumen, auch das Haus konnte ich anhand der Stufen nicht identifizieren. Ich spielte das Video erneut ab, war wie gebannt von der seltsamen Atmosphäre. Auch diesmal gab es keinen Ton.

»Frankie! Antworte endlich. Kannst du dich an dieses Video erinnern?« Tess klang ungeduldig.

»Habe ich doch gesagt.«

»Hast du nicht!«

Habe ich nicht? Manchmal bin ich überzeugt, was gesagt zu haben, einfach weil ich die Worte laut im Kopf höre. Aber wenn ich vergesse, sie laut auszusprechen, ist das für die anderen natürlich verwirrend. Und für mich auch.

»Nein, ich erinnere mich nicht«, sagte ich laut und deutlich. Wirklich.

Auf dem nächsten Video war eindeutig Colette zu sehen,

im Profil, das Haar zu einem Knoten zurückgebunden, mit einem weißen T-Shirt. Eine volle Minute lang stand sie bloß reglos da. Irgendwo drinnen. Die Aufnahme war so körnig, als hätte die Person, die filmte, gar nicht unbedingt auf Colette scharf gestellt. Da sprang mir plötzlich etwas ins Auge.

»Sie ist bei Marsh«, rief ich. »Siehst du das?« Hinter Colette war eine verschwommene Silhouette auszumachen: eines der ausgestopften Tiere, die in dem Laden von der Decke hingen.

»Kann sein.« Tess beugte sich vor. »Schon möglich, aber…«

In dem Moment summte ihr Handy so laut, dass ich zusammenzuckte. Telefongeräusche finde ich so schlimm, dass ich meins immer auf lautlos stelle. Als sich Tess von mir löste, um ihr Handy aus der Hose zu ziehen, wurde mir auf einmal kalt. Die ganze Wärme, die beim engen Zusammensitzen entstanden war, verflog.

Ich widmete mich wieder dem Video. Ob es dasselbe war, das Kai gestern in seiner Nachricht erwähnt hatte? Das Video, das sie Donnerstagabend bei ihm gemacht hatte? Nur dass sie bei mir abends ein anderes T-Shirt getragen hatte. Da trug sie … ich bekam es nicht mehr zusammen.

Ach ja, einen Pulli mit Delfinen!

Auf unserem Benutzerkonto waren bloß vier Videos gespeichert. Eigentlich hätten da viel mehr sein müssen. Hatte irgendwer die anderen gelöscht? Irgendwie passte da nichts zusammen.

»Tess, ich glaube, dass Colette alle Mutproben noch einmal gemacht hat.«

»Mia schreibt gerade.« Tess war so mit ihrem Handy beschäftigt, dass sie mich gar nicht wahrnahm. »Sie ist völlig fertig, weil jemand eine von Colettes Vermisstenmeldungen beschmiert hat. Sie will vorbeikommen.«

»Toll.« Ruckartig erhob ich mich. Ich kochte vor Wut. Manchmal wünschte ich, meine Wut hätte ein Frühwarnsystem, hat sie aber nicht. Wie ein Tornado, der ohne Unwetterwarnung aus heiterem Himmel kommt, wechselte meine Laune von entspannt auf stinksauer, weil Tess mir nicht zuhörte. Dabei sagte mir mein Bauchgefühl, dass wir uns unbedingt mit diesen alten Videos beschäftigen sollten. Aber anscheinend sah sie das nicht so. Niemand hörte je auf mich. »Dann eben nicht.«

»Was hast du denn?« Tess sah nicht mal vom Handy auf, das Haar war ihr ins Gesicht gefallen und ihre Daumen flogen nur so über die Tasten.

»Nichts«, sagte ich. »Ich gehe jetzt.«

»Ja, gut. Tschüss«, rief sie leise. Total daneben. Ich knallte die Tür hinter mir zu. Warum hatte sie mich nicht gebeten, zu bleiben? Ich wünschte mir, sie hätte dasselbe Bauchgefühl und würde sich mit mir für die fehlende Seite mit den Mutproben und für die Videos interessieren. Es gab bloß vier Videos, dabei hätten es eigentlich tausend sein müssen. Oder wenigstens zwanzig. Ich musste wissen, wo die anderen Videos abgeblieben waren, und wünschte mir, Tess würde es genauso gehen.

Doch die hatte wie immer was Besseres vor.

11. KAPITEL

FAKT: EIN TORNADO DAUERT DURCHSCHNITTLICH WENIGER ALS ZEHN MINUTEN, AUCH WENN ES EINEM LÄNGER VORKOMMT.

»Ist Officer Rollins da?«, fragte ich am Empfang. Ich stützte mich auf dem hohen Polizeitresen ab, die Faust in die Wange gedrückt. »Ich muss ihm was sagen.«

Es war Samstag um halb eins. Nachdem ich Tess' Zimmer verlassen hatte, hatte ich mit Mom im Cottage zu Mittag gegessen, aber nachdem ich das Sandwich verschlungen hatte, war ich mehr oder minder geflohen, weil ich nicht weiter über meine erste Regel ausgefragt werden wollte. Wusste sie denn nicht mehr, wie es bei ihr gewesen war?

»Tut mir leid, aber Officer Rollins ist unterwegs«, antwortete die Frau am Empfang und starrte dabei auf irgendetwas hinter mir.

Ich drehte mich um, aber da war überhaupt nichts. So was kann ich gar nicht leiden. »Ich-sehe-was-was-du-nicht-siehst« ist ja wohl das bescheuertste Spiel überhaupt.

»Ich kann ihn aber gerne für dich anrufen«, sagte sie. Vor ihr auf dem Tresen stand ein altmodisches schwarzes Telefon. Statt meine Antwort abzuwarten, wählte sie drauflos. Nach ein paar Sätzen reichte sie mir den Hörer. »Bitte schön.«

Als ich mir den Hörer ans Ohr presste, kam ich mir total blöd vor, weil er über eine Schnur mit dem Telefonapparat und der Apparat mit der Wand verbunden war. Was für Keime wanderten mir wohl gerade vom Hörer ins Ohr?

»Hallo, Frankie«, sagte Officer Rollins. »Mary meinte, du hättest mir was zu mitzuteilen?«

Ich wurde ganz aufgeregt. »Ja … ähm … in dem Notizbuch, das Sie für mich und Tess kopiert haben, fehlt eine Seite. Ist Ihnen das aufgefallen?«

»Noch mal, Frankie. Ich höre dich so schlecht.« Im Hintergrund waren Stimmen zu vernehmen. »Kannst du etwas lauter sprechen?«

Ich machte einen neuen Anlauf, diesmal in einer Lautstärke, in der man ein Referat vor der Klasse halten würde. Keine Ahnung, wo Officer Rollins gerade war, aber bei ihm war es richtig laut. Hier in der stillen Polizeiwache klang es allerdings, als würde ich herumbrüllen. »In dem Notizbuch, das Sie für uns kopiert haben, fehlt eine Seite. Oder haben Sie uns nicht alle Seiten gegeben?«

»Doch, ihr habt alle bekommen«, sagte Officer Rollins. »Worum ging es denn bei der fehlenden Seite?«

»Um eine Liste mit Mutproben. Die gehören zu einem Spiel, das wir uns in der fünften Klasse ausgedacht hatten: Tat oder Schreck.«

»Verstehe«, sagte Officer Rollins. »Und weiter?«

»Wir haben uns bei den Mutproben gefilmt und die Videos dann auf einen Viewer-Account gestellt. Ich habe sie mir wieder angesehen, also nicht die alten Videos von früher, sondern andere, vielleicht ganz neue. Ich glaube nämlich, dass Colette da dieselben Schuhe trägt wie Donnerstagabend. Ich bin nicht hundertprozentig sicher, aber sie sehen gleich aus.«

Die Polizistin tippte irgendetwas, sah aber ständig zu mir herüber. Ich kehrte ihr den Rücken zu.

»Verstehe«, meinte Officer Rollins, doch er schien rein gar nichts verstanden zu haben.

Vielleicht hatte ich mich auch nicht richtig ausgedrückt. »Die Videos wurden angeblich vor zwei Jahren hochgeladen, aber Colette trägt darin dieselben Schuhe wie vor zwei Tagen. Vielleicht können Sie es ja mal untersuchen oder so …«

Ich stutzte. Was versprach ich mir überhaupt davon? Wie sollten ihm die Videos weiterhelfen? Auf einmal kam mir der Besuch bei der Polizei albern vor. Womöglich hatte Tess recht und ich sollte mich nicht so auf die Videos versteifen.

Officer Rollins schwieg, deshalb ging die Fantasie mal wieder mit mir durch.

Schweigt er, weil er meine Gedanken lesen kann? Das wäre eine coole Superhelden-Kraft. Wenn ich mir fünf Superkräfte aussuchen könnte, welche wären das? Fliegen, Teleportation … »Was für Schuhe hat sie denn in den Videos getragen?« Mit der Frage riss er mich abrupt aus meinen Träumereien.

»Weiße Turnschuhe«, antwortete ich im Brustton der Überzeugung.

»Hmm«, machte Officer Rollins. Ich hörte, wie er blätterte. »Ihre Eltern haben ausgesagt, dass sie Donnerstagabend das Haus in Flipflops verlassen hat.« Er stockte. »Hast du nicht gesagt, dass die Videos zwei Jahre alt sind?«

»Ja, das ist das letzte Datum im Account«, meinte ich, »aber ich glaube, das stimmt nicht.«

»Das ist das letzte Datum im Account«, wiederholte er. Mein Gesicht glühte, bestimmt war ich ganz rot geworden. Je mehr Leute mir einreden wollten, dass ich mich irrte, desto überzeugter war ich, dass Colette an dem Abend bei mir weiße Turnschuhe getragen hatte und dass sie genau diese Schuhe auch auf den Videos anhatte. Und dass diese Videos nicht zwei Jahre alt, sondern brandneu waren!

»Vielleicht haben ihre Eltern das falsch in Erinnerung«, sagte ich.

»Möglich«, entgegnete Officer Rollins. »Unter solchen Umständen kann man sich schon mal täuschen.« Dann sagte er noch: »Oder man sieht Zusammenhänge, wo keine sind.« Was wollte er damit sagen? War das auf mich gemünzt? »Danke für deinen Anruf, Frankie. Jeder Hinweis bringt uns weiter. Ich habe mir alles notiert und werde es im Hinterkopf behalten. Wenn dir noch was einfällt, melde dich gerne wieder.«

»Ja, gut«, sagte ich leise. Ich hatte das Gefühl, es vermasselt zu haben, nur wusste ich nicht genau, warum. »Tschüss.«

Ich gab Mary den Hörer zurück und wandte mich zum Gehen. Auf dem Weg zur Tür schaute ich auf meine Schuhe, denn Colettes Turnschuhe wollten mir nicht aus dem Kopf gehen. Ich hatte recht, ich wusste, dass ich recht hatte. *Tess glaubt mir nicht. Officer Rollins auch nicht. Aber was ist mit Kai? Er hat Colette an dem Abend doch auch noch gesehen. Ich muss unbedingt mit ihm reden und …*

Plötzlich prallte ich gegen eine Wand.

»Aua!« Tränen schossen mir in die Augen, ich hatte mir die Nase gestoßen. Schützend hielt ich mir die Hände vors

Gesicht, und als ich zwischen den Fingern durchlinste, sah ich vor mir keine Wand, sondern eine Person: die Schreckschraube von Long Beach. Nämlich die verbitterte Alte, die immer alle anschreit, Einheimische oder Touristen – egal.

Ich war mit der Meerhexe zusammengestoßen.

»Pest und Pocken!«, fauchte sie mit ihrem seltsamen Akzent, polnisch oder russisch oder so, und bedachte mich mit einem eiskalten Blick aus ihren glasig grauen Augen.

Sie war zwar alt, aber mit dem kantigen Unterkiefer, den mannsbreiten Schultern und dem scharfen Ton war sie zum Fürchten. Jeden anderen hätte ich empört angeschrien, aber nicht die Meerhexe.

Ich wich zurück. »'tschuldigung«, murmelte ich so leise wie Tess, so leise, dass mich die Meerhexe vielleicht gar nicht hörte. Wir standen im Eingang zur Polizeiwache, ich auf dem Weg raus, sie auf dem Weg rein. Mein Fahrrad lehnte nur ein paar Schritte weiter an einem Blumenkübel. Nichts wie weg hier.

In dem Moment packte sie mich. Als sich ihre knochigen Finger um mein Handgelenk schlangen, blieb mir fast das Herz stehen, so unheimlich war es. »Dass eure Eltern euch einfach so unbeaufsichtigt herumlaufen lassen! Eine Schande, wie ihr euch benehmt! Als würde euch hier alles gehören!«

»Lassen Sie mich los!«, brüllte ich. Mary kam hinter dem Tresen vor und eilte zu uns.

Die Meerhexe kam mir so nah, dass ich ihren säuerlichen Atem roch. Und dann raunte sie mir leise zu: »Weißt du, was mit bösen Kindern geschieht, die allein unterwegs sind?« Sie ließ mich los. »Pass bloß auf, du!«

Ich rannte zu meinem Rad, mir schlug das Herz bis zum Hals. Mir kam es vor, als hätte ich gerade etwas Entsetzliches überstanden, als wäre ein Tornado durch die Polizeiwache gefegt. Ich konnte mich gar nicht wieder einkriegen. Ein Blick aufs Handy sagte mir, dass ich gerade mal zehn Minuten auf der Wache gewesen war. Mir kam es viel länger vor, wie immer, wenn was Schlimmes passiert.

»Alles okay, Frankie?« Kai stand hinter der kleinen Kasse bei Marsh. Er trug ein marineblaues T-Shirt und eine gelbe Mütze, die er sich in den Nacken geschoben hatte, sodass vorne sein ganzes Haar hervorquoll. Er sah mich verwundert an. »Du bist leichenblass.«

»Oh.« Um mein klopfendes Herz zu beruhigen, steckte ich die Hände in einen Eimer mit vom Meer abgeschliffenen Scherben. Mein Rad in Zeitlupe über die Straße hierherzuschieben, hatte nicht geholfen. Außerdem schwitzte ich. Bei Marsh war es immer so heiß und stickig. »Ja, ich bin gerade … ach, nicht so wichtig.« Ich war nicht heiß drauf, die Situation von eben noch mal aufleben zu lassen. Und schließlich war ich wegen was anderem hier: den Videos. »Können wir mal kurz rausgehen?«

»Klar.« Kai nickte. »Muss nur kurz meiner Mutter Bescheid sagen. Geh schon mal vor, ich komm gleich nach.«

Die frische Luft draußen tat mir gut. Ich setzte mich auf eine Bank, vor mir den Parkplatz und am anderen Ende die Straße mit der Wache. Die ließ ich keinen Moment aus den Augen. *Was willst du da bloß?* Meine Frage galt der Meerhexe. *Hast du was verbrochen?* Da musste ich über mich selbst den Kopf schütteln. Leute, die was verbrochen hatten, gingen ja nicht freiwillig zur Polizei, die wurden abgeführt. Jedenfalls im Fernsehen. *Aber was willst du da sonst …?*

»Ich habe fünf Minuten«, sagte Kai. Erschrocken fuhr ich zusammen. »Mensch, Frankie, was ist bloß los mit dir?«

»Nichts!« Dann atmete ich einmal tief durch und holte mein Handy raus. »Also, ich bin hier, weil ich dir was zeigen will …« Ich rief das Video bei Viewer auf und hielt es ihm unter die Nase. »Ist das das Video, das Colette Donnerstagabend hier gemacht hat?«

Kai nahm mir das Handy aus der Hand, ihm fielen fast die Augen aus dem Kopf. »Frankenstein!« Musste er mich unbedingt so nennen? Das war sein neuester Spitzname für mich. »Hey, das ist es! Woher hast du das?«

»Ist doch egal. Mir geht's nur darum, ob du meinst, dass sie das am Donnerstag aufgenommen hat.«

»Ja, ihr Haar war auch so zurückgebunden.«

»Hast du auf ihre Schuhe geachtet?«, fragte ich hoffnungsvoll. Er schüttelte den Kopf.

»Nee, aber genau da hat sie gestanden, als sie gekommen ist.« Kai zeigte auf den schwarzen Vorhang im Hintergrund. »Hinter dem Wahrsage-Automaten.« Er hielt kurz inne. »Seltsam, aber ich glaube, sie hat meine Jacke geklaut.«

»Was?« Ich sah ihn verwundert an.

»Ach, nichts.«

Seine Jacke war mir egal. Wahrscheinlich hatte er sie irgendwo auf der Promenade liegen lassen. »Und du bist dir sicher, dass sie da gestanden hat?«

»Glaub schon.« Kai zuckte die Achseln.

»Keiner will mir glauben, dass sie das Video Donnerstagabend gefilmt hat.«

»Tja. Tut mir leid.« Nach einer Weile sagte er: »Irgendetwas war komisch. Ich hab nicht so genau auf sie geachtet, weil ich hinten im Lager für meine Mutter Kisten umräumen sollte. Ich muss mir mal dringend ein Hobby zulegen, damit ich nicht ständig im Laden helfen muss.«

Während er weiterredete, dachte ich wieder an die Meerhexe. Wie kam sie dazu, mich an den Handgelenken zu packen? Und dann diese Drohung: *Pass bloß auf, du!* Weswegen sollte ich aufpassen?

Ich zwang mich, meine Gedanken zu dem Video zurückzulenken. Es war viel zu schummrig, nicht besonders schmeichelhaft und es passierte auch nichts Spannendes. Da war bloß Colette, wie sie geradeaus starrte.

Kais Mutter streckte den Kopf aus der Tür und bat ihn zurückzukommen, weil die Schlangen an den Kassen immer länger wurden.

Kai erhob sich und steckte die Hände in die Hosentaschen. »Die fünf Minuten sind wohl schon um.«

»Zeigst du mir noch, wo Colette gestanden hat?«

Unschlüssig sah er sich zur Tür um.

»Ganz kurz nur?«

»Na schön«, sagte er. »Komm.«

Als ich ihm zurück in den Laden folgte, bimmelte die Türglocke gleich zweimal. Wir schlängelten uns vorbei an Karamellbonbons und verschnörkelten Zierdrachen zum Sammeln, an Regalen mit Plastikspielzeug und Ständern mit T-Shirts und Sweatshirts in allen Farben. An den mit Holz verkleideten Wänden hingen Köpfe von toten Tieren, Federn von toten Tieren und gerahmte Bilder – von toten Tieren. All das konnte man kaufen. Nur, wer würde schon so was kaufen wollen? Marsh ist wirklich das seltsamste »Museum«, das ich kenne.

Mir lief der Schweiß über die Stirn. Ich wischte ihn mir in den Pony. Sah bestimmt unmöglich aus. Egal. Vom Anblick der toten Tiere war ich so gefangen genommen, dass ich fast auf Kai geprallt wäre, als er abrupt stehen blieb. Über uns hing ein ausgestopfter Klammeraffe, der mich auszulachen schien.

»Da, siehst du?« Kai zeigte hinter den Wahrsage-Automaten. Er warf einen Blick auf meinen Pony, sagte aber nichts.

»Colette hat sich gefilmt, während sie sich diese Mininummernschilder mit Vornamen angeschaut hat?« Nun begriff ich gar nichts mehr. »Warum ist es eigentlich immer so heiß hier?«

Trotz Mütze schwitzte Kai nicht. Und er ging auch nur auf meine erste Frage ein.

»Oh, Moment mal. Nein, falsche Richtung«, sagte er und drehte sich um. Ich machte es ihm nach, eher langsam, und stellte mir dabei vor, wie Colette hier gestanden hatte.

Plötzlich war mir klar, was sie gesehen hatte. Mir blieb die Luft weg. Kai blickte mich verständnislos an. Aber für Erklärungen blieb keine Zeit, meine Gedanken wirbelten zu schnell, um irgendetwas davon in Worte zu fassen. In null Komma nichts saß ich wieder auf dem Beach Cruiser und raste nach Hause. Bevor ich losgestürmt war, hatte ich Kai zugerufen: »Jetzt weiß ich, wo ich nach ihr suchen muss.«

Ich klopfte bei Tess. Als sie aufmachte, fiel mir wieder ein, dass Mia ja vorbeikommen wollte … da lag sie auch schon zusammengerollt wie ein Kätzchen auf Tess' Bett, das lockige blonde Haar zu einem losen Knoten geschlungen. Offenbar hatte sie geweint, denn ihre Wimperntusche war verschmiert. Eine Weile starrte ich wie gebannt darauf. Mia schminkte sich zu stark. *Wie viel Zeit kostet es dich jeden Morgen? Warum schminkst du dich an einem Tag wie heute, wenn du ohnehin heulst und alles verläuft?*

»Hallo?« Tess lenkte meine Aufmerksamkeit zurück auf sich selbst.

»Ich muss mit dir reden«, flüsterte ich.

»Tut mir leid, aber das geht gerade nicht«, sagte sie leise und schaute zu Mia. Mia war so eine Drama-Queen. Mir war schleierhaft, warum Colette und Tess mit ihr befreundet waren. Klar, Mia setzte sich als Schulsprecherin ständig für die Belange der Schüler ein, wie genderneutrale Klos und besseres Mittagessen. Und sie verbrachte freiwillig Zeit mit alten Leuten. Aber meiner Meinung nach machte Mia das nur, um Eindruck zu schinden. Sie war gar nicht so nett, wie sie immer tat.

»Komm einfach mal kurz mit rüber«, sagte ich im Befehlston. »Es ist wichtig.«

Tess seufzte und versprach Mia, gleich wieder zurück zu sein, woraufhin auch Mia seufzte. Ist euch schon mal aufgefallen, wie oft Mädchen seufzen? Katzen und Hunde seufzen auch. Pirat ist darin die Queen unter den Hunden.

»Was ist denn los?« Tess folgte mir in mein Zimmer, das wie immer nicht abgeschlossen war, was Mom auf keinen Fall wissen durfte. Die Vorhänge flatterten, weil sich draußen ein Gewitter zusammenbraute. Als ich mich zu meiner Schwester umdrehte, betrachtete sie stirnrunzelnd das Chaos am Boden.

Ich war drauf und dran, ihr von der Meerhexe zu erzählen, überlegte es mir aber anders.

»Colette hat die Videos Donnerstagabend aufgenommen. Sie hat hundertpro Tat oder Schreck gespielt!« Die Worte sprudelten mir nur so aus dem Mund, dass sich die Silben überschlugen.

»Was?« Tess schien mir gar nicht richtig zugehört zu haben, deshalb wiederholte ich alles, nur schneller, lauter und atemloser. Da fragte sie: »Wie kommst du darauf?«

»Ich war bei Marsh und habe mir von Kai zeigen lassen, wo Colette stand, als sie dort am Donnerstagabend ihre Selfies gemacht hat. Nur waren es gar keine Selfies! Sie hat sich dabei gefilmt, wie sie Jake, den Krokodilmann, angestarrt hat. Eine unserer Mutproben!«

»Moment mal«, sagte Tess verwirrt, »du hast mir gar nicht gesagt, dass Colette bei Marsh war.«

»Doch«, antwortete ich nicht besonders überzeugend. »Weshalb wäre Kai sonst auf die Wache bestellt worden?«

»Keine Ahnung, aber nein, du hast mir nichts davon gesagt«, entgegnete Tess besonders überzeugt.

»Doch.« Um ihr keine Gelegenheit zu geben, mir noch länger zu widersprechen, schob ich rasch nach: »Jedenfalls hat sie sich dabei gefilmt, wie sie Jake angestarrt hat!«

Tess schien zu überlegen. »Das klingt tatsächlich nach einer unserer Mutproben …«

»Eben!«, rief ich. »Das sage ich doch die ganze Zeit!«

Sie strich sich das Haar hinters Ohr und knabberte am Zeigefingernagel, die Brauen zusammengekniffen. An ihren Augen kann man ihre Stimmung ablesen, heute waren sie so düster wie die Sturmwolken draußen. »Das ist echt seltsam.«

»Begreifst du es denn nicht?« Allmählich riss mir der Geduldsfaden. Tess reagierte immer so verhalten, dass sie manchmal gar nicht mehr spürbar war. Am liebsten hätte ich sie gepackt und kräftig geschüttelt. »Die Videos, die wir uns vorhin angeschaut haben, stammen von diesem Donnerstag. Wir können das Rätsel um Colettes Verschwinden vielleicht lösen, wir brauchen …«

»Das Rätsel … lösen?« Empört stemmte Tess die Hände in die Hüften.

Blitzschnell korrigierte ich mich. »Ich meine, wir könnten sie vielleicht ausfindig machen.«

Tess ließ die Sache auf sich beruhen und sagte stattdessen: »Frankie, die Videos wurden vor zwei Jahren hochgeladen. Du hast doch das Datum im Account selbst gesehen.«

»Ja, das hat Officer Rollins auch gemeint, als ich ihm davon erzählt habe. Aber trotzdem …«

»Du hast mit Officer Rollins gesprochen?«

»Kannst du mich endlich mal ausreden lassen?«, brüllte ich.

Tess schlang die langen Arme um den Oberkörper und schob die Unterlippe vor.

»Das Datum ist falsch! Die Videos sind wichtig, das sagt mir mein Bauchgefühl!«

Tess sah mich eine Weile an, bevor sie leise antwortete: »Die Polizei sucht doch nach ihr. Die wissen schon, was sie tun. Und das Datum stimmt.«

»Ist es nicht einen Versuch wert?«, fragte ich. »Willst du nicht lieber was unternehmen, als die ganze Zeit bloß mit *Mia* rumzuhocken?«

»Warum sprichst du ihren Namen so komisch aus?« Tess

hob fragend die Brauen. »Mia ist so nett. Was hat sie dir denn getan?«

»Ist das dein Ernst?!«, brüllte ich.

»Nicht so laut, Frankie«, flüsterte Tess. »Sonst beschweren sich noch die Gäste.«

Ich war sofort auf hundertachtzig, denn Tess wusste nur zu gut, was Mia mir angetan hatte. »Ist mir doch egal!« Dabei stellte ich mich vor sie auf die Zehenspitzen und brüllte ihr voll ins Gesicht. Und dann flossen meine Tränen, als hätte jemand einen Wasserhahn aufgedreht.

»Du Miststück!« Wutentbrannt stampfte Tess aus dem Zimmer – ohne mit der Tür zu knallen.

Heulend warf ich mich aufs Bett und steckte den Kopf unters Kissen, um keinen Ärger zu bekommen. So, und jetzt wird's peinlich: Mein Zimmer ist doppelt schallisoliert. Mom wollte es heimlich dämmen lassen, aber an dem Tag kam ich früher aus der Schule, weil ich krank war. Trotzdem zog ich mir sicherheitshalber noch die Bettdecke über den Kopf, sonst kam Mom womöglich noch auf die Idee, mir wieder Tabletten zu verabreichen.

Ich brauche keine!

Wieder und wieder schrie ich in die Kissen – hohe, schrille Schreie, die mir selbst in den Ohren gellten. Als ich nicht mehr konnte, weinte ich wieder. Wenn ich traurig bin, fallen mir oft nur noch mehr traurige Dinge ein. Als wollte mein Hirn in dieser Abwärtsspirale bleiben. Heute fühlte ich mich so unverstanden und allein, dass ich unweigerlich an den Tag im Februar denken musste, als meine Freundschaft mit Colette zerbrach.

Colette, Tess, Mia und ein Mädchen aus ihrem Mathekurs bereiteten sich auf eine Klausur vor. Ich war am Strand gewesen und hatte Muscheln gesammelt. Nun stand ich in meinem Zimmer und wollte gerade schauen, ob die anderen mit Lernen fertig waren und Lust hatten, abzuhängen. Die Verbindungstür zwischen meinem und Tess' Zimmer stand einen Spalt offen, sodass ich hören konnte, was nebenan gesprochen wurde.

»Wo ist überhaupt deine Schwester?«, fragte Mia. Wie angewurzelt blieb ich stehen und spitzte die Ohren.

»Ähm … am Strand.« Tess klang zerstreut. Ich malte mir aus, wie sie mit der Brille auf der Nase ganz in die Aufgaben vertieft war.

»Muss sie denn gar nicht lernen?«, fragte Mia.

Nein. Geometrie habe ich drauf.

»Sie lernt eigentlich nur, wenn Mom sie zwingt«, antwortete Tess.

Ich wäre gerne näher an die Tür geschlichen, fürchtete aber, dass die knarzenden Dielen mich verraten würden. Nebenan ging die Tür auf und eine weitere Person betrat das Zimmer.

Na toll! Noch mehr Leute, die über mich tratschen!

»Vielleicht sind ihre Klausuren einfacher«, sagte Colette.

»Wie meinst du das?«, fragte das Mädchen, das ich nicht kannte.

»Frankie schreibt immer in einem Extraraum mit nur ganz wenigen Schüler. Wenn sie will, darf sie sogar Kopfhörer aufsetzen.« Colette plauderte einfach so meine Geheimnisse aus, als wäre nichts dabei. Für mich war es wie ein Schlag ins Gesicht. Und dabei stimmte es noch nicht mal ganz, was sie sagte. Ich schrieb nicht immer alle Klausuren im Extraraum, nur manchmal … nur die wirklich wichtigen. Und vor den Kopfhörern ekelte ich mich, die benutzte ich nie. Da steckte sicher schon haufenweise Schülerohrenschmalz drin!

»Vielleicht ist sie im leichteren Mathekurs«, sagte das andere Mädchen.

Ich verzog das Gesicht. *Hä? Nein!*

Mir schoss das Blut in die Wangen. Ich wartete darauf, dass Tess Partei für mich ergriff und sagte, nein, mein Mathekurs sei nicht leichter. Dass ich das gleiche Pensum absolvierte. Dass ich die gleichen Aufgaben bekäme, selbst wenn die Klausuren in kleineren Gruppen stattfanden.

Unwillkürlich hatte ich die Hände so fest zusammengeballt, dass die Nägel ins Fleisch schnitten. Und dabei kam das Schlimmste erst noch.

»Stellt euch mal vor, Frankie bekäme unseren Test!«, rief Colette. »Hier steht: Beweise, dass die Strecke AB die gleiche Länge hat wie die Strecke BA. Da würde Frankie glatt über eine schwedische Popband schreiben. Kapiert ihr? ABBA. Ihre Gedanken sind unberechenbar.«

»Und dann hat sie immer bloß Tornados im Kopf. Ihr Hirn ist selbst ein einziger Tornado!«, meinte Mia.

Und während alle, die mir auf der Welt wichtig waren, in schallendes Gelächter ausbrachen, zersprang mein Herz in tausend Stücke. Tränen schossen mir in die Augen, rannen mir über die heißen Wangen. Energisch wischte ich sie weg, zutiefst wütend und verletzt darüber, dass Colette, meine angeblich beste Freundin, so was sagte. Dass Tess, meine eigene Zwillingsschwester, mich nicht in Schutz nahm. Mir rauschte das Blut in den Ohren, danach weiß ich nichts mehr. Ich wollte nur noch weg, ich hatte genug gehört. Wie eine Spionin auf geheimer Mission schlich ich mich fort.

Am nächsten Tag setzte ich meine Tabletten ab, anfangs weihte ich nicht mal Mom ein. Ab der Woche darauf schwänzte ich die Therapiestunden mit Gabriel. Und um die Sonderpädagogin in der Schule machte ich auch einen großen Bogen. Ich wollte allen zeigen, dass ich so normal war wie sie.

»Ich bin normal«, schluchzte ich ins Kissen. »Ich bin normal … Ich bin normal … Ich bin normal … Ich bin normal … Ich bin normal … Ich bin normal … Ich bin normal … Ich bin normal … Ich bin normal … Ich bin normal … Ich bin normal … Ich bin normal … Ich bin normal.«

Doch ich glaubte es selbst nicht, auch wenn ich es noch so oft wiederholte. Dabei flossen die Worte ineinander und bildeten eine seltsame Silbensuppe, die mich von meiner Traurigkeit ablenkte.

Und dann hörte ich auf zu weinen, einfach so.

12. KAPITEL

FAKE: GRÜNE WOLKEN SIND EIN SICHERES ZEICHEN, DASS SICH EIN TORNADO ZUSAMMENBRAUT.

Gegen drei hielt ich es drinnen nicht länger aus und beschloss, hinunter an den Strand zu gehen, obwohl ein Gewitter aufzog. Noch regnete es nicht, und so verheult, wie ich war, würde mir der Wind im Gesicht guttun. Ich zog mir eine Windjacke übers Sweatshirt und warf im Vorübergehen noch einen traurigen Blick auf Tess' Tür.

Knirschenden Schrittes überquerte ich den Kiesparkplatz und versank dann so tief im weichen Dünensand, dass ich mich regelrecht vorwärtskämpfen musste. Mir machte das aber nichts aus. Das Donnern der Brandung beruhigte mich und ich konnte endlich wieder klar denken. Unten am Wasser boten die Dünen keinen Schutz mehr, sodass mir der Wind das Haar ins Gesicht peitschte und ich mich in den Wind stellen musste. In der Ferne zogen dunkle Wolken auf, so grau, dass sie fast grün wirkten. Vielleicht bildete ich mir das auch nur ein.

Ich atmete die Seeluft tief ein und holte mein Handy raus, um mir die vier Videos auf unserem Viewer-Account noch mal anzuschauen. Komisch, dass es nicht mehr waren. Dabei hatten wir so viele Mutproben gemacht. Und dazu kamen ja auch noch all die Male, wo Colette und Tess sich gegenseitig erschreckt hatten (ich hatte mich immer für die Taten entschieden). Insgesamt hätten es viel mehr Videos sein müssen.

Ich schaute mir das Jake-Video und das Blumen-Veranda-Video noch einmal an. Und dann eines, das ich vorher noch nicht gesehen hatte, weil es sich auf der zweiten Seite unseres Viewer-Accounts befand. Darauf sang Colette. Die Umgebung kam mir zwar irgendwie bekannt vor, aber mir fiel nicht auf Anhieb ein, wo es sein könnte. Schade, dass es keine Tonaufnahme war, ich hätte gern gewusst, was sie da sang.

Während ich mir die Videos immer wieder anschaute, hinterließ ich eine frische Spur im Sand. Als ich das Strandhafer-Turnschuh-Video zum dritten Mal sah, fiel mir plötzlich etwas auf: Walskelette. Ganz klein im Hintergrund.

Ich brauchte den Kopf nur ein wenig nach rechts zu drehen, dann sah ich sie schon in echt. Auf einer Klippe thronten die Holzgerippe einer Grauwalmutter und ihres Babys. Ihre Bäuche ruhten auf Metallstangen, sodass es aussah, als würden die Wale über dem Sand schwimmen. Als ich ein kleines Kind war, hatte da ein echtes Walskelett gelegen, trotzdem nannten alle die neue Holzversion auch Skelett. Sicher stammte das echte Skelett von einem Wal, der mal bei uns gestrandet war. Der Ärmste.

In dem Strandhafer-Turnschuh-Video war die Walmutter von der Seite zu sehen mit dem Meer im Hintergrund.

Ich kletterte zum höchsten Punkt der Klippe und lief von da alles kreisförmig ab, schaute mich in alle Richtungen um. Ein Stück entfernt krochen zwei Polizisten durch das Gebüsch unter dem Bohlenweg und leuchteten mit Taschenlampen dunkle Winkel ab, wo sich jemand verstecken könnte … oder … Darüber wollte ich lieber nicht nachdenken. Deshalb konzentrierte ich mich auf die Walskelette.

»Da unten hat die Kamera gestanden«, sagte ich zu mir selbst.

Neben dem Pfad lag ein Stein von der Größe einer Honigmelone. Ob Colette ihn wohl hierhergeschafft hatte? Ich malte mir aus, wie Colette ihr Handy an den Stein gelehnt, auf »Aufnahme« gedrückt hatte und losgelaufen war, um ihre Füße zu filmen und was das Objektiv sonst noch so einfing.

Unten klatschten die Wellen an den Strand, mit dem aufziehenden Sturm wurden sie immer ungestümer. Sobald sich das Meer zurückzog, liefen die Strandläufer los, um vor der nächsten Welle noch Futter zu ergattern. Möwen schossen kreischend durch die Luft, Autos holperten über die sandige Strandstraße und eine Familie posierte für ein Foto mit dem aufgewühlten Meer als Hintergrund.

Ich stellte mir vor, wie Colette hier vorbeigerannt war, während ihr Handy an diesem Stein lehnte und filmte. Wo Colette jetzt war, wollte ich mir lieber nicht vorstellen; auch nicht, wo sie die letzte Nacht verbracht hatte, während alle anderen in ihren warmen Betten lagen.

Du hast dich ganz allein, ohne Eltern und Freunde herumgetrieben – davor hatte mich doch die Meerhexe gewarnt. Mir lief ein Schauer über den Rücken.

»Was machst du da?«

Ich schreckte zusammen.

»Du kannst dich doch nicht einfach so anschleichen!«,

fauchte ich und verschränkte die Arme vor der Brust. Tess trug die gleiche rote Windjacke wie ich. Manchmal kaufte Mom uns im Ausverkauf die gleichen Sachen. Ich finde Partnerlook ganz schön, aber Tess wohl eher nicht.

»Tut mir leid, das wollte ich nicht«, sagte sie sofort. Wie leicht ihr das fiel! Ich tat mich so viel schwerer mit Entschuldigungen. »Was machst du hier draußen?«

»Hier hat Colette das Turnschuh-Video gefilmt«, sagte ich. »Donnerstagabend«, schob ich noch hinterher. Mich kränkte es nach wie vor, dass Tess mir nicht glauben wollte. Ich schaute aufs Meer hinaus und versuchte, ganz ruhig zu bleiben. Eine Haarsträhne kitzelte mich an der Nase, ich strich sie zurück. »Welche Mutprobe hat sie bloß gemacht? Ich komme nicht drauf. Weil sie allein war, sieht man ja nicht viel. Ob sie vielleicht von der Düne gesprungen ist?«

»Die Mutprobe fand ich furchtbar«, meinte Tess. »Da hatte ich immer Angst, mir wehzutun. Oder dass ihr euch wehtut.«

Wovor hast du keine Angst?, dachte ich, sagte aber nichts.

»Hey, Frankie, ich bin nicht hier, um mich zu streiten. Eigentlich wollte ich mich bei dir entschuldigen, weil ich dich Miststück genannt habe.« Tess streckte die Hand aus, als wollte sie mich an der Schulter fassen, ließ es dann aber bleiben. Trotzdem berührte ich mich schnell an der anderen Schulter, um einen Ausgleich zu schaffen.

»Okay.«

»Ich hätte es nicht sagen sollen, besonders heute nicht, weil du doch zum ersten Mal …«

»Okay!« Ich schnitt ihr das Wort ab. »Darüber will ich jetzt nicht reden. Und überhaupt nie!«

Tess nickte. »Und mir tut noch was leid. Als Mia vorhin da war, haben wir gemerkt, dass meine Uhr falsch geht.« Ich ließ sie reden und schaute weiter aufs Meer. »Vor ein paar Wochen wurde doch auf Sommerzeit umgestellt, weißt du noch?«

»Hä?« Ich hatte keinen Schimmer, worauf sie hinauswollte. Ich rupfte einen Grashalm ab und wickelte ihn mir um den Finger. Für mich ist es immer besser, mich ein bisschen zu bewegen.

»Na, meine Uhr«, meinte sie. »Ich habe vergessen, sie auf Sommerzeit vorzustellen, weil ich sowieso nur das Handy als Wecker nutze. Deshalb hab ich behauptet, dass Colette am Donnerstag zur selben Zeit bei mir war wie bei dir.«

»Also hatte ich recht«, sagte ich leise.

»Ja, du hattest recht. Es tut mir leid. Beides tut mir leid.«

»Schon gut.« Mein Finger färbte sich schon lila, so eng schnürte ihn der Halm ab. »Macht nichts.«

»Mir macht es schon was aus. Schließlich habe ich der Polizei die falsche Uhrzeit genannt. Das hätte Folgen haben können.«

»Es war aber nicht weiter schlimm.« So konnte ich es jetzt sehen, weil ich ihr nicht mehr böse war. Klar, der Fehler war nicht mir unterlaufen, aber so was wie mit der Sommerzeit konnte ja jedem mal passieren. Eigentlich hätte ich ihr das gerne gesagt, aber sie hörte mir ja sowieso nie zu.

Tess streifte durch den Strandhafer und schaute sich um.

»Beim Sprung von der Düne habe ich mich verletzt«, sagte sie leise. »Ich bin umgeknickt.« In dem Moment schimmerten ihre Augen nicht grau oder golden, sondern fast komplett grün.

Ich nickte. An dem Tag hatten wir vorher zu dritt in den Arkaden noch Tischhockey gespielt und uns dann wie Sardinen in der Büchse in eine Fotokabine gequetscht. Irgendwo musste ich die Fotos noch haben. Während ich auf allen vier Bildern Grimassen schnitt, lächelte Tess immer gleich, und Colette warf sich wie ein Model in Pose, gab Kusshändchen und entblößte die Schulter.

»Vielleicht hat Colette die Mutproben dir zuliebe gemacht«, sagte ich. »Als Überraschung.«

»Reg dich jetzt bitte nicht wieder auf, Frankie, aber die Videos sind mindestens zwei Jahre alt. Colette hat sich einen Spaß mit uns erlaubt, und es ist reiner Zufall, dass wir die Videos ausgerechnet jetzt zu Gesicht bekommen.«

»Aber sie hat das eine Video Donnerstag bei Marsh aufgenommen.« Ich atmete tief durch, um nicht auszuflippen. »Das hat Kai selbst gesagt.«

»Kai hat dir bloß gesagt, dass sie da ein Video gedreht hat, aber nicht unbedingt dieses.«

»Ihr Haar war genauso«, sagte ich.

»Colette hat sich das Haar schon immer so hochgebunden, schon als kleines Mädchen«, entgegnete Tess. »Das sind alte Videos von früher.«

Wenn im Kopf alles so kreuz und quer geschaltet ist wie bei mir, richtet es manchmal Verwirrung an, wenn jemand steif und fest das Gegenteil behauptet. Und während die Möwen über mir gegen den Wind kämpften, kämpfte ich mit meinen Zweifeln. Ich holte das Handy raus und schaute mir die Videos noch einmal an.

Da fiel mir was auf.

»Tess! Colette singt in der Turnhalle in unserer Schule.

Erst habe ich es nicht erkannt, aber das ist ganz eindeutig. Schau mal!« Ich hielt ihr das Handy unter die Nase.

»Das Video kenne ich ja noch gar nicht«, sagte sie und nahm mir das Handy aus der Hand. »Schade, dass wir nicht hören, was sie da singt. Ob es dieses Lied …« Tess schnappte so plötzlich nach Luft, dass ich zusammenfuhr.

»Was?« Ich kann es nicht leiden, wenn man mich so erschreckt.

»Oh mein Gott, Frankie! Ich glaube, du hast recht.« Sie sah mich mit großen Augen an. »Sie hat die Videos wirklich am Donnerstagabend gefilmt. Jedenfalls vor Kurzem.«

Unwillkürlich riss ich Tess das Handy wieder aus der Hand, um zu verstehen, warum sie so abrupt ihre Meinung änderte. Doch ich konnte beim besten Willen nichts Außergewöhnliches erkennen.

»Sie hat meinen Schal um«, sagte Tess.

»Na und?«

»Den hat sie sich erst Donnerstagabend geliehen!«, rief Tess aufgeregt. »Sie muss das Video also am selben Abend gefilmt haben!«

»Los, komm, wir schauen uns in der Schule um! Vielleicht fallen uns da noch weitere Mutproben ein. Wenn wir rauskriegen, was Colette gemacht hat, kann man sie schneller finden.«

»Das ist jetzt aber … das ist …« Tess stockte. »Das ist echt nett von dir, obwohl du und Colette nicht unbedingt …«

Mehr brauchte sie nicht zu sagen, ich wollte es auch gar nicht hören.

»Nur weil man jemanden bescheuert findet, muss man ihm ja nichts Schlechtes wünschen«, sagte ich.

Tess nickte bedächtig.

»Ehrlich gesagt vertraue ich ganz der Polizei. Aber du hast schon recht, es bringt nichts, wenn wir die ganze Zeit bloß rumsitzen und uns fertigmachen.« Tess lächelte. »Na, mal sehen, ob die Schule unser Gedächtnis auf Trab bringt.« Als ich mich in Bewegung setzte, hielt sie mich am Arm fest. Ich riss mich los, ohne es auszusprechen: *Fass mich nicht an.* »Aber nur bis zum Abendessen, okay? Danach wird es nämlich dunkel.«

»Na und?«

»Ich will nicht im Dunkeln draußen sein.«

Wieso fürchtete sich Tess auf einmal vor der Dunkelheit? So kannte ich sie gar nicht, sonst war sie doch immer diejenige, die unbedingt nachts rauswollte.

»Kein Problem«, sagte ich, obwohl mich ihr plötzlicher Sinneswandel verunsicherte.

Mühsam stapften wir die Düne hinab.

Und während wir im selben Rhythmus durch den Strandhafer stiefelten, fragte Tess: »Darf ich dir ein Geheimnis anvertrauen?« Sie wartete meine Antwort erst gar nicht ab. »Colette kam am Donnerstag zu mir, um sich den Schal zu leihen, aber dabei hat sie mir noch was Schreckliches erzählt. Nach diesem Schuljahr muss sie nach Seattle. Ihr Vater hat da wohl einen neuen Job. Colette will nicht umziehen und es gab einen Riesenkrach. Dann ist sie einfach aus dem Haus gestürmt, ohne ihren Eltern zu sagen, wohin sie geht. Sie war total aufgebracht. Und bat mich, ihr Gurkenwasser zu holen, aber als ich zurückkam, war sie nicht mehr da.«

»Wow.«

»Das musst du aber für dich behalten«, sagte Tess. »Mia weiß nichts davon.«

»Warum hast du's ihr nicht gesagt?« Ein warmes Gefühl durchströmte mich, weil Tess mir was anvertraut hatte, was sie anderen nicht gesagt hatte.

Tess zuckte die Achseln. »Du kennst sie doch. Mit Mia ist es immer lustig, aber sie kann nichts für sich behalten.« Sie hielt inne. »Der Polizei habe ich das natürlich auch gesagt, aber die wussten es schon von Colettes Eltern.«

»Tess?«

»Ja?«

»Vielleicht wollte Colette dir mit den Videos ein Geschenk machen. Kein lustiges, eher ein emotionales.« Zögernd fügte ich hinzu: »So eine Art Abschiedsgeschenk.«

Tess strich sich das Haar hinters Ohr. Direkt darunter war es verknotet, als hätte sie die Strähne gezwirbelt. »Schon möglich«, sagte sie leise. Und weil sie das wahrscheinlich in Stress versetzte, knabberte sie am Mittelfingernagel, während wir Seite an Seite zur Schule gingen.

13. KAPITEL

FAKT: EIN TORNADO UND EIN HURRIKAN KÖNNEN AUCH GLEICHZEITIG LOSBRECHEN.

TESS UND ICH blickten auf das zweistöckige Backsteingebäude, in dem wir schon so viel Zeit verbracht hatten: die Ocean View Middle School.

»Wie spät ist es?«, fragte Tess. Wie immer hatte sie die Arme eng um sich geschlungen und stand vornübergebeugt. Das ist mir bei hochgewachsenen Mädchen schon öfter aufgefallen. Kapiere ich nicht. Das würde ich nie machen. Ich würde so aufrecht stehen, dass ich an die Decke stoße. Wie sich das wohl anfühlt?

»Viertel nach vier.« Ich steckte das Handy wieder ein.

»Vielleicht ist das keine gute Idee. Wir könnten Ärger bekommen.«

»Passiert schon nichts«, sagte ich lässig.

»Ich hab richtig Angst.« Tess knabberte wieder an ihren Nägeln. »Ich kriege gleich eine Panikattacke.«

»Ach Quatsch.« Tess hatte nämlich noch nie eine.

»Wieso hast du denn gar keine Angst?«

Ich zuckte die Achseln. »Wieso sollte ich?«

Manchmal glaube ich, bei Zwillingen sind die Eigenschaften ungleich verteilt, der eine kriegt alles und der andere nichts. Tess hat sämtliche Ängste, künstlerischen Talente und Nettigkeiten abbekommen und ich … keine Ahnung.

Darüber wollte ich lieber nicht nachdenken, deshalb öffnete ich schwungvoll die Eingangstür.

Tess sah mich verwundert an. »Wieso ist nicht abgeschlossen?«

»Einige Lehrer arbeiten auch am Wochenende.« Wieder zuckte ich mit den Achseln.

»Woher weißt du das?«

»Weil ich samstags schon mal diese AG hatte, in der wir Drachen gebaut haben.«

»Und wenn uns nun einer sieht?« Tess wirkte völlig aufgelöst. Wieso jemand, der auf Spukhäuser stand, sich davor fürchtete, am Samstagnachmittag eine Schule zu betreten, war mir schleierhaft.

»Dann sagen wir einfach, wir haben ein Buch vergessen.«

»Wie ist dir das so schnell eingefallen?« Noch immer rührte sie sich nicht vom Fleck, während ich ihr die Tür aufhielt.

»Keine Ahnung«, sagte ich ungeduldig. »Kommst du jetzt mit oder nicht?«

»Oh mein Gott«, flüsterte Tess und betrat die Schule. Ich folgte ihr. Vorsichtig schaute sie sich zu allen Seiten um. »Keiner zu sehen.«

»Gut! Dann mal los!«

Ich setzte mich in Bewegung. Die Spinde unserer Jahrgangsstufe lagen ein Stückchen weiter vorn im Hauptflur. Direkt dahinter befand sich die Turnhalle, in der Colette ihr Gesangsvideo gefilmt hatte. Statt neben mir lief Tess hinter mir her. Sie und Colette hatten mich mal mit einem Trick in einen Horrorfilm gelotst, da musste das Mädchen, das zuletzt ging, zuerst dran glauben. Aber das band ich Tess jetzt lieber nicht auf die Nase, denn sie schien nicht in Stimmung, erschreckt zu werden. Sie hatte auch so schon Angst genug. Im Flur reihte sich Klassenzimmer an Klassenzimmer, in keinem brannte Licht. Doch ganz dunkel waren sie auch nicht, nur schummrig, denn von draußen fiel noch Licht durch die Fenster. Die Gewitterwolken hatten sich verzogen.

»Vielleicht ist Direktorin Golden ja da!«, sagte ich.

»Bloß nicht!«, flüsterte Tess.

»Seit wann bist du so ein Angsthase?« So kannte ich Tess überhaupt nicht.

»Schhh!«, machte sie. »Sei leise!«

»Hier im Flur ist doch keiner«, sagte ich in normaler Lautstärke.

»Hör auf, Frankie!«

»Na schön«, knurrte ich. Eine Weile liefen wir schweigend weiter. Dann, wie aus heiterem Himmel, drückten meine Socken und kitzelten wie verrückt, das Etikett vom Sweatshirt kratzte im Nacken, die Bündchen schnürten mir die Handgelenke ab. Da gab es nur eine todsichere Methode, um mich von meinen beklemmend kratzigen Klamotten abzulenken.

Laufen.

Ich stürzte los. Während meine Füße über den Boden hämmerten, schüttelte ich die Hände aus. Das hatte mir ein sogenannter Ergotherapeut mal bei totaler Reizüberflutung geraten. Es hat funktioniert, also mache ich das jetzt immer. Natürlich nicht mitten im Unterricht.

Vor der Bank bei den Spinden klappte ich fast zusammen.

Ich stützte die Hände auf die Knie und rang nach Atem, bis Tess mich eingeholt hatte.

»Hat's funktioniert?«, fragte sie.

Ich richtete mich auf, nickte und strich mir den Pony aus den Augen.

»Dein Haar sieht niedlich aus.« Tess legte den Kopf schief. »Die Locken sind nicht so, ähm …«

»Kraus?« Ich runzelte die Stirn.

Gerade als sie antworten wollte, summte ihr Handy und erschreckte uns beide. Tess quiekte wie eine Maus und ich fuhr zusammen, bestimmt machte ich ein unmögliches Gesicht. Daraufhin lachte Tess hysterisch, denn sie amüsiert sich immer prächtig, wenn sich andere erschrecken. Unwillkürlich musste ich selbst ein wenig lachen.

Als wir uns wieder beruhigt hatten, zückte Tess ihr Handy, um nachzuschauen.

»Ist es Mom?« Ich beugte mich über ihre Schulter.

»Nein, Mia.« Sofort rückte ich von ihr ab. »Mia ist wieder zu Hause und macht sich Sorgen um Colette. Machen wir ja alle. Vielleicht sollte ich ihr sagen, dass wir glauben …«

»Nein!«, brüllte ich. Überrascht blickte Tess mich an. Etwas leiser sagte ich: »Mia hat damit nichts zu tun. Hatte sie nie.«

Als Mia letztes Jahr mitten im Schuljahr auftauchte, waren Tess und Colette sofort von ihr fasziniert, einfach weil sie aus New York kam. Jedenfalls dachte ich das anfangs. Dann hatten Tess und Mia zusammen Kunst und Tess fand Mias Bilder wunderschön und ihre Witze irre komisch. Mia stand immer sofort überall im Mittelpunkt, wahrscheinlich gefiel Tess genau das, weil sie selbst so schüchtern ist.

Und Colette konnte nicht genug von ihren Geschichten bekommen, von der New Yorker U-Bahn, von Berühmtheiten, die an jeder Straßenecke anzutreffen sind, und von Mias unerschütterlicher Coolness. Während Tess einfach nur mit Mia befreundet war, himmelte Colette sie regelrecht an.

Meine Schwester und meine ehemals beste Freundin übersahen dabei, dass Mia einfach nicht mit mir klarkam. Das lag auf der Hand. Und deshalb veränderte sich unsere Gruppe.

Bis ich nicht mehr dazugehörte.

Tess schob die Unterlippe vor wie Mom. »Ich verstehe nicht, warum du sie so hasst.«

»Ich verstehe nicht, warum du sie so magst.« *Zumal sie Colette in eine verräterische Schlange verwandelt hat, die üble Dinge über deine Schwester gesagt hat.*

Mit einem lauten Seufzer steckte Tess das Handy gleich wieder weg. Dann marschierte sie zu ihrem Spind. Während sie die Zahlenkombination eingab, sagte sie: »Ich red ja auch nicht schlecht über deine Freunde.«

»Welche Freunde?«, murmelte ich. Am liebsten hätte ich ihr gesagt, dass sie mir meine beste Freundin weggenommen hatte, weil sie nicht für mich Partei ergriffen hatte. Tess hätte Colette zur Einsicht bringen können. Und Mia helfen, mich zu verstehen. Stattdessen hatte sie keinen Ton zu Colettes und Mias Gemeinheiten gesagt. Damit hatte sie den anderen beiden signalisiert, dass sie es genauso sah.

Darüber wollte ich mir aber nicht länger den Kopf zerbrechen. »Was willst du denn jetzt an deinem Spind?«, fragte ich meine Schwester. »Lass uns lieber in die Turnhalle.«

»Komm, ich will dir was zeigen.«

Tess riss die Spindtür auf und ich stellte mich hinter sie und linste hinein. Für mich sah es wie ein stinknormaler Spind aus, also stinknormal für Colette und Tess. Innen an der Tür hing ein magnetischer Spiegel und drum herum Fotos, die mit Emoji-Washi-Tape angebracht waren.

Ein Regal teilte den Spind in zwei Hälften. Ich wusste sofort, wem welche Hälfte gehörte. Oben standen Bücher und Hefter so ordentlich in Reih und Glied, als wären sie frisch aus der Presse gekommen. Typisch Tess. Unten stapelten sich in einem organisierten Chaos Bücher, lose Blätter und zerfledderte Hefter, die über und über mit Kritzeleien versehen waren. Unverkennbar Colette.

»Schau mal«, sagte Tess und zeigte auf die Fotocollage, die die gesamte Innenseite der Tür bedeckte.

»Was denn?«

»Schau dir mal die Fotos an«, sagte Tess.

»Was ist denn damit?« Ich kapierte rein gar nichts.

Tess verdrehte die Augen. »Mensch, da bist du drauf, Frankie.« Ich trat einen Schritt näher. Tatsächlich: Ich war auf mindestens einem Dutzend der Bilder.

»Und was willst du damit sagen?«, fragte ich.

»Na, dass Colette trotz eures Streits deine Fotos nie abgenommen hat.«

Ich dachte kurz nach, aber meine angeborene Skepsis setzte sich durch: »Bloß, weil sie ihren Spind mit meiner Schwester teilt.«

Anstelle einer Antwort berührte Tess nur eines der Fotos von Colette. Darauf grinste Colette breit, sie war im Sprung und ihr rotes Haar flog in alle Richtungen. »Hoffentlich ist ihr nichts passiert.«

»Weinst du?« Ich schaute ihr in die Augen. Sie sahen aus wie winzige Seen.

»Sie zu sehen … auf den Fotos«, stammelte Tess. »Ich mach mir solche Sorgen, Frankie.« Als Tess mich mit großen, traurigen Augen ansah, versetzte es mir einen Stich. »Und wenn keiner sie findet?«

»Wir finden sie! Holst du mir mal was zu schreiben aus dem Spind?«

Tess nickte und reichte mir einen Ringblock, in dessen Spirale ein Stift steckte. Ich ließ mich auf dem Boden nieder, lehnte mich gegen die Wand und streckte die Beine aus. Daraufhin setzte sich Tess an die gegenüberliegende Wand und streckte ebenfalls die Beine aus, sodass sich unsere Fußsohlen fast berührten.

In den Block schrieb ich die Mutproben, die Colette aus unserem Tat-oder-Schreck-Spiel gemacht hatte:

Von der Düne springen?
Klingelstreich … aber mit Blumen.
In der Öffentlichkeit singen (Turnhalle).
Sich was Ekliges ansehen (Jake).

»Wir müssen uns dringend an die restlichen Taten erinnern«, sagte ich mit Blick auf die Notizen. »Das ist wichtig. Den Zettel nehme ich mit.« Ich riss die Seite aus dem Block. »Und dann können wir noch was dazuschreiben. Kann ich mir den Stift leihen?«

Tess wirkte vollkommen weggetreten, als ich mich vorbeugte, um ihr den Block zurückzugeben. »Was hast du denn?«

»Glaubst du, Colette hat sich umgebracht und will, dass wir sie finden?«

Bei den Worten setzte mein Herz einen Schlag aus.

»Nein«, sagte ich. Und dann: »Wehe, sie hat das getan!«

»So was kommt vor«, entgegnete Tess wie in Trance. »Das habe ich in einem Roman gelesen. Man denkt, dem anderen geht es gut, und dann bringt er sich auf einmal um. Schließlich hatte Colette Streit mit ihren Eltern. Und sie wollte auf keinen Fall nach Seattle ziehen.«

»Lies doch mal was Lustiges.« Und etwas ernsthafter fügte ich hinzu: »Leute bringen sich nicht wegen eines einzigen Streits um, sondern weil sie Depressionen haben.«

»Woher weißt du das alles?«

»Bei Gabriel habe ich mal ein Buch darüber gesehen.« Mich machte das Gespräch allmählich nervös. »Glaubst du, Colette hat Depressionen?«

»Nein. Ich weiß zwar nicht so ganz genau, was das heißt, aber ich glaube nicht.«

Ich glaubte es auch nicht. Und ich wollte mich mit dem Thema Depressionen auch nicht weiter auseinandersetzen. »Red jetzt nicht weiter drüber.«

»Okay.« Ihre Stimme klang wieder normal.

»Hast du Depressionen?«, fragte ich.

»Nein!«, sagte sie entschlossen und sah mich seltsam an. »Du?«

»Nein?« Es war mehr eine Frage und ich sah sie ebenso seltsam an. »Woher weiß man, dass man Depressionen hat?«

Konnte man sich eine Depression einfangen wie eine Grippe oder Ebola? Wenn man es wusste, war es dann zu spät?

»Du hast doch ein Buch darüber gelesen!«, meinte Tess.

»Ich habe es ja nicht von vorne bis hinten durchgelesen. Und habe es auch nicht auswendig gelernt, sondern einfach nur durchgeblättert.« Dann sagte ich: »Lass uns nicht weiter darüber reden.«

»Okay.« Tess setzte sich in den Schneidersitz. »Aber wenn du … also, wenn du dich mal … schlecht … du weißt schon, dann kannst du …«

»Weiß ich doch.« Betretenes Schweigen. »Du auch.«

»Weil Freundschaften können auch …«

»Darüber will ich auch nicht reden.« Ich widmete mich wieder meinem Blatt Papier. In die Ecke hatte ich einen Tornado gekritzelt und noch einen und noch einen. Ohne den Block hatte der Stift auf meine Hose durchgedrückt.

»Kümmern wir uns lieber wieder um die Mutproben«, sagte ich und erhob mich. »Lass uns in die Turnhalle und …«

Am anderen Ende des Hauptgangs knallte eine Tür. Tess und ich drehten uns zu dem Geräusch um, dann blickten wir uns mit großen Augen an. Tess sprang auf.

»Los, komm«, sagte ich leise und deutete zur Turnhalle, die in der anderen Richtung lag. »Da können wir auch raus.«

Wir rannten los. Leise drückten wir die Flügeltüren zur Turnhalle auf und huschten mit quietschenden Sohlen über den frisch gebohnerten Hallenboden.

Als wir fast schon beim Ausgang waren, drehte ich mich noch mal zur Halle um. »Wo hat sie das Video bloß gemacht?« Schnell holte ich mein Handy raus und entsperrte es. Sofort erschien das Gesangs-Video auf dem Bildschirm.

»Was machst du denn da noch?«, fragte Tess. »Los, Beeilung, da kommt jemand.«

»Gleich«, sagte ich. »Nur noch einmal kurz gucken.«

Mit dem Handy vorm Gesicht drehte ich mich im Halbkreis, um den Hintergrund aus dem Video ausfindig zu machen.

»Sie stand genau da unter dem Korb«, sagte ich. »Schau mal, auf dem Video kann man noch die Ecke von dem Poster erkennen.«

»Frankie, wir müssen weg hier.« Tess zerrte an mir.

»Hör auf! Ich versuche, mich zu konzentrieren!« Doch wie sollte das gehen, wenn Tess unablässig an mir riss und mich zur Eile antrieb? Ich wollte, dass sie die Klappe hielt und mich in Frieden ließ, aber daraus würde nichts werden. Allmählich wurde ich sauer. »Hör auf, mich anzutatschen!«

»Hör auf, mich anzuschreien!«, brüllte sie. »Ich gehe jetzt und das solltest du auch. Wir kriegen totalen Ärger, Frankie. Das ist doch bescheuert!«

»Ich bin nicht bescheuert!«, brüllte ich. Mir saß ein Kloß im Hals, meine Wangen glühten.

»Manno!«, brüllte Tess entnervt. »Das habe ich doch gar nicht gesagt!«

»Geh einfach. Geh zu Mia«, sagte ich boshaft. »Da wärst du doch eh viel lieber.«

»Sollte ich wirklich. Wenigstens schreit Mia mich nicht dauernd an. Warum lässt du immer alles an mir aus? Und du bist so gemein zu Mia, ohne Grund!«

Das war zu viel.

Ich fuhr zu ihr herum, tief in mir braute sich ein Sturm zusammen, der mit jedem Wirbel, der aufstieg, immer stärker wurde. Im Mund angekommen, hatte er bereits die Stärke 5 auf der Fujita-Skala: unglaublich.

»Ich hasse sie!« Mein Schrei wurde von den Wänden der riesigen Halle zurückgeworfen. Tess sah aus, als hätte ihr einer eine Ohrfeige verpasst.

»Du hast keinen Grund, sie zu hassen!«, brüllte sie zurück. So wütend hatte ich Tess noch nie erlebt. Da trafen zwei Stürme aufeinander.

»Und ob ich einen Grund hab!«, brüllte ich »Sie hat Colette gegen mich aufgehetzt! Mia ist eine Schlange und hat auch aus Colette eine Schlange gemacht. Die haben hinter meinem Rücken über mich geredet und sich lustig gemacht und …« Ich zog die Nase hoch, um die Tränenflut aufzuhalten. »Und danke übrigens, dass du mir da so beigestanden hast! Ich dachte, Schwestern wären füreinander da!«

Schlagartig war ihre Wut verraucht. Ihr blieb der Mund offen stehen und sie zog die Augenbrauen hoch. Ich wandte mich ab und lief zum Ausgang.

»Warte doch mal, Frankie.« Tess folgte mir. »Ich habe keine Ahnung, wovon du …«

»Hey, ihr da!«, grölte der Hausmeister. Normalerweise war er ganz harmlos, doch nun wirkte er schwitzig, wütend und angsteinflößend. »Was habt ihr hier zu suchen?«

Ich stürzte durch die Tür und kurz darauf stürmte auch Tess ins Freie. Draußen war es noch immer hell, aber die Sonne stand schon tiefer am Horizont. Der wolkenverhangene Himmel und die langen Schatten verliehen der Stadt etwas Unheimliches. Wir rannten über die Straße und den Minirummel, die Pacific Avenue hinunter, vorbei an den Pferden und Gokarts bis zum Hotelparkplatz. Ich hörte die ganze Zeit nur, wie unsere Schritte dumpf auf dem Asphalt dröhnten und mein Blut in den Ohren rauschte. Pirat lag auf der überdachten Veranda unter der Bank. Als sie mich sah, zog sie fragend eine Braue in die Höhe.

»Sag Mom ...«, keuchte ich Tess zu, »dass mir schlecht ist ...« Ich schnappte nach Luft. »Und dass ich kein Abendbrot will.«

Ich rannte weiter zum Strand. Bellend holte Pirat mich ein und lief neben mir her, dabei klirrten ihre Hundemarken fröhlich.

»Warte doch, Frankie!«, rief Tess noch, bevor ich außer Hörweite war.

Doch mich konnte nichts halten. Irgendwo drinnen zu sein, ging jetzt gar nicht. Ich rannte so weit ins Wasser, bis meine Füße und Hosenbeine nass waren, und als eine starke Sturmböe über mich hinwegtoste, schrie ich so laut wie noch nie in meinem ganzen Leben.

14. KAPITEL

FAKT: MANCHE TIERE KÖNNEN NATUREREIGNISSE SCHON VORHER SPÜREN, ETWA WENN EIN TORNADO AUFZIEHT.

PIRAT WAR MIR GEFOLGT. Offenbar wusste sie, dass ich jetzt Unterstützung brauchte. Ich hätte zum Abendbrot ins Cottage zurückgehen sollen, aber ich lief lieber mit Pirat am Strand entlang und ließ mich dann auf einem dicken Baumstamm nieder. Weil er näher an der Düne als am Wasser lag, war es hier einigermaßen geschützt. Pirat legte sich zu meinen Füßen. Gemeinsam beobachteten wir eine Joggerin, die direkt am Wasser entlanglief, wie in Zeitlupe, weil sie sich in den Wind stemmte und ihr Haar waagerecht nach hinten abstand.

Die See war so aufgewühlt, dass das Wasser, wenn es sich zurückzog, Schaumhügel im Sand zurückließ. Die trieb der Wind dann davon, als wären es winzige Eisberge. Ich fixierte einen Punkt – die Wellen, die Eisberge und die Strandläufer nahm ich nur noch am Rande wahr. So konnte ich am besten abschalten.

Das Meer beruhigte mich. Das war schon immer so. An manche Dinge erinnere ich mich nicht mehr, aber ich weiß noch genau, wie wir das erste Mal hier waren.

Es war am letzten Kindergartentag. Mom holte uns wie

immer mit dem Auto ab, aber an dem Tag war es so vollgepackt, dass meine selbst gebastelten Kunstwerke und Bastelutensilien keinen Platz mehr im Kofferraum fanden und neben meinen Füßen liegen mussten.

»Bereit für ein Abenteuer?«, fragte Mom, nachdem wir uns angeschnallt hatten.

»Wo fahren wir denn hin?«, fragte Tess.

»Zum Strand!« Sehr unternehmungslustig klang sie allerdings nicht. Obwohl die Sonne nicht schien, trug sie eine Sonnenbrille.

»Zum Strand!«, brüllte ich. Dabei dachte ich an den Sandstrand bei dem kleinen See, der bei uns ganz in der Nähe lag und immer mit einem Seil abgesperrt war. »Juhu!«

»Wie lange bleiben wir?«, fragte Tess.

»Mal abwarten.« Mom fuhr vom Parkplatz. »Habt ihr Lust, was anzusehen? Ich habe eure Tablets und Kopfhörer in die Sitztaschen gesteckt.«

Nach fünf Stunden Fahrt hielt Mom unter dem Schild: LÄNGSTER STRAND DER WELT. Dann forderte sie uns auf, die Kopfhörer abzunehmen. Normalerweise hätte ich mich gesträubt, aber der Anblick des Meeres nahm mich sofort gefangen, und wenn es heißt, etwas ist das Beste, Längste oder Höchste auf der Welt, werde ich neugierig.

»Schaut mal!«, rief Mom und trat aufs Gaspedal, »wir können direkt auf den Strand fahren! Ist das nicht toll?«

Der Wagen schaukelte durch den weichen Sand und jeder Buckel hob uns aus den Sitzen. Mom kurbelte alle Fenster runter und der Seewind ließ unsere Haare durch die Luft tanzen. Dann lenkte sie den Wagen nach links in den festen, feuchten Sand, bis die Wellen an unseren Reifen leckten.

»Mir gefällt es hier«, sagte ich nach nur fünf Minuten in Long Beach. Schon als Kindergartenkind fand ich die Welt bedrohlich. Und der Strand würde mir helfen, damit zurechtzukommen, das war mir sofort klar.

»Ich habe Angst.« Tess nahm meine Hand. »Vielleicht landen wir aus Versehen im Wasser?«

»Dann begegnen wir einem Narwal.« Ich streckte die freie Hand aus dem Fenster. Wie schön sich der Wind auf der Haut anfühlte!

»Können wir wieder auf die normale Straße fahren, Mommy?«, bat Tess.

»Ich will aber am Strand bleiben!«, rief ich. »Ich will hier wohnen.«

Mom parkte den Wagen so im trockenen Sand, dass das Wasser hinter uns lag und wir auf ein vierstöckiges Haus blickten. Es hatte riesige Fenster, in denen sich das Meer spiegelte. Mom nahm die Sonnenbrille ab und drehte sich zu uns um. Ihre Augen waren gerötet und müde, aber sie lächelte.

»Direkt am Strand kann man nicht wohnen, Frankie«, sagte sie, »aber wie wär's damit?« Mom zeigte auf das Haus.

»Da dürfen wir wohnen?«, fragte ich ungläubig.

Mom nickte. »Das ist ein Hotel. Mir wurde ein Posten als Managerin angeboten. Und solange ich da arbeite, dürfen wir nebenan in dem kleinen Cottage wohnen.« Sie strahlte. »Dann können wir jeden Tag an den Strand gehen.«

»Wo ist Ronan?«, fragte Tess unsere Mutter. »Kommt er auch mit?«

Vor Charles war Mom mit Ronan zusammen. Ich kann mich kaum noch an ihn erinnern. Wenn ich an ihn denke, sehe ich sein Gesicht nur noch verschwommen vor mir. Sehr nett ist er, glaube ich, nicht mit Mom umgegangen.

»Wisst ihr noch, worüber wir letzte Woche gesprochen haben?«, fragte Mom. »Wisst ihr noch, dass ich euch erzählt habe, dass Ronan einen Fehler gemacht hat und dass wir ausziehen werden?«

»Kann ich am Strand spielen?«, fragte ich, weil ich das nicht noch mal hören wollte. Nachdem Mom es mir erlaubte, rannte ich los und jagte die Strandläufer.

Ich war so in die Erinnerungen an unseren ersten Tag hier versunken, dass ich nicht bemerkte, dass jemand hinter mir näher kam. Aber Pirats Hundemarken klirrten warnend, als sie den Kopf hob.

»Hey, yo! Was geht ab?« Als ich mich umdrehte, stand Kai vor mir, mit Skateboard und gelber Mütze. Im Licht der untergehenden Sonne schimmerte seine Haut noch goldener als sonst. Ganz ehrlich, ich schmolz dahin wie ein Sandberg bei Flut.

»Hi«, sagte ich.

»Rutsch mal ein Stück.« Als er Anstalten machte, sich neben mich zu setzen, rückte ich so weit ans andere Ende des Baumstammes, dass ich fast runtergefallen wäre. »Was machst du denn hier? Mein Vater meint, dass es ein Gewitter geben wird. Hey, Pirat.« Er kraulte ihr den Kopf.

»Nichts.« Klang besser, als ihm zu erzählen, dass ich mich von einem monumentalen Zusammenbruch erholen musste. »Hat dir deine Mutter freigegeben?!«

»Wurde auch Zeit«, stöhnte er.

Pirat sprang ihm auf den Schoß und schleckte ihm übers Gesicht. Kai ließ es einfach geschehen. Mir gefiel, dass er sich nicht ekelte. Bei mir machte Pirat es nicht, denn ich ekelte mich leider. Kai lachte bloß und rubbelte ihr mit beiden Händen die Ohren. Als er fragte: »Wer ist denn ein feiner Hund?«, lächelte Pirat ihn an.

Wenn Kai mich so ansah, mit diesen lieben Augen und darüber die schönen Brauen, bekam ich Herzklopfen und schwitzige Hände. Vielleicht konnte ich ja doch Angst bekommen! Am liebsten hätte ich gleich Tess davon erzählt, aber dann fiel mir wieder unser Streit ein.

Kai sah mich ununterbrochen an.

»Was denn?« Rasch blickte ich aufs Meer hinaus, hoffentlich tat er das auch.

»Du hast mir vorhin gar nicht zurückgeschrieben. Hast du meine Nachricht nicht gelesen?«

»Ich hab gar keine gekriegt.« Froh, was zu tun zu haben, zog ich mein Handy raus. Nachdem ich tausendmal auf Viewer gewesen war und die App nicht geschlossen hatte, war mein Akku jetzt leer. »Ist platt«, sagte ich und hielt das Handy hoch, als könnte er vom anderen Ende des Baumstamms das winzige Batteriesymbol erkennen. »Warum hast du mir denn geschrieben?«

»Mir ist noch was zu Donnerstag eingefallen.« Pirat machte es sich zu Kais Füßen bequem und er streichelte sie weiter.

»Was denn?«, fragte ich aufgeregt.

»Ach, bloß, dass sie mich gefragt hat, wo die Meerhexe wohnt.«

Ich hielt die Luft an. »Was?« In null Komma nichts spielte mein Körper verrückt, mein Herz stolperte, mein Hals glühte, und das Handgelenk, das die Meerhexe gepackt hatte, brannte vor Schmerz.

Colette hatte wissen wollen, wo die Meerhexe wohnt.

Ich hatte die Meerhexe auf der Polizeiwache gesehen.

Hatte sich die Meerhexe Colette geschnappt?

»Warum wollte sie das wissen?«, stieß ich hervor.

»Keinen Schimmer«, sagte er so lässig, dass ich ihn gerne geschüttelt und angeschrien hätte, aber dafür hätte ich ihn ja berühren müssen.

»Hat sie dich direkt nach der Adresse von der Meerhexe gefragt?« Ich blinzelte wie verrückt, als würde mir das Klarheit verschaffen.

»Nein, nicht ganz. Sie hat mich nach der Adresse der Person gefragt, bei der all die ausgestopften Tiere im Garten stehen. Da hab ich ihr dann gesagt, dass das die Meerhexe ist. Und da hat sie nach ihrer Adresse gefragt.«

»Aber warum …« Meine Gedanken überschlugen sich. *Warum … was wollte … aber wie … und wann …?* »Moment mal.« Ich sah Kai an. »Warum hat sie ausgerechnet dich danach gefragt?«

»Mich wonach gefragt?« Kai und Pirat waren ganz mit sich beschäftigt.

»Warum hat Colette dich gefragt, wo die Meerhexe wohnt?«, brüllte ich. »Woher weißt du das überhaupt?«

»Yo, komm mal runter, Franklin«, sagte Kai gutmütig. »Weil sie bei uns diese seltsamen ausgestopften Tiere kauft. Wahrscheinlich sammelt sie die. Und zum Teil sind die Tiere zu groß und zu schwer zum Tragen, deshalb lässt sie sich die nach Hause liefern.« Kai zückte sein Handy und scrollte ein wenig herum. Dann zeigte er mir ein Foto von einer Visitenkarte. »Siehst du? Das habe ich dir geschickt.«

Als ich mich vorbeugte, zitterte ich, noch immer hatte

ich Phantomschmerzen am Handgelenk. Der Name auf der Karte lautete: *Mikayla Mehrechsa*.

»Mehr-echsa«, murmelte ich, bevor der Groschen fiel. »Deshalb nennen alle sie Meerhexe, wegen ihres Nachnamens.«

»Wahrscheinlich. Und weil sie sich allen Kindern gegenüber wie eine Hexe aufführt. Einmal hat sie Dillons Fußball mit einem Messer zerstochen. Echt jetzt.«

»Hhmm.« Ich hörte nur mit halbem Ohr hin, denn ich musste an die Worte der Meerhexe denken: *Weißt du, was mit bösen Kindern geschieht, die allein unterwegs sind?*

Hatte die Meerhexe Colette was angetan?

Kai räusperte sich. »Tut mir echt leid, dass dir keiner abnimmt, dass Colettes Videos neu sind.«

»Hhmm.« Noch immer war ich vollkommen in meinen inneren Dialog vertieft.

»Zumal man das Datum auf Viewer willkürlich bestimmen kann.«

Ich fuhr zu ihm herum. »Was?«, rief ich. »Warum sagst du mir das Wichtigste immer so ganz nebenbei?!«

»Wusstest du das denn nicht?«

»Nein, weil du's mir ja nicht gesagt hast«, brüllte ich.

Da musste er lachen. Vielleicht wäre ich wütend geworden, wenn er mich fies ausgelacht hätte, aber so ist Kai nicht.

»Reg dich ab!«, sagte er. »Du kannst dir das Datum aussuchen. Wenn du nichts machst, erscheint automatisch das aktuelle Datum, aber du kannst es beliebig ändern. Auch eines in der Zukunft wählen.«

»Woher weißt du das? Bist du sicher?«

»Weil ich's schon gemacht habe«, sagte er. »Dillon und

ich stellen manchmal Videos von unseren Skateboard-Tricks rein.«

»Aber was hat man davon, wenn man ein Video mit falschem Datum hochlädt?« Unfassbar, dass er erst jetzt mit der Sprache rausrückte.

»Keine Ahnung, warum andere das machen, aber Dillon will, dass wir nur donnerstags auf unserem Kanal posten. Weil er meint, die Leute wären dann gespannter, wenn sie ein paar Tage auf unsere neuen Kunststücke warten müssen.« Kai schüttelte sich das Haar aus den Augen und fügte hinzu: »Na ja, ein bisschen übertrieben bei sieben Followern. Das Dumme daran ist nur, dass ich keine Benachrichtigung erhalte, wenn Dillon ein Video unter einem alten Datum hochlädt … dann krieg ich das gar nicht mit.«

»Du kannst also freitags ein Video machen, es hochladen, aber das Datum vom Vortag, also vom Donnerstag, nehmen?«

»Ja.«

»Und du könntest genauso gut ein Video von heute mit dem Datum von vor zwei Jahren versehen?«, fragte ich, um zu begreifen, was er mir da sagte.

»Ja, sag ich doch.«

»Und in dem Fall würde die Gruppe keine Benachrichtigung erhalten, dass es ein neues Video gibt … weil das Datum in der Vergangenheit liegt?«

»Du hast es kapiert.« Und dann kringelte er sich vor Lachen: »Oh Mann, einmal habe ich mich in einem Video so richtig hingepackt, und Dillon hat es hochgeladen, mal wieder mit falschem Datum. Aber meiner Schwester entgeht nichts, die fährt total auf unseren Kanal ab, weil sie auf

Dillon steht. Jedenfalls hat sie es gesehen und mich mit dem Sturz aufgezogen, ohne dass ich mich verteidigen konnte, weil ich keinen Schimmer hatte, wovon sie sprach …«

Meine Gedanken fuhren Karussell: Videos mit falschem Datum, Colette, die neue Videos drehte und Kai nach der Adresse der Meerhexe fragte, die Meerhexe auf der Wache. Ihre Warnung.

»Ich muss sofort Tess suchen gehen.« Kai war mitten in der dramatischen Schilderung seines Jahrhundertsturzes. Mir fiel auf, dass er enttäuscht wirkte, darauf war ich so stolz, dass ich über meinen Schatten sprang und mich entschuldigte: »Tut mir leid, dass ich dich unterbrochen habe.«

»Schon gut.« Kai stand auf und klopfte sich den Sand von der Hose. »Ich muss eh los, wir wollen noch ins Kino.« Er reckte und streckte sich, als wäre er gerade aus dem Bett aufgestanden, und schaute sich dann um. »Hey, nach deiner Schwester musst du nicht groß suchen, die ist auf dem Weg hierher.«

Kai und Tess winkten sich zu, aber Kai wartete nicht auf sie. Ich bedankte mich noch mal bei ihm für die Infos. Schade, dass er schon ging.

»Da bist du«, sagte Tess und kam näher. Der Sand knirschte unter ihren Füßen.

Sie setzte sich neben mich auf den Baumstamm, ließ aber genügend Abstand. Fröstelnd schlang sie ihre Jacke enger um sich. Ganz schön was los auf meinem Baumstamm.

»Frankie, sagst du mir endlich, was Colette und Mia dir angetan haben? Ich muss wissen, warum du so sauer bist.«

»Darüber will ich nicht reden«, sagte ich schnell. Wollte ich wirklich nicht, aber nicht, weil es so schmerzhaft war oder weil ich nicht wieder mit Tess in Streit geraten wollte. Natürlich spielte das auch eine Rolle, aber in dem Moment war es mir wichtiger, all den anderen Kram loszuwerden, damit sie mir half, daraus schlau zu werden.

Nur nicht die Warnung der Meerhexe. Aus unerfindlichen Gründen wollte ich diese Sache für mich behalten. Vielleicht wollte ich Tess nicht weiter ängstigen, weil sie schon verängstigt genug schien. Vielleicht fürchtete ich auch, dass sie den Gedanken genauso abtun würde, wie zuvor die Sache mit den Videos. Vielleicht wollte ich aber auch einfach etwas wissen, was sonst keiner wusste.

»Das sagst du jetzt schon seit Monaten«, meinte Tess, »aber was du da in der Turnhalle über mich gesagt hast, dass ich … nicht für dich eingetreten bin? Ich weiß wirklich nicht, was du damit meinst.« Tess hielt inne und sagte dann: »Ich habe sogar Mia angerufen und sie danach gefragt.« Überrascht blickte ich sie an. »Mia meinte, sie wüsste von nichts, aber … ich weiß nicht. So ganz hab ich's ihr nicht abgekauft. Sagst du mir bitte endlich, was passiert ist?«

»Ich sag's dir«, Tess sah mich hoffnungsvoll an, »aber nicht jetzt. Kai hat mir gerade zwei Dinge verraten und die sind wichtiger als der Streit.«

»Versprichst du mir, dass wir noch darüber reden werden?«, fragte Tess. Und dass sie mir das Versprechen abnahm, weil es ihr so wichtig war, besänftigte meine Wut. Als ich nickte, lächelte sie. »Okay, schieß los. Was hat Kai gesagt?«

15. KAPITEL

MEINUNG: DER ZAUBERER VON OZ IST WOHL DER BEKANNTESTE FILM, IN DEM EIN TORNADO VORKOMMT.

»Hast du was dagegen, wenn Frankie und ich nach dem Essen ins Kino gehen?« Tess sah Mom mit großen Augen unschuldig an. Sie saß kerzengerade auf dem Stuhl und lächelte ein wenig. Diese Pose musste ich auch mal üben, denn sie schien Erfolg versprechend, immerhin hatte Mom nicht sofort Nein gesagt.

»Zusammen?«, fragte Mom. Sie tauschte Blicke mit Charles, der aber bloß die Achseln zuckte und sich dann trötend mit der Serviette die Nase putzte. *Igitt.*

»Ja«, antworteten Tess und ich gleichzeitig.

»Ist ja schließlich Samstagabend«, meinte Tess.

Mom kniff die Augen zusammen. »Führt ihr beiden was im Schilde?«

»Wir wollen einfach nur ins Kino«, entgegnete Tess und setzte mit trauriger Stimme hinzu: »Uns ein bisschen ablenken. Dafür ist das Kino gut. Da werden wir sicher auch noch andere treffen, die wir kennen.«

»Das verstehe ich.« Charles' Nase war total verstopft. »Aber ihr müsst auch verstehen, dass wir euch im Moment abends nicht so gerne allein herumziehen lassen.«

»Hör endlich auf, den Hund mit Krabben zu füttern«, fauchte Mom ihn an. »Das ist Verschwendung.«

»Tut mir leid, Pirat«, sagte Charles zu der Bettlerin, die neben ihm lungerte. »Für dich gibt's nichts mehr. Anweisung von der Dame des Hauses.« Als er nieste, rückte ich mit dem Stuhl von ihm ab.

»Wir passen auch auf uns auf«, sagte Tess. »Können wir bitte ins Kino? Ist doch gleich hier um die Ecke.«

Ich hielt mich zurück und ließ sie verhandeln.

»Ich weiß nicht so recht«, meinte Mom und nahm wieder Blickkontakt mit Charles auf. Eine Weile sahen sie sich schweigend an, als würden sie telepathisch miteinander kommunizieren. Schließlich seufzte Mom. »Und ihr fahrt auch zusammen hin und zurück?«

»Ja«, sagten Tess und ich im Chor.

»Und ihr sitzt zusammen?«, fragte Mom. »Und ihr stellt eure Handys auf Vibration?«

Wir nickten wie die Wilden.

»Welchen Film wollt ihr denn sehen?«, fragte Mom.

»Den mit den Superhelden«, meinte Tess. »Ist auch ab dreizehn.«

»Du magst doch solche Filme gar nicht.« Mom schaute mich skeptisch an.

»Der klingt aber gut«, entgegnete ich. *Frag mich bloß nicht, wie er heißt! Frag mich bloß nicht, wie er heißt!*

»Also gut, ihr dürft. Aber meldet euch, wenn ihr angekommen seid, und um halb elf seid ihr wieder zu Hause.«

»Ich glaube, der Film geht länger«, sagte Tess unschuldig.

»Na schön, dann eben elf«, meinte Mom. »Und schreibt, wenn ihr losgeht.«

»Machen wir.« Tess nickte.
»Versprochen«, sagte ich.

Als wir aufbrachen, war es bereits stockdunkel. Ich radelte hinter Tess – im Horrorfilm der gefährlichste Platz –, denn irgendwie schien sie sich noch immer vor der Dunkelheit zu fürchten. Mir machte sie eigentlich nichts aus, jedenfalls noch nicht, doch Tess' Sinneswandel verunsicherte mich. Mir machte es was aus, dass meine Schwester Angst hatte.

Wir fuhren mitten auf dem Ocean Beach Boulevard, denn da war es am hellsten, wegen der Lichter der Häuser rechts und links. In den Wohngebieten gibt es bei uns nämlich keine Geh- und Radwege, was nicht weiter schlimm ist, denn man sieht die Schweinwerfer der Autos schon von Weitem.

Ich folgte Tess' blinkendem Rücklicht. Um meine Gedanken zu bändigen, redete ich unablässig.

»Wo müssen wir abbiegen, an der Siebzehnten oder der Achtzehnten?«, rief ich Tess zu. Das fragte ich sie bestimmt schon zum dritten Mal.

»An der Achtzehnten.« Ihre Stimme klang unnatürlich hoch. »Der übernächsten.«

»Und wenn wir da sind?«, fragte ich.

»Keine Ahnung. Es war doch deine Idee, Frankie!«

»Wir schauen uns einfach mal um.« Krampfhaft versuchte ich mich selbst zu beruhigen. »So nah ran müssen wir ja gar nicht.«

Mir war schlecht. Warum radelten wir zur Meerhexe anstatt mit Vollgas von ihr weg, wie mir die Stimme im Kopf zuraunte? Mit jeder Umdrehung der Pedale wurde mir mulmiger zumute.

Vor mir erwischte Tess ein Schlagloch, ich konnte noch ausweichen. Mein Mund stand nicht still. »Weißt du noch, wie Colette in dieses riesige Schlagloch gefahren ist? Alle anderen haben's gleich gecheckt, aber sie ist voll über den Lenker geflogen.«

Tess lachte, was mich ein wenig beruhigte. »Ja, das war krass. Sie hat einen richtigen Salto gemacht. Keiner fährt so schlecht Rad wie Colette. Sie hat null Koordination.«

»Und das Geräusch, das sie gemacht hat …« Nun musste auch ich lachen. »Juuuuiiiiih!«

»Das hatte ich total vergessen.« Tess schüttete sich aus vor Lachen. »Zum Glück ist sie im Gras gelandet.«

An der Achtzehnten bog Tess rechts ab. Ich folgte ihr in einem großen Bogen und im selben Moment spielte mein Magen wieder verrückt. Tess fuhr auf einmal so langsam, dass ich mich blitzschnell in die Rücktrittbremse stemmen musste, weil der Beach Cruiser ja keine Handbremse hat.

»Komm, wir lassen die Fahrräder hier«, flüsterte Tess.

»Gute Idee«, flüsterte ich.

Wir schoben die Räder an den Straßenrand und lehnten sie an einen Baum in einem Vorgarten. Die Äste hingen tief herunter, und ich hoffte, dass sich keine Spinnen in meine Haare abseilten.

In den großen Häusern hier brannte nirgends Licht, wahrscheinlich gehörten sie Leuten, die nur in den Ferien in Long Beach wohnten. Mir kamen die Häuser verlassen vor.

»Vielleicht sollten wir lieber morgen wiederkommen«, wisperte ich. Mir schlug das Herz bis zum Hals, und mein Mund war so trocken, als wäre er voller Sand.

»Jetzt sind wir aber schon mal da.« Tess sah aus wie ein

Eichhörnchen, das erschrocken in Autoscheinwerfer starrt. »Bringen wir's einfach hinter uns.«

»Okay. Dann mal los.«

In geduckter Haltung schlichen wir uns zu einem riesigen Haus. Zehn steile Stufen führten zu einer finsteren Veranda. Da sah es überhaupt nicht so aus wie auf der Veranda in dem Klingelstreich-Video, dafür wirkte es verdammt wie ein Hexenhaus. Das Dach war spitz, die Stufen und das Haus aus Backsteinen, richtig unheimlich. Auf dem Briefkasten stand in verblichener, energischer Handschrift: *Mehrechsa*.

»Es ist nicht das Haus, bei dem Colette die Blumen auf die Veranda gelegt hat«, flüsterte ich.

»Woher weißt du das?«

»Weil die Stufen in dem Video aus Holz waren. Und viel breiter.«

»So was fällt dir auf?« Tess rückte dichter an mich heran. Ich zuckte die Achseln. Manchmal fällt mir alles Mögliche auf. Manchmal gar nichts. Irgendwie ticke ich immer anders.

Oder wenigstens meistens. Gabriel meint, ich soll nicht ständig »immer« sagen. Und »ständig«. Weil man damit fast »immer« übertreibt und nicht das ausdrückt, was eigentlich richtig wäre.

Ich vermisste Gabriel.

Tess redete weiter. »Was wollte Colette denn bloß hier, wenn sie nicht …«

»Sei mal kurz still!« Ich glaubte, was gehört zu haben, doch als Tess und ich lauschten, war nur das Meer in der Ferne zu vernehmen und ein Windspiel, das nicht weit von hier auf einer Veranda klimperte.

»Ist das ihre Auffahrt?« Tess zeigte auf einen Schotterweg, der links am Haus entlangführte.

»Wahrscheinlich«, flüsterte ich. Als Tess darauf zulief, folgte ich ihr automatisch, denn ich wollte nicht allein vorm Haus der Meerhexe zurückbleiben. Natürlich entging mir nicht, dass ich mal wieder den lebensgefährlichen Platz einnahm. Die schwarzen Umrisse der Bäume waren wie Gespenster. »Das ist keine gute Idee.« Auf Zehenspitzen schlich ich hinter meiner Schwester her.

»Es war deine Idee, schon vergessen?« Am Ende der Auffahrt blieb Tess abrupt stehen. »Oh mein Gott.«

»Ich fass es nicht.« Im matten Schein der Außenbeleuchtung sah ich mich verwundert um. Tiere über Tiere – alle tot und ausgestopft – starrten uns an, als wollten sie uns bei lebendigem Leib verschlingen. Und als ich mich Auge in Auge mit einem Grizzlybären wiederfand, wurde mir schlagartig etwas klar.

Ich war hier schon mal gewesen, und ich wusste auch, warum. Auch auf dieser Seite des Hauses gab es eine Veranda, und zwar über die gesamte Länge. Sessel standen keine drauf, als würde da nie jemand sitzen, um sich den Sonnenuntergang anzuschauen und der Brandung zu lauschen. Hier waren die Backsteine mit grauen Schindeln verkleidet, und es gab mehr Fenster als Wand, alle dunkel. Diese Seite des Hauses war komplett anders, so als würden zwei Menschen mit ganz unterschiedlichen Gesichtern Rücken an Rücken stehen, und einer bewacht die Straße und der andere betrachtet das Meer.

Die Verandastufen breit und aus Holz. Das waren die Stufen aus Colettes Video.

»Das war ihre Kombi-Mutprobe!«, flüsterte ich Tess zu. »Weißt du noch? Colette hat uns angestachelt, was Mutiges und Nettes zugleich zu tun. Damals hat sie Karamellbonbons vor die Tür gelegt. Klingelstreich mit Karamellbonbons. Ihr habt es beide gemacht!«

»Du aber auch!«, rief Tess aufgeregt. »Ich hatte ja keine Ahnung, dass es das Haus der Meerhexe war!«

»Ich auch nicht!« Mir graute bei der Vorstellung, dass Colette am Donnerstagabend vielleicht hergekommen war, um eine Mutprobe aus Kindertagen zu wiederholen, und dabei in die Klauen einer Verrückten geraten war. »Meinst du, sie hat Colette auch ausstopfen lassen?«

»Nein!«, flüsterte Tess. »So was darfst du nicht sagen!«

Tess wusste ja nichts über die Warnung der Meerhexe, und von mir würde sie es nicht erfahren, jedenfalls nicht jetzt, während wir zwischen den Kadavern eines Luchses und eines superunheimlichen Vogels umhertappten. Mir sträubten sich die Nackenhaare. Und das kann ich gar nicht ab.

Ich warf einen Blick zum Strand. Von da waren wir damals gekommen, hatten die Räder auf dem Fahrradweg bei den Dünen liegen lassen und waren mit kleinen Geschenken wie Lieblingssteinen und Karamellbonbons bewaffnet über den Rasen des riesigen Anwesens geschlichen. Colette hatte das Haus ausgewählt, weil ihr die Leute so leidtaten, die mit all den toten Tieren leben mussten. Ob ihre Wahl wohl auch darauf gefallen wäre, wenn sie gewusst hätte, wer da wohnte?

»Warum hat sie noch mal ein Video gemacht?«, fragte Tess leise. »Und warum vom Sprung und dem Gesang?« Sie lachte auf. »Du wolltest auf keinen Fall erschreckt werden, deshalb hast du auch gesungen, weißt du noch?«

Ich verdrehte bloß die Augen.

Als Tess mich am Arm fasste, erschrak ich. »Vielleicht hat sie die Mutproben ausgewählt, die wir alle drei gemacht haben. Vielleicht hat Colette die Videos als Abschiedsgeschenk für uns beide gemacht, Frankie!«

Ein schöner Gedanke, aber pessimistisch, wie ich war, konnte ich mir das kaum vorstellen. Schließlich hatte ich sie am Donnerstag noch angeschrien.

»Glaube ich nicht«, flüsterte ich. »Du hast es ja schon gesagt, ich wollte nicht erschreckt werden und habe deshalb alle Mutproben gemacht.«

»Aber ich nicht«, sagte Tess. »Und Colette auch nicht. So viele Mutproben waren es am Ende auch nicht, denk mal nach. Alle drei haben wir die gemacht, von denen Colette die Videos gedreht hat. Du hast gesungen, das hier gemacht«, sie deutete auf das Haus hinter uns, »bist von der Düne gesprungen und hast Jake angestarrt?«

»Ja, glaub schon.«

»Ich auch und Colette auch.« Tess wurde immer aufgeregter, von Angst keine Spur mehr. »Nun müssen uns bloß noch die restlichen Mutproben einfallen.«

Ich war müde. Mich überkam eine tiefe Traurigkeit, die ich mir nicht erklären konnte. Ich sah mich in dieser düsteren Landschaft um und wünschte, ich läge gemütlich zu Hause im Bett und würde mich wie immer vorm Schlafen durch die Tornado-App klicken. »Vielleicht war das einfach eine dumme Idee, herzukommen. Vielleicht hab ich mich getäuscht.«

»Es war gut, herzukommen«, flüsterte Tess. »Und du musst bleiben, nicht für Colette, sondern für mich. Du hattest recht mit den Videos. Und du hattest auch recht, dass uns die Mutproben vielleicht zu Colette führen. Du hilfst mir doch?« Ihr Gesicht schob sich in der Dunkelheit ganz dicht vor meines.

Und wenn die Situation noch so brenzlig war, es ging nicht, dass ich meiner Schwester nicht half. Und es ging natürlich auch nicht, dass ich Colette nicht half. Wenn sie nun im Haus steckte?

»Ja.« Ich seufzte.

»Gut.« Tess stieß mich mit der Schulter an.

Ich gab einen Ton von mir, um ihr zu bedeuten: *Lass das.* Wir standen vor dem Haus und sahen zur Veranda hinauf.

»Ob sie wohl zu Hause ist?« Mein Blick wanderte zu den dunklen Fenstern im Erdgeschoss und dann weiter zum ersten Stock. »Und was macht sie bloß mit all dem Platz? Ist ja riesig.«

Bist du da drin?, fragte ich Colette im Geist. *Sollen wir die Polizei rufen? Aber … die Meerhexe war ja auf der Wache, also ist ihr die Polizei schon auf die Schliche gekommen. Aber was, wenn nicht und sie dich da drinnen gefangen hält?*

Ich war vollkommen durch den Wind.

»Wir müssen hoch auf die Veranda und in die Fenster schauen.« Auf einmal fühlte ich mich seekrank, obwohl ich doch an Land war.

»Ist das dein Ernst?«, fragte Tess. Wir hakten einander so fest unter, dass meine Hand einzuschlafen drohte, aber egal.

»Wir müssen wenigstens mal nachsehen, ob …« Ob was? Keine Ahnung.

»Oh Gott.« Tess hörte vor lauter Nervosität gar nicht mehr auf zu reden. »Vielleicht hast du recht. Das ist ja wohl das Dümmste, was wir je gemacht haben. Jedenfalls fällt mir gerade nichts Dümmeres ein. Und an allem ist bloß Colette schuld. Wenn sie nicht ernsthaft in Schwierigkeiten steckt, drehe ich ihr den Hals um.«

Auf der Veranda brannte nur eine einzige Lampe, direkt über einem Kübel mit einem toten Baum. Und sonst war da nichts außer einer altersschwachen Hollywoodschaukel ohne Polster.

»Kannst du einen Hinweis entdecken?«, flüsterte Tess.

»Nein«, flüsterte ich zurück. »Aber ich kann von hier unten eh nichts sehen. Vielleicht schauen wir mal im Blumenkübel nach. Wo soll man hier sonst was verstecken?«

»Ich hab Angst.«

Tess hätte noch viel mehr Angst gehabt, wenn sie von der Warnung gewusst hätte.

»Sind doch nur fünf Stufen«, sagte ich. Tess schien der Mut zu verlassen, deshalb musste ich in die Bresche springen. »Wir schaffen das schon.« Ich zog den Arm aus ihrer Umklammerung. »Aber so untergehakt geht das nicht.« Ich schüttelte die Hand leicht, um wieder ein Gefühl darin zu bekommen. Als sie zu kribbeln begann, schüttelte ich noch heftiger.

Erneut sah ich zu den Fenstern hinauf. Noch immer waren alle dunkel.

»Ich glaub nicht, dass sie zu Hause ist«, sagte ich. »Komm, wir schauen schnell nach und dann nichts wie weg hier.« Ich holte tief Luft und stürmte die Treppe hoch, so ruckartig, als würde ich mir ein Pflaster abreißen.

»Oh Gott«, sagte Tess wieder und folgte mir.

Ich lief schnurstracks zum Blumenkübel. Bei der Vorstellung, zwischen den gewundenen Zweigen des toten Baums auf ein Karamell zu stoßen, schlug mir das Herz bis zum Hals. Kaum hatte ich angefangen zu suchen, zuckte ich zurück.

»Was?«, flüsterte Tess total laut. Sie stand direkt hinter mir. Wehe, sie fasste mich an den Schultern. »Warum bist du zurückgeschreckt?«

»Weil ich aufgeregt bin! Ich dachte, ich hätte Karamell im Kübel gesehen. Ich dachte, Colette hätte es da hingelegt.«

»Hä? Seltsam! Los, nichts wie weg hier!«

»Warte, ich seh kurz noch mal nach …« Wieder spähte ich zwischen die toten Zweige, um ganz sicherzugehen, dass es Einbildung war. Plötzlich spürte ich, dass mich jemand ansah, und hob den Kopf. In dem schmalen Fenster neben der Tür war ein Gesicht.

Ich schrie. Tess sah es, schrie auch und wir stürmten die Stufen hinunter. Als würde ich zum Meer gesogen, rannte ich über den fußballfeldgroßen Rasen Richtung Dünen, bis Tess brüllte, wir müssten noch unsere Räder holen. Bevor ich die Auffahrt zurückrannte, sah ich noch mal zum Fenster hoch.

Das Gesicht war verschwunden.

16. KAPITEL

FAKT: DIE MEISTEN TORNADOS EREIGNEN SICH AM SPÄTEN NACHMITTAG.

ES WAR SCHON FAST ZEHN, als wir das Sand Piper Diner betraten – zu spät für einen gewöhnlichen Tornado und eigentlich auch für Tess und mich, normalerweise lagen wir um die Zeit schon im Bett. Das Diner hatte am Wochenende bis Mitternacht geöffnet. Um diese Uhrzeit war ich noch nie da gewesen. Normalerweise kamen wir nur zu besonderen Anlässen her, wenn eine von uns eine gute Note geschrieben hatte, besser gesagt, wenn Tess eine gute Note geschrieben hatte. Da bestellte ich dann immer Kürbis-Pancakes mit Blaubeerfüllung.

Tagsüber kommen meist Familien her, Einheimische, Urlauber und nette alte Leute (nicht solche wie die Meerhexe). An dem Abend drängte sich hinten in der Ecke eine lärmende Horde von Schülern aus der Highschool, im Raum verteilt saßen einzelne Männer, die nach Lkw-Fahrern aussahen, und dann gab es noch ein älteres Pärchen, das sich zu streiten schien.

Colette grinste uns von der Vermisstenanzeige an, die neben der Kasse hing. Als wir fürs Schulfoto fotografiert worden waren, hatte ich hinter ihr angestanden.

»Hey, Frankie, du kannst gerne meine Bürste benutzen«, hatte sie gesagt, nachdem sie ihr feuerrotes Haar bearbeitet hatte, bis es so glänzte wie ihr Lipgloss.

»Ähm, nein.« Argwöhnisch betrachtete ich die Bürste, dachte dabei an Läuse, Schuppen und fremde Hautpartikel. Dann verbesserte ich mich schnell: »Aber danke.«

Colette hatte dennoch gekränkt gewirkt.

»Darf ich mal?«, rief Mia hinter mir. »Auch wenn mein Haar dann sicher nicht so schön aussieht wie deines …«

Sie hatten einander angelächelt, Colette mit ihren Sommersprossen und Mia mit ihren Grübchen. In dem Moment hatte ich mal wieder das Gefühl, dass irgendetwas mit mir verkehrt war, weil ich Bürsten und Lipgloss nicht mit meinen Freundinnen teilen wollte.

»Ist schon spät«, sagte ich zu Tess. Ich senkte den Blick, ich konnte mir Colette nicht länger anschauen. Einer der Highschool-Jungs sah zu uns herüber. »Wollen wir nicht nach Hause?«

»Gleich«, sagte Tess. »Aber erst mal essen wir etwas.« Sie sah mich an wie Mom, als würde eine gute Mahlzeit all meine Probleme lösen.

»Ich hab keinen Hunger«, knurrte ich. Wahrscheinlich, weil ich hungrig war. Tess ging nicht drauf ein.

»Ihr könnt euch hinsetzen, wo ihr wollt«, sagte die Kellnerin, als sie mit einem vollen Tablett an uns vorbeilief.

»Komm.« Tess marschierte zu einer freien Nische, die in größtmöglicher Entfernung zu den älteren Schülern lag. Ich folgte ihr widerwillig mit hängendem Kopf.

Sobald die Kellnerin ihre Bestellung den Gästen serviert hatte, kam sie mit der Speisekarte zu uns an den Tisch.

»Wir nehmen Kroketten mit Joghurtdip und zwei Cola, bitte«, sagte Tess.

»Alles klar«, sagte die Kellnerin und verschwand. Natürlich verschwand sie nicht wirklich, sondern ging einfach in die Küche. Wenn man Geschichten erzählt, soll man bildhafte Sprache verwenden. Warum, weiß ich eigentlich auch nicht so richtig, auf jeden Fall ist es besser als normale Sprache. Egal.

Unterm Tisch schlenkerte ich mit den Beinen und trat Tess versehentlich gegen das Schienbein.

»Aua«, rief sie. »Kannst du deine Füße bitte auf deiner Seite lassen?«

Ich verdrehte die Augen, gab mir aber Mühe, sie beim Schlenkern nicht zu treffen.

»Was hast du denn auf einmal?« Tess beugte sich vor. »Warum hast du plötzlich so schlechte Laune?«

»Hab ich nicht!«, fauchte ich. Es wurmte mich, dass ich Angst hatte. Es wurmte mich, dass mich Colettes Foto an das Mädchen erinnert hatte, das ich gerne sein würde, aber nicht war. Es wurmte mich, dass uns keine weiteren Mutproben einfielen. Es wurmte mich, dass Colette verschwunden, vielleicht sogar verletzt und tot war. Und offen gestanden war ich auch einfach hungrig. »Alles gut bei mir.«

»Gut?«, fragte Tess.

»Na schön, ich erzähl's dir, aber dreh nicht durch.«

»Was erzählen?« Tess wirkte jetzt schon halb durchgedreht.

»Ich bin vorhin auf der Polizeiwache mit der Meerhexe zusammengestoßen. Da hat sie gedroht, dass Kindern, die allein unterwegs sind, was Böses geschieht!«

Tess sah mich mit weit aufgerissenen Augen an. »Was Böses?«

Ich nickte, überlegte noch mal. »Vielleicht hat sie auch gesagt, wer weiß, was mit denen geschieht. Jedenfalls war es gruselig. Und dann hat sie mich am Handgelenk gepackt.«

»Hat sie dir wehgetan? Hast du einen blauen Fleck?« Tess schaute sich mein Handgelenk an.

»Nein, aber …« Hatte die Meerhexe fest zugepackt oder mich einfach nur berührt? »Darum geht's doch nicht. Es geht darum, dass Colette jetzt gerade bei dieser Verrückten im Haus festsitzt!«

Die Kellnerin brachte die Cola und Tess dankte ganz automatisch. Bis ich ein mattes »Danke« verlauten ließ, war sie schon längst außer Hörweite.

»Vielleicht …« Colette trank einen Schluck Cola, irgendwie wirkte sie verstört. »Vielleicht sollten wir die Polizei benachrichtigen.«

»Aber die Meerhexe war doch schon bei der Polizei!«

Tess nickte. In dem Moment wünschte ich, ich hätte es doch für mich behalten, denn sie reagierte mal wieder so verhalten. Und dann wechselte sie einfach das Thema.

»Welche Mutproben haben wir drei noch so gemacht? Das müssen wir jetzt rausfinden.«

»Müssen wir nicht«, sagte ich zwischen zwei Schlucken Cola. »Das ist einfach dämlich. Ich kann mich an keine weiteren erinnern. Und ohne die alten Videos kommen wir nie drauf. Wir bringen uns bloß in gruselige Situationen, sonst nichts. So finden wir sie nie! Dafür ist die Polizei zuständig!«

»Gib doch nicht gleich auf, Frankie. Du hattest von Anfang an recht.«

»Und wenn schon? Was spielt das für eine Rolle?«

»Wenn wir so Colette finden, spielt es durchaus eine Rolle«, sagte sie. »Und es spielt eine Rolle, weil …«

Tess verstummte, als die Kellnerin die Kroketten vor uns hinstellte. So hatte ich im Leben noch nicht reingehauen. Hungrig war gar kein Ausdruck, ich war kurz vorm Verhungern. Mit beiden Händen, wie ein Eichhörnchen, hielt ich die Kroketten fest.

»Weil was?«, fragte ich mit vollem Mund.

»Weil du's auch mal verdient hast, recht zu haben.«

Verständnislos blickte ich sie an. Was genau meinte sie damit? Ich bekam einen Kloß im Hals.

»Sagst du mir endlich, was da vorgefallen ist?«, fragte Tess leise. »Zwischen dir und Colette?«

Die Highschool-Schüler johlten und lachten, weil einer von ihnen was verschüttet hatte. Was sollte daran witzig sein? Kapierte ich nicht. Die Schüler belagerten drei komplette Nischen, einige knieten auf den Bänken, um über zwei Tische zu grölen. Sie breiteten sich in alle Richtungen aus, hingen über den Lehnen, den Tischen, dem Fensterbrett. Und dabei lachten sie und wirkten so viel älter als wir.

»Ich habe Angst vor der Highschool«, flüsterte ich mit Blick auf die Horde.

»Ist sicher nicht viel anders als unsere Schule jetzt«, flüsterte Tess. Auch sie beobachtete das Treiben, bis zwei anfingen, sich zu küssen. Tess und ich drehten schnell den Kopf weg, ich verzog angeekelt das Gesicht und Tess wurde rot.

»Meinst du, Colette hat Bryce geküsst?«, fragte ich.

»Ich weiß, dass sie ihn geküsst hat. Im Kino. Und dann noch mal nach der Schule.«

»Hat es ihr gefallen?«, fragte ich.

»Danach hab ich sie nicht gefragt«, meinte Tess. »Aber sonst hätte sie es ja kein zweites Mal gemacht.«

Ich schaute mich zu dem küssenden Pärchen um. Es sah aus, als wollten sie einander auffressen, der Junge hatte den Arm um das Mädchen gelegt, seine Hand lag an ihrem Hosenbund. Ein Stück darunter. Auf ihrem Hintern.

»Starr da nicht so hin«, zischelte Tess.

»Ich starre doch gar nicht.« Ich wandte mich wieder meiner Schwester zu. »Würdest du dich von einem Jungen so abknutschen lassen? Vor aller Augen?«

»Nein!« Zuerst fiel mir ein Stein vom Herzen, doch dann fügte sie hinzu: »Nicht vor aller Augen. Aber wenn mich ein Junge küssen will, der mir gefällt, würde ich mitmachen.« Auf ihren leuchtend roten Wangen tummelten sich winzige Sommersprossen. Nicht so wilde wie bei Colette, sondern kaum sichtbare Pünktchen unter den Augen und auf der Nase, wie mit spitzem Bleistift hingetupft.

»Gefällt dir denn ein Junge?« Um sie nicht in Verlegenheit zu bringen, sprach ich ganz leise.

»Vielleicht.« Ihre Augen schimmerten golden.

»Wer denn?« Verschwörerisch beugte ich mich vor.

»Colin.« Sofort färbten sich ihre Wangen tiefrot. Bryce' bester Freund.

»Warum magst du ihn?«, fragte ich.

Tess legte die Stirn in Falten. »Warum magst du denn Kai?« Ihre Stimme war nur ein Flüstern, also wollte sie mich nicht beschämen, aber ich war doch beschämt.

Woher weißt du das? Beunruhigt sah ich mich im Diner um, hoffentlich hatte es keiner mitbekommen.

Tess war sicher klar, dass ich darauf nicht antworten würde, deshalb kehrte sie zu ihrer Ausgangsfrage zurück. »Sagst du mir endlich, was zwischen dir und Colette vorgefallen ist?«

»Ich will nicht darüber reden!« Dass sie so tat, als könnte sie sich an nichts erinnern, machte mich unglaublich sauer. Mein Herz klopfte wie verrückt, und der Tisch klebte so, dass ich am liebsten aufs Klo gerannt wäre, um mir die Hände zu waschen, ich wischte sie mir dann allerdings einfach an den Klamotten ab.

»Du hast es mir aber versprochen.« Tess sah mich mit großen Augen an. Offenbar hatte sie keine Ahnung, worum es ging. Wie konnte das sein?

»Wie kannst du nur so unschuldig tun, nachdem du deine eigene Schwester nicht in Schutz genommen hast?«, fragte ich lauter als gewollt. Tess wurde wieder rot. Und senkte den Kopf.

Anstatt mir zu sagen, dass ich leiser sprechen sollte, fragte sie: »Wovon sprichst du überhaupt?«

»Du hast zugelassen, dass sie mich ausgelacht haben. Ich hab dich doch gehört.« Ich musste mich echt zusammenreißen, um nicht laut zu werden. Schließlich waren wir nicht allein. Es war so, als würde ich Pirat an der Leine festhalten, wenn sie unbedingt in eine bestimmte Richtung will.

Tess sah mich völlig perplex an. Ich beugte mich vor und fauchte: »Tu nicht so, als wüsstest du nicht, was los ist! Ihr wart alle in deinem Zimmer und habt für eine Mathearbeit gelernt. Du, Colette, Mia und noch zwei andere Mädchen.«

»Moment mal«, sagte Tess ruhig und rutschte auf ihrer Bank herum. »Zwei andere Mädchen? Wer denn?«

»Woher soll ich das wissen?«

»Wir lernen doch nie mit anderen!« Tess knabberte am Daumennagel und schaute gedankenverloren in die Ferne. Dann sah sie mich blitzartig wieder an. »Meinst du Naomi?«

»Colettes eigenartige Nachbarin?«

Tess nickte und musste grinsen, weil ich Naomi eigenartig genannt hatte. Ist sie wirklich. Beim Reden rückt sie einem immer total auf die Pelle, was mir gar nicht behagt. Und dann denkt sie sich ständig irgendwelche merkwürdigen Clubs aus, so wie den Dienstags-blaue-Socken-Club. Also Naomi ist echt eigenartig.

Wobei das irgendwie wohl auf jeden zutrifft.

»Keine Ahnung, ob Naomi dabei war«, sagte ich. »So gut kenne ich ihre Stimme nun auch wieder nicht. Ich hab ja keine Kurse mit ihr.«

»Sie muss es gewesen sein«, meinte Tess, »außer Mia und Colette war bei mir sonst keiner zum Lernen. Du weißt doch, wie Mom ist, sie erlaubt ja nicht so viele Leute.«

»Ja.« Nicht dass ich das Problem schon mal gehabt hätte, denn ich mochte ohnehin keine Leute in meinem Zimmer. Und wen sollte ich auch einladen?

»Die Leute waren also alle da. Und du meinst, du hättest noch eine weitere Person gehört?«

Ich rollte mit den Augen, denn ich wollte wirklich nicht drüber reden. Doch ihr wisst sicher, wie das ist, wenn man über eine Sache auf keinen Fall reden will, dann will die andere Person über nichts anderes reden.

Widerwillig gab ich Auskunft. »Ihr wart alle am Lernen, und dann hat irgendwer gefragt, warum ich denn nicht lernen würde, und da meintest du, dass ich nur was für die

Schule tue, wenn Mom mich zwingt. Was übrigens ja gar nicht stimmt ...«

Seufzend nickte Tess.

»... und als noch ein Mädchen ins Zimmer kam, erzählte Colette, dass ich meine Arbeiten immer in einem anderen Raum schreibe und ...«

»Was?« Tess hob die Brauen.

»Und dann haben alle gelacht, weil ich Tornados mag. Mein Hirn sei selbst ein einziger Tornado, hat Mia gesagt, und ...«

»WAS?«, rief Tess so laut, dass es alle hören konnten. Ein paar Highschool-Schüler sahen kurz zu uns herüber.

»Und dann habe ich mich weggeschlichen, weil ich euer Geläster nicht weiter hören wollte.«

Tess schlug sich mit der Hand auf den Mund, ihre Wangen wurden feuerrot, diesmal sah sie aber nicht beschämt, sondern wütend drein. »Deshalb warst du jetzt zwei Monate lang so sauer?«

Ich nickte. »Wärst du nicht sauer?«

»Na klar!«, rief sie. »Warum hast du mir bloß nichts gesagt? Warum hast du dich damit zwei Monate allein rumgequält?«

»Wieso hätte ich es dir sagen sollen? Du bist doch dabei gewesen!«

Tess holte tief Luft, sah zur Decke und atmete geräuschvoll aus. »Frankie, glaubst du im Ernst, ich hätte nichts gesagt, wenn ich dabei gewesen wäre?«

»Aber ich hab dich doch gehört. Ich hab gehört, wie du gesagt hast, ich mach nur was für die Schule, wenn Mom mich zwingt.«

»Ja!«, sagte sie. »Und dann bin ich raus, um allen was zu trinken zu holen.« Sie hielt inne und atmete noch mal tief durch. »Du hast geglaubt, eine weitere Person wäre ins Zimmer gekommen. Aber ich bin rausgegangen.«

»Nein, so war das nicht«, sagte ich verunsichert. Oder war es einfach nur nicht so, wie ich es mir vorgestellt hatte?

»Überleg doch mal, Frankie. Hast du meine Stimme anschließend noch mal gehört? Habe ich noch irgendwas anderes gesagt? Hab ich dich ausgelacht?« Ihre Augen füllten sich mit Tränen. »Hast du nicht! Weil ich das nie tun würde!«

»Aber Colette hat gelacht«, sagte ich leise.

»Colette ist nicht deine Schwester.« Sie wischte sich die Tränen weg. »Ich würde dir das nie antun.«

»Aber du bist auch ständig genervt von mir. Und du willst nie etwas mit mir machen.«

»Du hast ganz plötzlich aufgehört, mit uns abzuhängen. Da dachte ich …« Wieder wischte sie sich übers Gesicht. »Ich dachte, du wolltest nichts mehr mit mir zu tun haben.«

»Oh.« Darüber musste ich erst mal nachdenken.

Die Kellnerin kam an unseren Tisch. »Wollt ihr noch was bestellen?«

Tess bat sie um die Rechnung. Die Kellnerin zog sie aus ihrer Schürze und legte sie auf den Tisch. Nachdem sie gegangen war, nahm Tess die Rechnung und rollte die Ecken ein. Früher hat sie alles zerrissen, was sie in die Hände bekam – Papier, Servietten oder Kinokarten. Ob sie die Rechnung wohl auch zerreißen würde?

»Es tut mir so leid«, sagte Tess.

»Schon gut«, antwortete ich automatisch, denn das sagte man ja so. Tess legte die Rechnung ab und griff über den klebrigen Tisch nach meiner Hand. Normalerweise mag ich nicht angefasst werden, aber diesmal war es okay, jedenfalls für kurze Zeit. Tess muss es gespürt haben, denn sie zog ihre Hand schnell wieder weg. »Das war wirklich gemein. Mia und du, ihr wart ja nie besonders eng, aber von Colette …«

Ich nickte. Ohne Vorwarnung liefen mir schon wieder die Tränen. Mit dem Ärmel wischte ich mir übers Gesicht.

»Lass uns nach Hause gehen«, sagte ich.

Diesmal widersetzte sich Tess nicht. »Okay, Frankie.«

17. KAPITEL

MEINUNG: MANCHE LEUTE GLAUBEN, DASS MAN VON TORNADOS TRÄUMT, WEIL MAN SICH DER WELT AUSGELIEFERT FÜHLT.

»ICH MACH MIR einen Tee«, sagte ich zu Tess, als wir wieder im Hotel waren. Wir kamen zehn Minuten zu spät, eigentlich hätten wir ja schon um elf zurück sein sollen, aber auf dem Rückweg mussten wir dreimal anhalten, um Moms Nachrichten zu beantworten.

»Ich sag jetzt Mom Bescheid, dass wir wieder da sind.« Tess parkte ihr Fahrrad am Ende der Reihe mit den Leihrädern, ganz hinten in der Lobby. Sie beugte sich vor und flüsterte: »Und denk dir was über den Film aus.« Ihr war anzusehen, dass ihr nicht wohl bei der Sache war. Tess hält sich nämlich sonst an die Regeln. »Willst du mitkommen?«

Ich schüttelte den Kopf und trat von einem Fuß auf den anderen. Ich wollte nicht wieder raus in die kalte Aprilnacht. Im Kamin brannte ein Feuer, es war mollig warm in der Lobby. »Ich nehm mir den Tee mit hoch.«

Kaffee, Tee und aromatisiertes Wasser steht den Gästen Tag und Nacht zur Verfügung. Mom liegt wohl viel daran, dass sie immer genug trinken. Mir hilft manchmal Pfefferminztee, um runterzukommen, und der ist nie alle.

»Okay, dann bis morgen«, sagte Tess traurig. An der Seitentür blieb sie noch mal stehen und drehte sich zu mir um, als wollte sie noch was sagen. Tat sie aber nicht.

Ich goss dampfend heißes Wasser in eine Tasse und hängte einen Pfefferminzteebeutel hinein. Dann lehnte ich mich gegen die Wand und wartete, bis der Tee gezogen war. Ich musste den Tee in der Lobby zubereiten, weil ich keine benutzten Teebeutel in meinem Zimmer ertrage. Ist so eine Marotte von mir.

Während ich wartete, überschlugen sich meine Gedanken. Mir kam die Meerhexe auf der Wache in den Sinn. Ob sie vielleicht als Verdächtige verhört worden war? Ich dachte an ihre Warnung. Und dann dachte ich mit Schaudern an ihr Gesicht im Fenster. Wie gerne hätte ich Officer Rollins angerufen und ihm davon erzählt. Wer weiß, vielleicht hatte sie auf der Wache total nett getan und die Polizei hatte sie gehen lassen. Und anschließend war sie dann nach Hause gegangen und hatte Colette gefoltert? Was, wenn …

»Hey! Habt ihr, du oder deine Schwester, euch vielleicht Limonade genommen?« Tyler, der Nachtportier, unterbrach meinen Gedankenstrom. Er zupfte sich am Bart – ihhh – und trommelte mit einem Stift im Rhythmus leiser Musik auf den Tresen.

Verständnislos sah ich ihn an. »Wovon sprichst du?«

»Limonade fehlt«, sagte er und zupfte sich erneut am Bart. Nervig. »Hast du's gesehen?«

Ich sah ihn an, als würde er Chinesisch sprechen. »Hä? Welche Limonade?«

Tyler verdrehte die Augen und zeigte auf die Leihräder. »Ist dir noch nie aufgefallen, dass sie nach Lebensmitteln benannt sind? Ihr habt gerade Schoko-Minz-Chip und Schwarze Lakritze zurückgebracht.«

»Ach Quatsch«, sagte ich.

Doch dann ging ich hinüber zu den Rädern und sah nach. Hinten auf dem Schutzblech des schwarzen Rads stand in schwungvoller Schreibschrift: *Schwarze Lakritze.* Nun ging ich die Reihe durch. Das rote Rad hieß *Kirschkuchen,* das orangerote *Marmelade* und das weiße *Marshmallow.*

»Ich dachte immer, das ist bloß Zierde«, sagte ich.

Tyler seufzte. »Na, dann kannst du mir jetzt vielleicht sagen, wo Limonade abgeblieben ist? Das gelbe Rad? Offiziell hat es keiner ausgeliehen.«

»Weiß ich«, meinte ich. »Ich wollte es selbst gerne haben, aber es ist weg.«

Als der Timer auf meinem Handy losging, erschrak ich. Tyler schüttelte bloß den Kopf und setzte sich die Kopfhörer auf, offenbar ein Signal, dass für ihn das Gespräch beendet war. Ich nahm den Teebeutel aus der Tasse und goss ein wenig Sahne dazu, die ich mag, obwohl sie im Pfefferminztee ein klein wenig eklig aussieht, und dann, weil Mom nicht zusah, fügte ich sogar noch Zucker hinzu. Mit einem frischen Löffel rührte ich alles um und trabte dann rauf in mein Zimmer.

Irgendwie wuchs mir gerade alles über den Kopf. Ich nahm mir vor, morgen früh die Polizei anzurufen, sollten die doch entscheiden, wie es mit der Meerhexe weiterging.

Nachdem ich mir die Schuhe ausgezogen hatte, lief ich im Slalom um die Klamottenstapel und Bücher vor meinem Bett. Ich nahm einen Schluck Tee, stellte die Tasse auf dem Nachttisch ab und ließ mich ins Bett fallen, den Kopf aufs kühle Kissen. Das Fenster stand noch offen, ich lauschte der Geräuschkulisse der Natur. Eigentlich wollte ich noch kurz auf die Tornado-App schauen, ob es heute irgendwo einen Tornado gegeben hatte. Aber Sekunden später war ich schon eingeschlafen und geisterte im Traum umher.

Ich rannte über den riesigen Rasen der Meerhexe Richtung Dünen, vor lauter Lachen tat mir schon der Bauch weh. Auch wenn ich niemanden sah, wusste ich, dass ich nicht allein war, denn es rannten zwei Leute hinter mir, einer mehr links und der andere mehr rechts. Aus dem Rasen wurde Strandhafer, wir mittendurch, die höchsten Halme kitzelten mich an den Handflächen, und da kam auch schon der Weg, wo unsere Räder lagen.

»Auf geht's zur nächsten Mutprobe!« Ich war außer Atem, grinste aber verschlagen. »Jetzt gleich!«

»Aber es wird doch schon dunkel!«, mahnte eine Stimme.

»Das ist gefährlich«, rief eine zweite.

In meinem Traum klangen ihre Stimmen anders, und ihre Gesichter waren verschwommen, dennoch wusste ich, dass es Tess und Colette waren. Nur wusste ich nicht, wer wer war. Ich schwang mich aufs gelbe Fahrrad: *Limonade.*

»Warte, Frankie!«

»Mach's nicht heute Abend!«

»Dafür krieg ich das ganze Karamell!«, schrie ich, bevor ich um die nächste Kurve bog und sie mich nicht mehr sehen konnten. Rechts versperrte mir eine Klippe die Sicht aufs Meer, aber ich konnte es hören. Der Wind blies mir das Haar aus dem Gesicht und ich fühlte mich frei wie noch nie. Ich hätte ewig so weiterfahren können.

Es war zwar noch nicht richtig dunkel, aber wegen der

vielen Wolken konnte man meinen, die Sonne wäre schon untergegangen. Den gepflasterten Weg, der sich durch das hohe Strandgras wand, konnte ich aber noch gut sehen. Hier und da ragten kleine krumme Bäume empor. Ich kam an den Bänken vorbei, die zum Andenken an irgendwelche Leute aufgestellt worden waren. Vorbei an der Aussichtsplattform zum Adlerbeobachten, die Tess, Colette und ich aber gern für eine andere Mutprobe nutzten.

»Spring schon!«, feuerten wir einander dann an.

»Höher!«, schrien wir lachend.

Im Traum fuhr ich auf Limonade den Radweg bis zur Dreizehnten. Nachdem ich links und gleich wieder rechts abgebogen war, radelte ich die Willows Road runter, bis sie auf die North Head stieß, da bog ich wieder rechts ab. Ich strampelte, was das Zeug hielt, nur bei Beard's Hollow legte ich auf dem Parkplatz eine kleine Verschnaufpause ein. Unmerklich hatte ich Seaview und Ilwaco hinter mir gelassen: Die beiden Städtchen drängen sich so dicht aneinander, dass sie praktisch zusammengewachsen sind. Ich blieb auf der North Head Road, weil das der schnellste Weg zum Leuchtturm war, dem Ziel meiner unglaublichen Mutprobe. In etwa fünfzehn Minuten würde ich da sein, das wusste ich, denn ich fuhr hier nicht zum ersten Mal.

Das erste Stück war noch ohne Steigung, aber dann musste ich mich vorsehen und mich auf der zweispurigen Landstraße immer schön rechts halten, denn neben dem Asphalt ging es direkt in den Graben oder einen noch steileren Abhang runter. Als ich den Berg hinaufstrampelte und die Bäume an mir vorbeiflogen, glühte ich vor Stolz. Das war meine Mutprobe. Ich würde sie als Einzige bestehen!

Wie so oft in Träumen gab es einen Zeitsprung, und ich raste den Berg an der Stelle hinunter, wo die Straße zu beiden Seiten steil zu einer bewaldeten Schlucht abfiel. Weil weit und breit kein Auto zu sehen war, fuhr ich mitten auf der Straße, streckte die Beine von mir weg und hatte das Gefühl zu fliegen.

Dann flog ich … auf meinem Fahrrad über dieselbe Strecke, die ich gekommen war. Und plötzlich war ich wieder da, wo ich meine besorgte Schwester und meine Freundin zurückgelassen hatte. Doch jetzt wartete da nur noch eine Person auf mich.

»Du hast Limonade genommen«, schrie sie. Ob es Tess oder Colette war, konnte ich nicht sagen. Die Stimme war nicht eindeutig, und das Gesicht hielt nicht lange genug still, um es zu erkennen. »Du hast Limonade genommen.«

»Aber jetzt bin ich wieder da!«, sagte ich. »Siehst du mich nicht? Ich hab eine wahnsinnig gefährliche Mutprobe bestanden!«

Es ärgerte mich, dass sie mich nicht anschauen wollte, denn sie sollte sich mitfreuen. Und die andere, also Tess oder Colette, sollte auch da sein und bestätigen, dass ich das gut gemacht hatte.

»Du hast Limonade genommen«, sagte das Mädchen wieder.

»Wie oft soll ich dir noch sagen, dass ich zurück bin?«, brüllte ich.

Und dann konnte ich auf einmal ihr Gesicht erkennen, aber es war nicht Tess. Und auch nicht Colette.

»Du hast Limonade genommen«, sagte ich zu mir selbst. »Und du bist nicht zurück. Du bist verschwunden.«

3. TEIL

DER REST

18. KAPITEL

FAKT: ES IST SCHON VORGEKOMMEN, DASS EIN LEUCHTTURM WÄHREND EINES TORNADOS ZERSTÖRT WURDE.

SONNTAGMORGEN BRACH der Sturm richtig los.

Tess und ich saßen uns am Küchentisch gegenüber, in Fleecedecken gehüllt, denn unsere Schlafanzüge waren nass geworden, als wir vom Hotel ins Cottage herübergelaufen waren. Beide hielten wir einen Becher mit heißem Tee in der Hand, den uns Mom gemacht hatte, während wir auf die anderen gewartet hatten. Ich saß mit angezogenen Beinen auf dem Stuhl, den Becher auf den Knien, so hielt ich sie wenigstens still. Pirat lag zu meinen Füßen.

Im Cottage wimmelte es von Leuten.

Mom und Officer Rollins saßen mit uns am Küchentisch. Officer Saunders und eine Polizistin, die ich nicht kannte, saßen auf dem Sofa im Wohnzimmer, das eigentlich zusammen mit der Küche ein Raum war, denn es gab dazwischen keine Wand. Charles lehnte an der Küchenzeile, die Arme vor der Brust verschränkt, sodass sein Orca-Tattoo zu sehen war. Vor uns auf dem Tisch lag ein Diktiergerät mit einem grün blinkenden Lämpchen. Die Mikrowellenuhr zeigte 7.16 Uhr, nachdem wir allen Anwesenden von unserem Tat-oder-Schreck-Spiel erzählt hatten.

Seit zweieinhalb Tagen war Colette von niemandem mehr gesehen worden.

Officer Rollins redete nicht lange um den heißen Brei herum. »Ihr glaubt also, dass Colette die Videos Donnerstagabend gefilmt hat und ihr dabei etwas zugestoßen ist? Und dass sie deshalb unauffindbar ist?«

»Ja«, antwortete Tess überzeugt.

»Und ihr glaubt auch, dass sie beim Hochladen der Videos das Datum rückdatiert hat?«

»Ja.« Tess nickte.

»Warum?«

Zweifelnd sah Tess mich an. Ich schüttelte den Kopf. »Wir wissen es nicht«, antwortete sie für uns beide.

»Dennoch bist du überzeugt, dass sie euer altes Tat-oder-Schreck-Spiel hat aufleben lassen? Denkst du das auch, Frankie?«

»Glaub schon?« Ich war fix und fertig. Mussten sich alle Polizisten von Long Beach in unserem winzigen Cottage drängen?

»Und ursprünglich hast du gedacht, Colette wäre bei Mrs Mehrechsa?«

»Ja.« Ich kam mir so bescheuert vor, dass ich die ganze Zeit auf meine Hände starrte. Officer Rollins hatte schon erklärt, dass die Meerhexe auf der Wache gewesen war, um einen Fall von mutwilliger Beschädigung auf ihrem Grundstück anzuzeigen. Offenbar kam das bei ihr häufiger vor. Beamte waren vor Ort gewesen und hatten sich den Schaden angesehen. Deshalb waren sie ziemlich sicher, dass sich Colette dort nicht befand. Inzwischen tat mir die Meerhexe wohl auch ein kleines bisschen leid.

Spielte auch keine Rolle mehr, denn mein Traum hatte mir gezeigt, wo Colette ganz sicher steckte – und zwar nicht zwischen ausgestopften Tieren.

Rollins rieb sich die Augen, dann die Stirn und den kahlen Kopf, genau wie am Freitag. »Frankie, wir haben seit 48 Stunden nonstop nach Colette gesucht. Wir sind alle völlig erschöpft. Du musst mir jetzt schon ganz genau sagen, wo sie ist.«

Ehrlich gesagt dachte ich, das hätte ich längst, aber vielleicht war es auch bloß die Stimme in meinem Kopf, die ihnen zurief, wo sie suchen sollten. Oder ich hatte das Gefühl, es ihnen bereits gesagt zu haben, weil ich Tess von meinem Traum erzählt hatte, in dem ich von der weltbesten Mutprobe geträumt hatte.

Ich holte tief Luft. *Was, wenn ich falschliege?* Aber im nächsten Moment dachte ich: *Was, wenn ich richtigliege?*

»Ich glaube, Colette wollte eine Mutprobe machen, die ich mir ausgedacht habe.« Sämtliche Augen im Raum waren jetzt auf mich gerichtet. Charles nickte, und Mom lächelte mir aufmunternd zu, aber das Gefühl, alles würde gut werden, vermittelte mir Tess: Sie hielt das Kinn hochgereckt, wie um mich damit zu unterstützen. »Ich habe sie mir um Halloween ausgedacht. Tess und Colette waren schon in drei Spukhäusern gewesen, und mir war klar, wenn ich Schreck wähle, würde mich was ganz Schlimmes erwarten. Also musste ich mir eine richtig spektakuläre Mutprobe ausdenken.«

»Und?«, fragte Officer Rollins.

»Ich habe die anderen herausgefordert, zum Leuchtturm zu fahren.«

Mom schnappte nach Luft.

Tess kaute auf ihrem Daumennagel herum, und die Beamten im Wohnzimmer machten sich Notizen, obwohl doch das Diktiergerät alles aufnahm.

»So weit ist es nun auch wieder nicht.« Ich drehte den Teebecher in den Händen. »Ich habe dafür nicht mal eine Stunde gebraucht.«

Mom wirkte nicht gerade glücklich, dass ich allein zum Leuchtturm geradelt war. »Hast du das auch gemacht?«, fragte sie Tess leise.

Tess sah mich schuldbewusst an und dann wieder Mom. »Ich hab's behauptet, aber das war gelogen. Auf halbem Weg habe ich Angst bekommen und bin wieder umgekehrt.«

»Wusste ich's doch«, murmelte ich.

»Dann mal weiter, Frankie«, meinte Rollins.

»Colette hat kein eigenes Rad.« Weil er mich daraufhin nur verständnislos ansah, schob ich noch eine Erklärung hinterher: »Im Hotel fehlt das gelbe Rad.«

»Oh nein«, stöhnte Mom, die sofort begriff.

»Frankie meint, dass Colette sich für die Mutprobe ein Rad aus dem Hotel genommen hat«, sagte Tess.

»Ja.« Ich nickte, konnte aber niemandem in die Augen schauen.

»Frankie, gestern am Telefon hast du gesagt, in eurem Notizbuch würde eine ganze Seite mit Mutproben fehlen«, sagte Rollins. »Warum sollte sich Colette ausgerechnet diese eine ausgesucht haben?«

»Weiß ich auch nicht. Tess vermutet, dass sie sich die rausgesucht hat, die wir alle drei gemacht haben, aber die mit dem Leuchtturm hatte sie sich nie getraut. Womöglich hat sie sich auch die schwersten genommen oder die, die nicht ganz so …«

»Ganz so was?«, fragte Mom.

»… dämlich waren?« Ich musste an die Mutprobe denken, die darin bestand, so lange Marshmallows zu futtern, bis man kotzen musste.

»Vielleicht hat sie sich auch alle vorgenommen«, sagte Tess leise. »Vielleicht ist sie noch nicht fertig. Vielleicht …«

Tess verstummte und mit ihr alle im Raum. Ich weiß auch nicht, warum, aber plötzlich hatte ich schreckliche Schuldgefühle. Wahrscheinlich, weil ich mir das Spiel ausgedacht hatte – und nun saßen wir hier mit der Polizei zusammen, während Colette spurlos verschwunden war, irgendwo da draußen im strömenden Regen.

Donner ließ den Boden beben. Und gleich fühlte ich mich noch schlechter.

Officer Rollins sah besorgt aus dem Fenster, dann zu mir. »Jetzt noch mal Klartext. Welchen Leuchtturm meinst du? North Head oder Cape Disappointment?«

»Hhmm«, brummte ich.

»Welchen denn?«, fragte er.

»North Head«, sagte Tess.

»Gut, danke, Tess«, meinte Officer Rollins. An die Kollegen gewandt: »Wie weit ist das? Sechs Kilometer?«

»Eher acht oder neun«, entgegnete Officer Saunders. Er saß auf meinem Lieblingsplatz auf dem Sofa, aber bei mir im Kopf wirbelten die Gedanken so schnell, dass ich mich darüber nicht aufregen konnte. Ich war völlig neben der Spur.

Officer Rollins wandte sich wieder an mich. »Welchen Weg bist du gefahren, Frankie?«

»Zuerst den Discovery Trail.« Ich atmete einmal tief durch, denn was ich gleich sagen würde, würde meiner Mutter gar nicht gefallen. »Und dann weiter auf der North Head Road.«

»Auf dem Fahrradweg?«, fragte Officer Rollins.

Ich schüttelte den Kopf.

»Frankie!«, brach es aus meiner Mutter heraus. »Das hätte dich das Leben kosten können!«

Betretenes Schweigen. Sicher dachten alle das Gleiche wie ich: Es hätte mich das Leben kosten können, hatte es aber nicht. Aber vielleicht Colette. Die Polizistin tippte schneller auf ihrem Telefon als ein handysüchtiger Teenager.

»Meinst du Willows Richtung North Head Road?«, fragte sie, ohne die Augen vom Display zu nehmen.

»Glaub schon?« Normalerweise achte ich nicht so auf Straßennamen, es sei denn, es gibt einen besonderen Grund.

»Colette könnte auch eine der Nord-Süd-Routen genommen haben«, sagte Officer Rollins zu seinen Kollegen. »Ruf mal Martin aus Ilwaco an, vielleicht können die uns noch Verstärkung schicken.«

»Wir müssen auch den Sheriff einschalten«, sagte die Polizistin.

»Schon erledigt«, antwortete Officer Rollins. Er griff nach dem Diktiergerät, schaltete es aus und erhob sich. Er schien unsere gesamte Küche auszufüllen. »Wir müssen die Straßen in beide Richtungen absuchen, falls sie vom Leuchtturm eine andere Strecke nach Hause genommen hat. Auf jeden Fall auch den Discovery Trail.«

Die Beamten begaben sich zur Tür und zogen sich die

Regenmontur über den Kopf, dabei klirrten und schepperten ihre schwer behängten Gürtel. »Danke, Mädels«, sagte Officer Rollins, bevor er die Tür hinter sich zuzog.

Tess nahm mich in den Arm.

Ich ließ es geschehen.

19. KAPITEL

FAKT: VOR 1950 GIBT ES KEINE ZUVERLÄSSIGEN AUFZEICHNUNGEN VON TORNADOS.

»Wie geht's euch beiden?« Mom lehnte im Türrahmen und sah uns besorgt an. Tess und ich lagen auf unseren Kinderbetten, in denen wir geschlafen hatten, bis wir ins Hotel gezogen waren.

Mom setzte sich zu Tess aufs Bett. Ich war eifersüchtig, gleichzeitig wollte ich aber nicht, dass sie sich auf mein Bett setzte. Sehr verwirrend.

»Uns geht's gut«, sagte ich automatisch.

»Uns geht's gar nicht gut«, meinte Tess. »Hat Officer Rollins sich gemeldet?«

Mom schüttelte den Kopf. »Noch nicht. Ich habe aber vor einer Stunde mit Colettes Mutter gesprochen. Die Polizei sucht noch. Sie versuchen, möglichst zügig voranzukommen, aber auch gründlich zu sein.«

»Also schnell und langsam zugleich?«, fragte ich. »Wie soll das denn gehen?«

Ich sah hoch zu den drei Pappmacheeballons, die über meinem Bett von der Decke hingen. Die hatte ich irgendwann mal mit einer Babysitterin gebastelt. Sie hatte mich ermuntert, etwas Motivierendes draufzuschreiben. So stand auf dem einen Ballon mit schwarzem Filzer: *Etwas Motivierendes*. In Lila auf dem anderen: *Du schaffst es!* Und auf dem, der mir am nächsten hing, in Grün: *Wir fliegen höher als verlorene Ballons.*

»Weiß ich auch nicht, Frankie«, sagte Mom. »Die geben ihr Bestes.«

»Okay«, sagte ich.

»Wollt ihr Pancakes?«, fragte sie uns. »Es gibt auch noch Blaubeeren.«

»Ich möchte am liebsten wieder schlafen.« Tess drehte sich mit dem Gesicht zur Wand. »Mir brennen die Augen.«

Mom kratzte ihr den Rücken. Auch darauf war ich eifersüchtig, obwohl ich es nicht ausstehen kann, wenn sie es bei mir macht. Einerseits sehnte ich mich nach Berührung, andererseits hielt ich es nicht aus. Ich kam mir vor wie eine Außerirdische. Wahrscheinlich wollte ich einfach das Gefühl haben, dass mich meine Mutter genauso liebte wie meine Schwester.

»Ich geh zum Strand.« Ich stand aus dem viel zu schmalen Bett auf und schlüpfte in die Gummistiefel, die ich neben das Bett geschleudert hatte. Aber irgendwas stimmte nicht.

»Manno, diese blöden Socken!« Ich ließ mich auf den Boden plumpsen und versuchte verzweifelt, die Gummistiefel wieder loszuwerden, um die Socken zu richten. Gummistiefel ausziehen ist ein Albtraum. »Hilf mir doch mal!«, brüllte ich Mom an.

»Reiß dich mal zusammen, Frankie!« Mom stand vom Bett auf und drehte mir den Rücken zu. Ich streckte den linken Fuß in die Luft, sie klemmte sich mein Bein zwischen die Knie und zog mir den Stiefel aus. Dann dasselbe mit der anderen Seite. Und während ich über meine Socken schimpfte, fragte sie sanft: »Willst du ein Paar von mir haben?«

Ich ärgerte mich über ihr Angebot, ich ärgerte mich eigentlich über alles und wusste nicht, wie ich es abstellen sollte.

Endlich hatte ich die Sockennähte an beiden Füßen gerichtet, sodass sie mir beim Reinschlüpfen in die Schuhe nicht den kleinen Zeh abschnürten.

»Geschafft!« Ich stand auf und stemmte die Hände in die Hüften.

»Soll ich mitkommen?«, fragte Mom.

»Nein.« Weil sie gekränkt aussah, schob ich schnell noch hinterher: »Ich muss mal allein sein.«

»Na schön, aber geh nicht allzu weit. Und nimm dein Handy mit, falls wir angerufen werden.«

Ich nickte und trabte los. Ohne die ganzen Leute wirkte das Cottage richtig leer. Merkwürdig. Ich zog mir die Regenjacke über den Schlafanzug, nahm mir einen Apfel aus der Obstschale und zog das Handy vom Ladekabel. Draußen schüttete es nicht mehr, aber es regnete noch, deshalb verstaute ich das Handy tief in der Jackentasche.

Pirat hätte ich auch gerne mitgenommen, aber sie war irgendwo mit Charles unterwegs. Ich vermisste das Klimpern ihrer Hundemarken, als ich allein durch den Sand stiefelte, den Blick auf den gleichmäßig hellgrauen Himmel gerichtet. Ich steuerte auf den ersten Unterstand zu, wobei es gar kein richtiger Unterstand ist, bloß ein Windschutz mit einer Bank, nach oben ist er offen.

Zu meiner Überraschung traf ich da auf ein bekanntes Gesicht.

»Was machst du denn hier?«, fragte ich.

»Das fragst du mich ständig«, sagte Kai. Er hatte sich die Kapuze seines schwarzen Hoodies über den Kopf gezogen. Dabei stand ich doch so auf seine wilde Mähne, die sah jeden Tag anders aus. Aber es regnete eben.

»Ich mein's doch nicht so.« Mit der Fußspitze kickte ich den Sand weg. »Hier hab ich einfach nicht mit dir gerechnet.«

»Ich bin mit Dillon verabredet«, sagte er.

Das glaubte ich ihm sofort, denn sein Skateboard lehnte mit den Rollen nach außen neben ihm an der Bank. Und er trug seine Skater-Schuhe.

»Wir wollen auf der Promenade ein paar Tricks machen. Wenn du Lust hast, kannst du zuschauen.«

»Im Regen fahrt ihr Skateboard?«

»Regen, Sonne, ganz egal.« Kai lächelte, aber es wirkte aufgesetzt. »Komm doch mit.«

»Danke, aber keinen Bock jetzt.«

»Okay.« Kai stand auf und starrte auf mein Outfit. »Bist du etwa im Schlafanzug?«

»Na und?«

»Schon gut.« Kai machte Anstalten zu gehen. »Okidoki. Bis dann, Franktireur.«

»Was soll das denn schon wieder heißen?« Ich verdrehte die Augen.

Achselzuckend sagte er: »Hat irgendwas mit Kämpfen und Krieg zu tun. Sag du's mir. Ich bin Buddhist.«

»Okay, Mr Buddhist. Hast du nicht gesagt, du wartest auf Dillon?«

»Doch, aber du hast ja keinen Bock zum Reden.« Er zog

die Kordeln seiner Kapuze fester zu. Leider – zu gerne hätte ich gesehen, was sein Haar heute so machte.

»Hab ich doch gar nicht gesagt. Nur dass ich keinen Bock auf Skateboard-Tricks habe.«

»Oh.« Kai kam zurück und setzte sich so weit weg von mir, dass bestimmt noch drei Leute zwischen uns auf die Bank gepasst hätten. Keiner sagte was, bis ich es nicht länger aushielt.

»Die Polizei war heute Morgen bei uns«, brach es aus mir heraus.

»Was?« Kai machte große Augen und beugte sich vor. »Ging es um Colette? Was ist passiert?«

Und dann platzte ich mit der ganzen Geschichte raus, und da liefen bei mir auch die Tränen, aber es war mir egal, dass ich vor Kai weinte. Und er machte auch kein großes Ding draus, er überging es einfach.

»An die Mutprobe kann ich mich noch gut erinnern«, sagte Kai, nachdem ich ihm erzählt hatte, dass die Polizisten die Straßen rings um North Head absuchten, weil Colette vielleicht bei der Leuchtturm-Mutprobe verunglückt war.

»Echt jetzt?«, fragte ich überrascht.

»Na klar. Weißt du das denn nicht mehr? Ich hab dich dabei gefilmt.« Ich legte den Kopf schief. »Ja, deine Schwester war in irgendeinem Ferienlager und Colette … keine Ahnung, was mit der war. Aber du wolltest die Mutprobe unbedingt an einem bestimmten Tag machen, weil die Sonne schien und du überzeugt warst, dass es am nächsten Tag stürmen würde.« Kai lachte auf. »Du meintest, wenn keiner zusieht, wäre es wie bei den Tornados früher, die zählen auch nicht, weil sie nicht aufgezeichnet wurden. Also habe ich zum Beweis gefilmt.«

»Im Ernst?«, fragte ich. »Aber in meinem Traum waren Tess und Colette dabei.«

»Träume sind Schäume, Frankfurter.« Kai stupste ein Rad seines Skateboards an.

»Ob dir irgendwann mal die seltsamen Namen für mich ausgehen?« Im Grunde gefielen mir die Namen, auch wenn sie allesamt ein wenig peinlich waren.

Kai zuckte mit den Achseln und grinste. Statt mir zu antworten, sagte er: »Ich fass es nicht, dass du mich beim Leuchtturm total ausgeblendet hast.«

»Versteh ich auch nicht.«

Nachdem ich eine ganze Weile überlegt hatte, tauchten bruchstückhafte Erinnerungen von Kai auf. Er hatte sich von mir anbrüllen lassen, er solle Platz machen, näher kommen oder stehen bleiben, ohne sich aufzuregen. Zu Dillon hatte er an dem Tag gesagt, er hätte keine Zeit zum Skateboardfahren. Kai hatte mir beigestanden, bei Sonne und Regen.

Vor ihm wollte ich das jetzt aber nicht zugeben, weil es mir geheuchelt vorgekommen wäre. »Warum hast du eigentlich nie mal bei Tat-oder-Schreck mitgemacht?«

Sein Lächeln wirkte irgendwie traurig. »Sehr witzig, ihr habt mich ja nie gefragt.«

Kai winkte jemandem in der Ferne zu. Als ich mich umdrehte, sah ich Dillon an der Rampe zur Promenade stehen. Bevor Kai mit seinem Skateboard abzog, sagte er noch: »Hat mir aber immer Spaß gemacht, dir zu helfen.«

Dann hob er zum Abschied die Hand und ging. Als er wenig später bei Dillon stand, unterhielten sich die beiden, und Dillon schaute kurz zu mir herüber. Ich zog die Knie ran und stellte die Füße auf die Bank. Sollte ich mir ihre

Tricks vielleicht doch anschauen? Aber bevor ich das Für und Wider abgewogen hatte, waren die beiden mit ihren Brettern schon längst über alle Berge. Das passiert mir ständig. Ich überlege so lange, bis es zu spät ist.

Ich fühlte mich schlecht.

Ich fühlte mich schlecht, weil ich die Kunststücke doch gerne gesehen hätte.

Ich fühlte mich schlecht, weil Kai gegangen war.

Ich fühlte mich schlecht, weil ich ihn nie zu einer Mutprobe eingeladen hatte.

Ich fühlte mich schlecht, weil ich nie gemerkt hatte, wie gerne er mitgemacht hätte.

Irgendwann schaute ich zufällig zum Hotel und in dem Moment fuhr ein Streifenwagen auf den Parkplatz. Zwei Polizisten stiegen aus und liefen hinüber zum Cottage. Mein Herz klopfte zum Zerspringen. Ich schoss von der Bank hoch und rannte, so schnell ich konnte, nach Hause. Bestimmt hatten sie Colette gefunden! Aber tot oder lebendig? Mein Hirn hatte sich in einen Tornado verwandelt, allerhöchste Stufe.

Während ich lief, fragte ich Colette in Gedanken:

Warum bist du allein losgezogen?

Hattest du den Plan schon gefasst, als du bei mir im Zimmer aufgekreuzt bist?

Hättest du mich um Hilfe gebeten, wenn ich dich nicht so angeschrien hätte?

Warum habe ich mir diese bekloppte Mutprobe bloß ausgedacht?

Es ist nicht meine Schuld.

Warum bist du auch so eine Niete im Fahrradfahren?
Vielleicht ist es doch meine Schuld.
Es ist nicht meine Schuld!
»Es ist nicht meine Schuld!!!«, schrie ich in den Wind.
Hoffentlich hörte es keiner.

20. KAPITEL

FAKT: DIE SCHNEISE DER VERWÜSTUNG, DIE EIN TORNADO HINTERLÄSST, KANN ÜBER ANDERTHALB KILOMETER BREIT SEIN.

TESS SASS ZUSAMMENGEKAUERT auf dem Sofa, schluchzend, das Gesicht in ein Kissen vergraben. So heftig hatte ich sie schon ewig nicht mehr weinen sehen. Einen Moment lang starrte ich sie nur fassungslos an. Es war, als wäre mein Kopf losgelöst von meinem Körper. Irgendwann schaute ich auf meine sandigen Stiefel und versuchte, die Dinger loszuwerden. Es gelang mir sogar, indem ich auf die Hacke trat, denn Mom würde sicher nicht wollen, dass ich den ganzen Sand ins Haus schleppte. Seltsamer Gedanke in diesem Augenblick, aber ich war einfach wie in Trance.

Colette musste sich verletzt haben oder etwas Schlimmeres war geschehen. Sofort dachte ich an das, was ihr im letzten Jahr passiert war.

An einem Sonntagnachmittag waren wir den Strand hinunter zur steinigen Bucht gelaufen. Da ist der beste Platz, windgeschützt und das ganze Jahr über schön.

Umrahmt wird die Bucht von steilen schwarzen Felsen, auf denen Bäume wachsen. Kleine, scharfe und mit Seepocken übersäte Felsbrocken liegen auf dem Sand oder unter

Wasser, je nach Gezeiten. Die Wellen drängen immer von zwei Seiten zugleich hinein, liefern sich schäumende Kämpfe. Gischt spritzt meterweit auf, wenn sie aneinanderschlagen. An diesem Tag sahen die Möwen dem Spektakel zu und knabberten Seepocken wie Chips.

»Meine Eltern streiten sich ständig«, sagte Colette und schaute hinaus auf die Brandung. Ihr rotes Haar war zu einem hohen Pferdeschwanz gebunden, und sie trug ein blaues T-Shirt, das ich immer schön fand. »Ich hab Angst, dass sie sich scheiden lassen.«

»Mist«, sagte ich, denn ich wusste nicht, was ich sonst sagen sollte.

»Ja. Meine Mutter will wegziehen.«

»Nein!«, brüllte ich. »Das darfst du nicht!« Ich dachte, wie allein ich wäre, wenn Colette wegziehen würde. Dass ich dann niemanden mehr hätte, mit dem ich zur steinigen Bucht laufen könnte. Ich dachte bloß an mich.

»Weiß ich«, meinte Colette. »Das wäre mein Tod.«

Ich kletterte auf die kleineren Felsen. Steil waren sie nicht, aber zerklüftet. Colette folgte mir in ihren Flipflops. Oben angekommen, betrachteten wir schweigend das wütende Meer.

»Vielleicht kannst du bei uns wohnen, wenn deine Eltern wegziehen. Mit zwölf solltest du doch ein Mitspracherecht haben.«

»Das sehen meine Eltern aber anders«, erwiderte Colette.

»Du darfst nicht wegziehen«, sagte ich.

In unserer Verzweiflung waren wir so abgelenkt, dass wir nicht auf die Flut geachtet hatten und schon bald auf einer kleinen Insel standen, gerade groß genug für uns zwei. Das

Wasser war so schnell gestiegen, dass wir beim Sprung hinunter sicher bis zur Brust versinken würden – und dann könnten uns die Wellen ins Meer hinausziehen oder gegen die Felsen schmettern.

»Scheiße!« Colette geriet sofort in Panik. »Wir sitzen in der Falle. Jetzt ertrinken wir!«

»Quatsch«, sagte ich nüchtern. »Wir warten einfach ab, bis sich das Wasser zurückzieht, dann springen wir. Da kriegen wir höchstens nasse Füße, mehr nicht.«

Als Colette plötzlich in Tränen ausbrach, war ich total geschockt.

Denn ich fühlte mich der Situation gewachsen, was mich gleichfalls schockte. Manchmal ist es aber bei mir so. Manchmal kann mich nichts umhauen.

»Alles wird gut.« Vorsichtig trat ich an den Rand des Felsen. »Siehst du? Das Wasser zieht sich schon zurück.« Blitzschnell wurden die Wellen ins Meer zurückgesogen. »Mach dich bereit. Gleich springen wir.«

»Ich hab Angst«, sagte Colette. Ich sah mich um, ob irgendwo Erwachsene in der Nähe waren, die uns notfalls retten konnten. Zwei Angler befanden sich unweit auf einem Felsvorsprung. Als ich ihnen zuwinkte, winkte einer zurück, so war Colette hoffentlich beruhigt.

»Los, spring!« Ich sprang, meine Fersen versanken bei der Landung tief im Sand. Colette stand erst wie versteinert da, machte dann aber zwei Schritte auf den Rand zu. Nur blieb sie mit einem Flipflop am Felsen hängen. So fiel sie mehr, als dass sie sprang, und landete auf allen vieren im Sand, kippte nach vorn und stieß sich auch noch den Kopf. Seepockenfelsen sind spitz.

Ich reichte ihr die Hand, um sie hochzuziehen. Mit nur einem Flipflop und blutiger Stirn rannte sie mit mir vor den Wellen davon.

Als wir im trockenen Sand angekommen waren, sahen wir uns an und bekamen einen Lachkrampf. Einer der Angler, der uns im Augen behalten hatte, wandte sich kopfschüttelnd ab.

»Das war ganz schön cool!«, sagte ich.

»War's nicht!«, rief Colette, aber sie grinste, also fand sie es doch cool. Manchmal sagen die Leute nicht, was sie meinen.

Moms Stimme holte mich zurück in die Gegenwart. »Frankie? Hörst du mir überhaupt zu?«

Die Polizistin von vorhin war wieder da.

»Ist Colette tot?«, fragte ich laut.

»Sie ist verletzt, aber noch am Leben«, sagte Mom schnell. Sie eilte zu mir und legte den Arm um mich. Ein paar Sekunden lang ließ ich es geschehen, bis ich mich aus der Umarmung löste.

»Ihr geht's nicht gut, oder?« Ich sah erst die Polizistin an, dann meine Mutter.

»Frankie, sie ist am Leben«, sagte Mom. »Das ist die Hauptsache. Ja, sie ist verletzt, aber Gott sei Dank am Leben. Ich ruf jetzt mal bei ihren Eltern an, um zu fragen, ob sie was brauchen.«

»Vielleicht sollten wir ihnen ein paar Stunden …«, setzte die Polizistin an, bevor ich ihr ins Wort fiel.

»Wo war sie?«, fragte ich.

»Anderthalb Kilometer vom Leuchtturm entfernt«, antwortete die Polizistin.

Bloß anderthalb Kilometer – anderthalb Kilometer sind so gut wie nichts … es sei denn, es handelt sich um die Schneise eines Tornados. Aber mit dem Rad sind anderthalb Kilometer kein Problem.

»Hat sie die Mutprobe zu Ende gebracht?« Auf einmal klang meine Stimme so hoch, viel höher als sonst. Mein Blick sprang zwischen meiner Mutter und der Polizistin hin und her.

»Frankie, das ist ja jetzt wohl kaum von Belang, wo …«, begann Mom.

»Hat sie's nun geschafft oder nicht?«, brüllte ich und ballte die Fäuste. *Sagt mir doch einfach, ob sie die Mutprobe zu Ende gebracht hat oder nicht! Sagt mir, ob sie's geschafft hat, denn dann war sie auf dem gefährlichen Teil der Straße unterwegs, dem, der zur Schlucht abfällt. Wenn sie's zu Ende gebracht hat, ist sie schwerer verletzt!* Ich dachte, das hätte ich laut hinausgeschrien und alle wüssten, dass es mir nicht um ein albernes Spiel, sondern um Colettes Gesundheit ging. Mein Herz raste, meine Gedanken überschlugen sich. Ich fühlte mich wie ein menschlicher Tornado. Manche Worte brachte ich hervor, andere blieben im Kopf stecken. »Hat sie's geschafft? Sagt's mir!«

Tess stand vom Sofa auf und rieb sich die Augen. Verwundert sah sie mich an.

»Frankie, das Spiel ist doch jetzt egal«, sagte sie, wohl in dem Versuch zu helfen. Fehlanzeige.

»Mir geht's doch gar nicht ums Spiel!«, brüllte ich.

»Warum fragst du dann immer wieder, ob sie es geschafft hat?«, fragte Mom.

»Grrr!«, knurrte ich und stampfte mit den Füßen. In dem

Moment kamen Charles und Pirat von ihrem Spaziergang zurück. Charles sah sich um.

»Ich habe den Streifenwagen draußen gesehen.« Er machte ein besorgtes Gesicht. »Was ist denn los?«

Ich stampfte noch immer.

»Gleich«, meinte Mom. »Wir haben hier ein Problem.« Dann zu mir: »Hör endlich auf!«

Mom war rot angelaufen, sicher vor Scham. Ich war verzweifelt. Gerne hätte ich all die Wut, die Missverständnisse und Tränen wieder in mich aufgesogen, bis unter die Haut. Oder gleich bis in den Himmel, wie ein Tornado, der nur kurz die Erde berührt, bevor er sich in die Trichterwolke zurückzieht. Aber es war zu spät.

»Frankie …«, setzte die Polizistin an.

Ich schnitt ihr das Wort ab.

»HAT SIE'S GESCHAFFT!«, schrie ich aus Leibeskräften. »MEHR WILL ICH NICHT WISSEN!«

»Boah!« Charles hob beschwichtigend die Hände. »Da müssen wir …«

»Ab auf's Zimmer!«, brüllte Mom. »Was fällt dir ein, eine Polizistin so anzuschreien?«

»Aber sie darf mich wie ein Kleinkind behandeln und mir nicht sagen, was passiert ist?«, brüllte ich und bewegte mich rückwärts auf die Tür zu.

Inzwischen waren alle aufgestanden. Eigentlich hätte die Polizistin ja sauer sein müssen, aber sie sah mich nur total mitleidig an, was mich noch weiter aufbrachte.

»Vielleicht musst du einfach nur mal tief durchatmen, Frankie.« Charles hatte Tränen in den Augen. »Vielleicht …«

»Vielleicht wäre Colette jetzt nicht verletzt, wenn die Polizei ihren Job anständig gemacht hätte«, rief ich. »Vielleicht wäre alles gut, wenn sie schneller gefunden worden wäre!«

Daraufhin verzog die Polizistin den Mund, schwieg aber.

»Tut mir wirklich leid«, sagte Mom. »Meine Tochter ist sehr impulsiv …«

Das kannte ich schon zur Genüge. Nichts wie weg. Ich schlug die Tür hinter mir zu, ohne auch nur die Gummistiefel wieder anzuziehen. Draußen schrie ich, so laut ich konnte, ein grässlicher, schriller Schrei, der mir selbst fast das Trommelfell zerriss. Eine Familie, die zufällig vorbeilief, sah mich erschrocken an.

»Glotzt nicht so blöd!«, brüllte ich.

Die Mutter fasste das jüngste Kind bei der Hand und alle eilten davon. Ich war zum Kinderschreck mutiert, weil ich mich so gar nicht im Griff hatte.

Die feuchten Kiesel und Pfützen unter meinen Füßen verhinderten, dass ich in Socken aufstampfte, deshalb schrie ich wieder und hob einen Stein auf, den ich Richtung Meer schleuderte. Er landete mit einem leisen Aufprall im Strandhafer. Das fühlte sich so gut an, dass ich gleich den nächsten aufhob, einen von der Größe eines Golfballs. Ich holte aus und warf mit ordentlich Schwung. Der Aufprall klang schon satter. Von dem Kaliber warf ich noch fünf weitere Steine, bei jedem Wurf strengte ich mich mehr an. Es fühlte sich zwar an, als würde ich mir demnächst den Arm auskugeln, aber mir ging es schon ein bisschen besser.

Vorm Hotel sah ich einen herrlichen Stein liegen, glänzend grau und so groß wie eine dicke Kartoffel. Als ich ihn aufhob, war er richtig schwer, das würde einen schönen Wumms geben. Ich machte einen Schritt zurück, sodass ich nah an der Hauswand stand, denn ich würde Anlauf brauchen. Meine Socken waren so durchweicht, dass sie beim Laufen ein schmatzendes Geräusch erzeugten. Mit dem Stein in der Hand machte ich eine weite Ausholbewegung, um den Stein und mit ihm auch all meine Wut von mir zu schleudern. Offenbar stand ich aber zu dicht an der Hauswand, vor allem zu dicht an der riesigen Glasscheibe im Foyer mit Blick aufs Meer, die meine Mutter »Panoramafenster« nennt.

Als ich ausholte, rammte das spitze Ende des Steins die Fensterscheibe.

Einen Augenblick schien die Welt den Atem anzuhalten. Dann erklang ein knackendes Geräusch, als würde man in ein Glas mit Eiswürfeln lauwarme Limonade gießen. Zuerst lösten sich ein paar Scherben, dann folgte der Rest der Scheibe in einem Rutsch. Bevor ich wusste, wie mir geschah, war ich eine Insel in einem Scherbenmeer.

»Mom!« Diesmal schrie ich anders, völlig verängstigt. »Hilf mir!« Ich presste die Arme an den Körper und rührte mich nicht von der Stelle. Mein Schlafanzug und meine Socken waren mit winzigen Scherben übersät. »Komm schnell!«

Die Tür vom Cottage flog auf, und meine Mutter stürmte heraus, gefolgt von Tess, Charles und der Polizistin. Als meine Mutter die Scherben sah, blieb sie stehen und schnappte nach Luft. Garantiert würde sie so wütend auf mich werden wie noch nie. Wahrscheinlich würde ich ein Jahr lang Hausarrest bekommen. Doch im ersten Moment sah sie nicht wütend, sondern erschrocken aus.

Sie setzte sich wieder in Bewegung, vor den Scherben blieb sie stehen.

»Hast du dir wehgetan?«, fragte sie. Ihr Blick wanderte von meinen Füßen ohne Schuhe hoch zu meinem Gesicht.

»Glaub nicht.«

»Beweg dich nicht.« Mom sah sich suchend um. »Ich brauch …«

Ich stand starr wie eine Salzsäule.

»Lassen Sie mich mal«, sagte die Polizistin. »Ich trag sie durch die …«

»Ich komm schon«, rief Charles und machte einen Schritt in den Scherbenhaufen. Wahrscheinlich wollte er mich hochnehmen.

»Nein.« Mom hielt ihn am Arm fest. »Sie kann das nicht … du weißt doch, dass sie nicht angefasst werden mag … du machst es nur noch schlimmer.«

Charles zuckte, wohl weil er wusste, dass sie recht hatte. Es stimmt, dass ich ihn nie in den Arm nehme und auch nicht mit ihm gerauft habe wie Tess, aber nicht, weil ich ihn nicht lieb habe. Ich dachte, er wüsste das, aber danach sah es gerade nicht aus. Er wirkte am Boden zerstört.

Mom blickte sich weiter um, dann schien sie zu einer Entscheidung gekommen zu sein. Nun machte sie selbst einen Schritt in die Scherben, die unter ihren Schuhen knirschten wie Tortilla-Chips. Dann einen weiteren, dann noch einen und noch einen, bis sie vor mir stand. »Los, ich nehm dich huckepack.«

Springen wollte ich nicht, weil ich Angst hatte, ihren Rücken zu verfehlen und in dem Scherbenhaufen zu landen. Mom bückte sich ganz tief. Um sie nicht zu verletzen, schüttelte ich mir vorsichtig die Scherben vom Pyjama, bevor ich die Arme fest um ihren Hals schlang. Ich quetschte ihr praktisch die Luft ab, als sie sich aufrichtete. Schnell schlang ich die Beine um ihre Hüften und dann watete sie knirschend aus dem Glas.

Sobald sie mich abgesetzt hatte, begann ich zu zittern. Offenbar war ich jemand, der Hotels mutwillig beschädigte. Ich fing wieder an zu weinen, denn so ein Mensch wollte ich nicht sein. Ich weinte, weil ich nicht mehr wusste, wer ich war.

»Tut mir leid«, flüsterte ich meiner Mutter zu. Doch sie hatte sich schon entfernt. Sie stand im Regen vor dem Scherbenhaufen, hielt sich den Mund zu und starrte auf das Loch, das mal ein Fenster gewesen war. Als sie sich wieder zu mir umdrehte, liefen ihr die Tränen über die Wangen.

Sie hatte meine Entschuldigung nicht gehört.

21. KAPITEL

FAKT: KOMAS WERDEN NACH EINER SKALA
KLASSIFIZIERT, GENAU WIE TORNADOS.

»JEMAND, DER auf der Glasgow-Koma-Skala nach 24 Stunden nur drei bis vier Punkte erreicht, wird höchstwahrscheinlich sterben. Wusstest du das?«, fragte ich.

»Nein, wusste ich nicht«, antwortete Gabriel. »Aber danke für die Info.«

Es war Montag, ein Tag nachdem die Polizei Colette gefunden hatte. Die anderen waren alle in der Schule, aber Tess und ich mussten nicht dorthin, dafür hatte Mom mich zu Gabriel gezwungen. Gabriels Büro befand sich über einem Laden, der Bräunungsstudio, Wollladen und Café in einem war. Ich saß auf dem bequemen roten Sessel, auf dem Gabriel sonst immer saß, aber das behagte mir nicht so recht. Doch Gabriel hatte mir nicht erlaubt, meinen angestammten Platz auf dem Sofa einzunehmen, entweder wollte er ein wenig Abwechslung in die Sache bringen, sehen, ob ich ausflippte, oder er wollte einfach selbst gerne mal auf dem Sofa sitzen. Anstatt mich darüber zu ärgern, konzentrierte ich mich auf mein neu gewonnenes Wissen über Komas.

»Wer elf oder mehr Punkte erreicht, wird sehr wahrscheinlich überleben«, sagte ich. »Aber ich hab keine Ahnung, wie hoch Colettes Wert ist.«

Ich kritzelte Tornados auf einen Notizblock und vermied jeglichen Blickkontakt.

»Du scheinst ja eine Menge über Komas zu wissen«, meinte Gabriel.

»Hhmm«, machte ich. »Wer einen mittleren Wert erreicht, hat eine fünfzigprozentige Wahrscheinlichkeit, sich wieder zu …«

»Frankie.«

»Was?« Ich schaute ihn an. Er schob sich das schwarze Brillengestell hoch, das mir längst nicht so gut gefiel wie das andere Modell.

»Uns geht die Zeit aus, und ich möchte nicht bloß über Komas reden, sondern auch über dich«, sagte Gabriel. Wieso trug er heute so eine beknackte Brille?

»Ich will nicht über mich sprechen«, sagte ich. »Mir geht's gut.« Ich biss mir auf die Zunge, wollte nicht sagen, was mir im Kopf herumging, aber unter den Umständen konnte ich mich einfach nicht zurückhalten. »Mir gefällt die neue Brille nicht. Die wirkt so … klobig. Die blaue ist viel schöner.«

»Hhmm.« Gabriel beugte sich vor, um einen Schluck Tee zu trinken. Dass er mir immer einen Tee machte und ich während der Sitzung rumkritzeln durfte, fand ich gut. »Wie geht es dir damit, dass Colette im Krankenhaus liegt?«

»Das ist eine total dämliche Frage.« Mit einem großen Kreuz strich ich den letzten Tornado durch. Dann schaute ich auf, ob Gabriel bei dem Wort *dämlich* das Gesicht verzogen hatte.

»Tut mir leid, dass du das so empfindest.« Gabriel spielte mit seinem Ehering, verzog aber keine Miene. »Versprichst du mir was?«

»Kommt drauf an.«

»Ich weiß, dass du nicht wieder Medikamente nehmen willst«, fing Gabriel an. Ich grunzte. »Aber ich glaube, du bist gerade nicht ganz ehrlich, was deine Gefühle angeht. Und wenn du nicht ehrlich bist, kann ich dir nicht helfen.«

»Soll das eine Drohung sein?« Während ich weiter meine Spiralen zog, kratzte der Stift übers Papier.

»Wow, Frankie! Nein, das soll keine Drohung sein. Ich verstehe, dass du keine Medikamente nehmen willst, und wenn du dich dagegen entscheidest, bin ich für dich da. Aber du musst auch deinen Teil dazu beitragen. Ich möchte, dass du mir versprichst, zweimal die Woche herzukommen und dazwischen noch ein Arbeitsblatt auszufüllen. Du kannst unsere Sitzungen nicht mehr schwänzen. Und du musst mit mir darüber reden, was mit Colette passiert ist. Kriegst du das hin?« Ich zuckte die Achseln und starrte weiter auf das Blatt Papier vor mir. »Siehst du mich bitte mal an, Frankie?«

Ich hob den Kopf. Hinter den scheußlichen Brillengläsern blickten mich Gabriels Augen so freundlich an wie immer. Mit Gabriel kann man sich schlecht streiten und ihm auch nicht böse sein. Kennt ihr Erwachsene, die anders sind als alle und irgendwie schnallen, wie man tickt? Zu denen gehört Gabriel.

»Was?«, fragte ich.

»Colette ist eine Fünf auf der Glasgow-Koma-Skala.«

»Woher weißt du das?«

»Weil ich ihren Arzt kenne«, sagte er.

»Wahrscheinlich sollst du mir das gar nicht sagen.« Ich kratzte mich am Kopf. Komisch, dass es juckte, dabei hatte ich heute Morgen extra geduscht.

»Natürlich nicht«, meinte Gabriel, »aber du kommst besser mit Fakten klar. Ich weiß, wie sehr dich Überraschungen stressen. Und diese Art der Überraschung kannst du gar nicht brauchen.«

»Du meinst also, sie wird sterben.« Ich schluckte ein paar Mal und schaute auf die kleinen, mittelgroßen und riesigen Tornados auf dem Blatt vor mir. Vor lauter Tornados war kaum noch weiße Fläche übrig.

Der Wind blies durchs offene Fenster, die Papiere auf Gabriels Schreibtisch raschelten. Wir schwiegen, während der Zeiger seiner Uhr siebzehnmal laut tickte. Ich strich mir den viel zu langen Pony aus den Augen.

Colette würde sterben. Höchstwahrscheinlich.

Ich stand auf, denn Mom würde mich jede Minute abholen. »Tschüss, Gabriel. Bis Donnerstag.«

22. KAPITEL

FAKE: AUS EINEM KOMA WACHT MAN IMMER GANZ PLÖTZLICH AUF, WIE IM FILM.

»BIST DU WACH?«, rief Tess am nächsten Morgen aus ihrem Zimmer. Die Sonne war gerade mal aufgegangen, aber ich lag schon eine ganze Weile wach im Bett.

»Ja.« Ich fühlte mich eingequetscht. Gestern Abend war ich unter meiner Gewichtsdecke eingeschlafen. Zum Einschlafen ja ganz schön, aber jetzt drohte sie mich zu erdrücken. Außerdem schwitzte ich. Ich strampelte mich frei und die superschwere Decke landete rumsend auf dem Boden. »Und du?«

»Nein.« Keiner lachte.

Unsere Verbindungstür stand offen, deshalb hörte ich sie so gut. Ich malte mir aus, wie sie sich mit zotteligem Haar aus dem Bett stemmte.

»Gehst du zur Schule?«, fragte ich. Mom hatte gemeint, wir müssten nicht und könnten auch die ganze Woche zu Hause bleiben. Aber so toll war das Angebot nun auch wieder nicht, denn wo wir auch waren, an Colettes Lage änderte es nichts.

»Ja, ich gehe«, antwortete Tess. »Und ich muss auch gleich los, sonst komme ich zu spät zur Frühstunde. Wir arbeiten heute mit Ton.« Es klang aber nicht, als würde sie irgendwelche Anstalten machen aufzustehen. »Und du?«

»Glaub schon.« In der Schule war es besser auszuhalten als zu Hause. Ich hatte ja noch eine ganze Stunde Zeit, es mir zu überlegen, denn ich musste ja erst zur ersten Stunde da sein.

Ich lauschte, wie Tess im Zimmer herumwuselte und sich fertig machte. Nachdem sie gegangen war, stand auch ich endlich auf, verfing mich in der Gewichtsdecke und flog fast hin.

»Dummes Ding!«

Ich aß die einzigen Getreideflocken, die ich mag, mit Milch aus meinem Minikühlschrank. Als ich ging, brauchte ich nicht mal eine Jacke mitzunehmen, so warm war es draußen. Ich musste aber noch mal zurück, weil ich meinen Rucksack vergessen hatte. Und dann noch ein zweites Mal, weil ich keinen Snack dabeihatte, und den brauchte ich ja, um keine Hungerlaune zu bekommen.

In der Lobby fragte ich Charles, ob ich *Schwarze Lakritze* nehmen dürfte, und er war einverstanden. Ich schob das Rad nach draußen und setzte meinen Helm auf. Pirat folgte mir schwanzwedelnd und rannte dann mit fröhlich klimpernden Hundemarken das erste Stück neben mir her. Am Ende des Parkplatzes blieb sie stehen und bellte: *Tschüss!*

»Schönen Tag, Pirat«, rief ich ihr über die Schulter zu.

Vorbei ging's an dem Gehege mit den Pferden, der neuen Minigolfanlage und der Gokartbahn. Dabei fragte ich mich die ganze Zeit, ob Colette diese Dinge wohl je wieder würde tun können. Keiner wusste so recht, was mit ihr passiert war, denn sie war noch nicht wieder aufgewacht. Tess war allerdings überzeugt, dass sie sich mit dem Tat-oder-Schreck-Spiel bei mir entschuldigen wollte. Dass Colette glaubte, nur so könnte sie mir zeigen, wie leid es ihr tat. Denn für Colette war das Spiel immer unser besonderes Ding gewesen, das uns zusammenschweißte.

Was ich von all dem halten sollte, wusste ich nicht, dafür kannte ich Colettes Punktestand auf der Glasgow-Koma-Skala. Ich würde wohl nie erfahren, was sie vorgehabt hatte.

Tess hatte ich davon noch nichts gesagt.

In der Schule stellte ich *Schwarze Lakritze* einfach in den Fahrradständer. Auf dem Weg ins Klassenzimmer machte ich noch einen Abstecher zu meinem Spind, um mir ein Notizbuch zu holen, dabei fuhr ich mit den Händen an den Wänden entlang. In der Klasse setzte ich mich an meinen einsamen Tisch ans Fenster, und während die anderen langsam eintrudelten, checkte ich den News-Feed eines Mädchens, das eine Gehirnverletzung überlebt hatte.

»Was guckst du dir da an?«, hörte ich eine vertraute Stimme hinter mir.

Ich hielt das Handy so, dass Kai das Display sehen konnte. Dabei schaute ich rasch, was für Schuhe er heute trug: schwarze Wildleder-Sneakers mit dunkelbraunen Verzierungen.

»Das Mädchen hier hatte einen Autounfall. Die Ärzte haben sie ins künstliche Koma versetzt, damit ihr Gehirn nicht anschwillt.« Ich vergrößerte das Foto von dem Mädchen im Krankenhaus. Ihr Gesicht war grün und blau verfärbt, ein Auge zugeschwollen und der Kopf in einen Verband gehüllt. »Aber schau sie dir jetzt mal an!« Ich öffnete ein weiteres Foto. Dasselbe Mädchen, diesmal im Fußballtrikot. »Sie musste alles komplett neu lernen, auch sprechen und gehen. Aber jetzt kann sie wieder Sport treiben und so.«

»Cool«, sagte Kai. Heute hing ihm das Haar ins Gesicht. Kaum hatte er es zurückgestrichen, fiel es ihm wieder in die Augen. »Hoffentlich läuft es bei Colette auch so.«

»Das hoffe ich auch«, sagte ich.

»Meine Mutter meinte, dass sie es bei Colette mit Hypothermie versucht haben.« Netterweise machte Kai einen Schritt zurück, um mir etwas mehr Raum zu geben.

»Die haben sie schockgefrostet? Wie schrecklich!«

Kai verzog das Gesicht. »Ja, klingt nach Folter. Aber manchen Patienten hilft es wohl.«

Ich schaute mir das Foto des Mädchens noch mal an. »Bei Colette ist es aber anders. Die Ärzte haben sie ja nicht ins Koma versetzt, sie ist selbst ins Koma gefallen.«

»Ist das besser oder schlechter?«

»Woher soll ich das wissen?«

Auf einmal wurde Kai an der Schulter von einer Papierkugel getroffen und er drehte sich um. Dillon stand in der anderen Ecke des Klassenzimmers und kringelte sich vor Lachen. Kai hob die Papierkugel auf und warf sie zurück.

Es läutete zum Unterricht.

»Bis dann, Frankarama.«

Kai lächelte mich liebevoll-traurig an, bevor er zu seinem Tisch im normalen Teil des Klassenzimmers hinüberging. Auch für mich stand da vorsorglich noch einer, aber im Moment war mir der einsame Tisch lieber.

»Setzt euch bitte«, sagte Mrs Garrett. »Marcus! Schluss mit der Kramerei. Handys unter den Tisch und Ruhe. Mia und Tessa, das gilt auch für euch. In sechs Wochen sind zwar schon Ferien, aber bis dahin haben wir noch eine Menge Stoff vor uns.«

Noch sechs Wochen Schule. Unfassbar, dass es immer noch April war. So viel war geschehen, seit ich das letzte Mal in diesem Klassenzimmer gesessen hatte, dabei war es erst vier Tage her. Bei dem Gedanken wurde mir ganz schwindelig.

Tess schien es genauso zu gehen, denn sie schaute zu mir herüber und hielt die Hand hoch – ein zaghaftes High five oder ein Winken ohne Bewegung? Sie saß noch gekrümmter da als sonst, als könnte ihre Wirbelsäule jeden Moment durchbrechen. Als ich zurückwinkte, also richtig winkte, lächelte sie kaum merklich. Ob sie jetzt lieber zu Hause wäre? Vielleicht wäre ich auch besser zu Hause geblieben.

Dann senkte Tess den Kopf und verschanzte sich wieder hinter ihren Haaren.

Mathe erledigte ich in einer Viertelstunde, weil die Aufgaben so leicht waren. Danach holte ich *Ruf der Wildnis* hervor, das ich unbedingt diese Stunde noch zu Ende lesen wollte, denn ich sollte einen Aufsatz darüber abliefern, mit dem ich noch nicht mal angefangen hatte. Doch dann klingelte plötzlich das Haustelefon auf Mrs Garrets Pult. Alle starrten sie an, während sie telefonierte.

Nachdem sie aufgelegt hatte, sah sie mich an.

»Frankie, Direktorin Golden würde dich gerne sprechen.«

»Warum?«, fragte ich.

»Hat sie nicht gesagt.« Mrs Garrett schob die Unterlippe vor, wodurch sie noch mehr als sonst wie ein Vogel aussah.

Meine Mitschüler kommentierten die Situation mit *Ooooh* und *Uaaah* und *Uuuuh*. Manche lachten auch. Einzig Kai sah mich besorgt an. So ein Gesicht machte ich wohl ebenfalls.

Kai hatte ich von der Koma-Skala auch nichts gesagt.

»Und dich auch, Tess.«

Als Tess' Name fiel, unkte keiner rum.

Ich ließ alles stehen und liegen und holte mir bei Mrs Garrett einen Zettel, dass ich das Klassenzimmer verlassen durfte. Im Flur fiel mir auf, dass Tess ihre Tasche mitgenommen hatte, also ging ich noch mal zurück, um meinen Kram zu holen. Natürlich glotzten wieder alle doof. Am liebsten hätte ich sie angebrüllt, aber kaum bemerkte ich Kais liebes Lächeln, war ich schon viel ruhiger.

»Was hat das zu bedeuten?«, fragte ich Tess dann wieder im Flur.

»Bestimmt geht's um Colette, sonst hätte sie uns kaum beide einbestellt.«

Auf dem Weg zur Direktorin liefen wir im Gleichschritt. Ob Tess das ebenfalls bemerkte? Ich fragte sie lieber nicht, vielleicht fand sie die Beobachtung seltsam. Und wahrscheinlich fiel es ihr nicht auf.

»Es ist doch bestimmt wegen Colette, oder?« Tess knabberte am Zeigefingernagel.

»Außer Mom ist tot oder Charles.«

»Hast du sie noch alle, Frankie! Wie kannst du so was Furchtbares sagen?«

»Tut mir leid.« Ich wünschte, ich wüsste so gut wie Tess, was man sagen durfte und was nicht, bevor es mir rausrutschte. Frustriert dachte ich an einen Rat, den Gabriel mir mal gegeben hatte: Andere verstehen einen besser, wenn man offen mit ihnen redet. Also erzählte ich Tess, was mir durch den Kopf ging. »Ich sag ja nicht mit Absicht schreckliche Sachen.«

»Ich weiß«, sagte Tess.

»Ich sag meistens bloß die Wahrheit.«

»Ich weiß.«

»Aber die meisten wollen die Wahrheit nicht hören.« Ich zog die Augenbrauen zusammen. »Soll ich denn lügen? Vielleicht bin ich bloß eine schlechte Lügnerin.«

»Du sollst doch nicht lügen«, meinte Tess. »Aber du musst auch nicht alles sagen, was dir durch den Kopf geht, denn manches ist nicht besonders nett. Das kommt dann so gefühllos rüber, irgendwie kalt.«

Natürlich kannte ich das alles aus der Therapie, aber es war etwas ganz anderes, wenn es die eigene Schwester sagte.

»Ich will nicht gefühllos und kalt sein.«

»Frankie, das bist du auch gar nicht«, sagte sie. Ich starrte auf meine Schuhe. »Wirklich nicht. Du hast ein riesengroßes Herz. Und du hast eine Menge toller Ideen im Kopf. Nur manchmal fehlt dir der Filter.«

»Dann purzelt alles, was in meinem großen Herzen und in meinem Kopf steckt, ungefiltert raus?«, fragte ich halb im Scherz.

Tess lächelte. »Genau.«

Als wir beim Hauptbüro angelangt waren, blieb Tess stehen. »Aber das macht dich zu dem Menschen, der du bist. Und das ist gut so.«

Verlegen wich ich ihrem Blick aus.

»Das ist mein voller Ernst, Frankie.« Tess fasste mich am Arm, zog die Hand aber sofort wieder weg. Zum Ausgleich berührte ich mich schnell am anderen Arm. »Und weil dir der Filter fehlt, hast du den Mund aufgemacht. Hast gesagt, was du glaubst, was mit Colette passiert ist. Bloß deswegen haben sie Colette gefunden. Wenn du einen Filter hättest, wäre sie jetzt noch verschwunden.«

Vielleicht ist sie aber trotzdem tot. Womöglich hat uns die Direktorin deshalb rufen lassen.

Das behielt ich aber für mich, denn sonst wäre Tess sicher am Boden zerstört gewesen. Seht ihr, ich habe doch einen Filter! Manchmal jedenfalls. Vielleicht ist bei mir nur öfter mal ein Filterwechsel nötig.

Falls ihr Krankenhäuser nur aus dem Fernsehen kennt, sag ich euch gleich, davon ist nichts wahr.

Die Direktorin hatte uns rufen lassen, weil Colettes Eltern in ihrer Verzweiflung hofften, dass sie vielleicht reagierte, wenn Tess und ich mit ihr sprachen. Das Schockfrosten hatte offenbar nicht geholfen. Wie auch? Und jetzt wollten sie es mit vertrauten Stimmen probieren.

»Warum haben sie Mia nicht auch gefragt?«, wollte ich von Tess wissen, während wir hinter Mom das Krankenhaus betraten. Die Türen hatten sich automatisch geöffnet. Wie gerne wäre ich umgekehrt und hätte es noch mal probiert, aber ich lief weiter. »Wie riecht's denn hier? Igitt!« Ich hielt mir die Nase zu.

»Schhh«, machte Tess. Sie war total blass und sah aus, als müsste sie sich jeden Moment übergeben.

»Ein Krankenhaus ist doch keine Bibliothek. Außerdem sind wir doch zum Reden hier. Ob's funktioniert? Und warum ist Mia nicht da? Kommt sie noch?«

»Keine Ahnung«, flüsterte Tess. »Vielleicht wurde sie nicht

gefragt, weil sie und Colette noch nicht so lange befreundet sind.«

»Und?«

»Na, Colette kennt unsere Stimmen eben besser.« Tess sah sich vorsichtig um. Da saß eine alte Frau im Rollstuhl, ganz allein, und weinte. Schnell schaute ich weg.

»Das leuchtet mir ein«, sagte ich.

Mom blieb an der Information stehen und fragte nach der Intensivstation. Da möchte man echt nicht sein, wie ich gleich erfahren sollte.

Links durch die Halle bis zum Ende, da sind die Fahrstühle, hatte die Dame an der Information gesagt. Im Fahrstuhl drückte Mom den Knopf für den dritten Stock, ich sah zur Decke hoch.

»Hier drin möchte man bei einem Tornado nicht stecken«, sagte ich. »Oder bei irgendeiner anderen Naturkatastrophe.«

Als sich die Fahrstuhltüren öffneten, schlug uns ein noch viel widerlicherer Gestank entgegen: eine Mischung aus Putzmittel, Kartoffelpüree und Kotze. »Boah, ist das widerlich!«

»Nicht so laut, Frankie«, sagte Mom. »Die Menschen hier brauchen Ruhe, um sich zu erholen.«

Ich musste mich echt zusammenreißen, um nicht wieder von der Bibliothek anzufangen und dass wir ja schließlich zum Reden hier waren. Aber ich widersprach meiner Mutter lieber nicht. Über einen blitzblanken Boden liefen wir zum Stationszimmer, wo Mom eine Schwester nach Colette fragte. Die Schwester zeigte auf eine große Doppeltür, die keine Klinke, sondern Stangen in der Mitte hatte, die über die gesamte Breite gingen. Ich folgte Mom und Tess auf die Intensivstation.

Der Raum war vielleicht halb so groß wie unsere Aula, schummrig, weil die Fenster zugehängt waren, und durch blaue Vorhänge auf fahrbarem Gestänge in kleine Nischen unterteilt. Stoffwände auf Rollen. In jeder Nische stand ein Bett. Alle konnte ich nicht einsehen, aber an den anderen blieb ich einen Moment stehen und schaute mir die Patienten im Bett an, bis mich meine Mutter am Handgelenk packte und wegzerrte.

»Lass das«, sagte ich. Ich riss mich los und schlang zum Ausgleich die Finger ums andere Handgelenk. Ich lief hinter meiner Mutter her.

»Bitte denk daran, nett zu sein«, flüsterte sie.

»Bin ich doch«, entgegnete ich empört. *Hältst du mich etwa für gemein?* Dann traten wir hinter eine Stoffwand, und da, in einem Doppelbett mit Seitengittern, lag Colette. »Ach du Schande«, keuchte ich.

Tess wandte sich sofort wieder ab und machte sich klein, sodass sie das Gesicht in Moms Schulter vergraben konnte. Mom umarmte sie ganz fest.

»Man hält es kaum aus, sie so zu sehen«, sagte Colettes Mom und erhob sich von einem der beiden Stühle, die vor der blauen Stoffwand standen. Colette hatte das rote Haar von ihrer Mutter geerbt, doch deren Haare waren schon etwas grau geworden und sie trug sie ganz kurz. »Danke, dass ihr beiden gekommen seid. Wir wissen das sehr zu schätzen und auch, dass ihr der Polizei bei der Suche nach Colette behilflich wart.«

»Hhmm«, machte ich. Ich hatte den Blick auf Colette geheftet, obwohl ich einen Schreck bekam, als ich sie so sah. Während Mom und Colettes Mutter damit beschäftigt waren, Tess zu trösten, glotzte ich. Da gab es so viel Seltsames und Beängstigendes zu sehen. Ich presste die Daumennägel nacheinander in Zeigefinger, Mittelfinger, Ringfinger und die kleinen Finger, bis es richtig wehtat.

Erstens hatte Colette die Augen geschlossen. Das ist jetzt vielleicht nichts Besonderes, aber ich hatte sie ja auch noch nie schlafend gesehen. Sie sah vollkommen anders aus. Mit offenen Augen konnte ich mir meist einen Reim drauf machen, was Colette dachte oder wie sie was meinte, aber ihre geschlossenen Augen sagten mir gar nichts. Diese geschlossenen Augen gefielen mir überhaupt nicht.

Zeigefinger. Mittelfinger. Ringfinger. Kleiner Finger.

Drück, drück, drück, drück.

Zweitens hing ihr ein Schlauch aus dem Mund, der mit einem Pflaster an ihrer Wange befestigt war, und dieses Pflaster oder der Schlauch oder beide zerrten so an ihrem Mundwinkel, dass sie einfach gruselig aussah.

Die anderen lagen sich in den Armen und flüsterten. Tess stellte mehrere Fragen, deren Antworten bestimmt auch mich interessiert hätten, aber statt mich an dem Gespräch zu beteiligen, fuhr ich mit meiner Inventur des Grauens fort.

Drittens stand neben dem Bett ein Ständer mit einem Beutel, in dem ein Schlauch steckte, der in Colettes Arm steckte. Mehr sage ich dazu nicht.

Viertens das Gepiepe. Gegen Musik und laute Stimmen habe ich ja nichts. Aber wenn es ansonsten total still ist und bloß ein einziges Geräusch diese Stille durchbricht, ein ungewohnter Ton, der da nicht hingehört, raubt mir das den letzten Nerv.

Piep. Piep. Piep. Piep. Piep.

Aufhören, aufhören, aufhören!

Wenn es aufhört, ist sie tot. Es dient der Kontrolle, ob sie am Leben ist.

Piep. Piep. Piep. Piep. Piep.

Mehr und mehr steigerte ich mich in meine Empörung hinein. Mein Herz schlug schneller, mir schoss das Blut in den Kopf. Ich ballte die Fäuste und boxte mir in die Oberschenkel, absichtlich nicht im selben Rhythmus wie das Piepen.

Die anderen waren noch in ihr Gespräch vertieft und nahmen keine Notiz von mir. Natürlich durfte ich im Krankenhaus nicht schreien, das musste mir meine Mutter nicht erst sagen. Aber wie konnte ich mich wieder runterbringen? Manchmal half es, wenn ich tief durchatmete, aber das ging gerade nicht, denn sonst hätte ich diesen Krankenhausgestank eingeatmet. Ich zerbrach mir den Kopf, was mir Gabriel noch an Strategien beigebracht hatte. *Wie ging das noch mal? Ach ja: Überleg dir lauter Dinge, die mit einem bestimmten Buchstaben anfangen.* Ich nahm das F für Fred. *Fahne, Falle, Fähre* … Ein Wort nach dem anderen fiel mir im Takt des Piepens ein. Es nervte entsetzlich!

Was soll ich machen?

Piep.

Ich will weg hier!

Piep!

Warum bist du bloß weggelaufen und hast dir diese dämliche Mutprobe angetan?, schrie ich Colette in Gedanken an.

Piep!!!

Im selben Moment fiel mir was ein.

Es muss so etwa in der dritten Klasse gewesen sein. In der Schule wurden *Die drei kleinen Schweinchen* aufgeführt. Tess und Colette waren Schweinchen, während ich ein Lamm sein sollte. Dabei wollte ich unbedingt das dritte Schweinchen sein.

»Das ist unfair!«, schrie ich, als ich im Flur die Besetzungsliste las. »Ich will kein Lamm sein! Ich konnte doch meinen Text. Warum bin ich kein Schweinchen?«

»Tut mir echt leid, Frankie«, sagte Tess. »Ich würde mich auch freuen, wenn du das dritte Schwein wärst.«

Mir sprühten die Tränen aus den Augen, als wäre ich ein Rasensprenger. Dann begann ich gegen die Wand unter dem Aushang zu treten. Immer heftiger, dabei knurrte ich. Tess wurde rot und sah sich nervös um.

»Hör auf, sonst kriegst du noch Ärger«, sagte Colette.

Als ich noch kräftiger trat, verletzte ich mir die Zehen, aber es war mir egal. Ich heulte wie ein Schlosshund. Früher oder später würde ein Lehrer im Flur auftauchen und mich zur Direktorin schicken, dann müsste ich wahrscheinlich wieder irgendwas basteln und Gespräche darüber führen, dass man in der Schule nicht ausrasten darf. Darauf hatte ich null Bock, aber mein Körper war nicht zu bremsen.

Abermals trat ich gegen die Wand.

»Frankie!«, rief Colette. »Schau mich mal an!« Erst reagierte ich nicht. Vor lauter Wut sah ich gar nichts mehr.

»Frankie, bitte!« Ihrer Stimme nach zu urteilen, schämte sich Tess ganz schrecklich. »Lass das endlich. Schau doch mal, was Colette macht.«

»Komm schon«, sagte Colette. »Guck mal, versuch's auch

mal.« Sie hatte den Rucksack auf den Boden fallen lassen und stand nun mit ausgebreiteten Armen da.

Es wirkte so urkomisch, dass ich einen Augenblick lang meine Wut vergaß. »Du siehst merkwürdig aus. Betest du?«

Colette lachte. »Könnte man meinen. Aber ich hab die Handflächen nach oben gedreht. Versuch's mal. Mir hilft's, runterzukommen.«

»Sieht aber bescheuert aus«, sagte ich.

»Vielleicht, aber mir tut's gut, wenn die Luft meine Handflächen streift«, meinte Colette. »Hat mir meine Mutter beigebracht. Es öffnet einen für neue Möglichkeiten, meint sie. Keine Ahnung, was das heißen soll, aber es fühlt sich gut an.«

»Du hast recht«, sagte Tess, die nun ebenfalls mit ausgestreckten Armen und offenen Handflächen dastand. »Fühlt sich echt gut an.«

»Jetzt seht ihr beide bescheuert aus«, sagte ich. Am Ende des Flurs trat meine Lehrerin aus dem Klassenzimmer und kam zielstrebig auf uns zugelaufen. Sie wirkte extrem angesäuert. Als sich Tess und Colette umdrehten, sahen sie sie auch.

»Möchtest du lieber bescheuert aussehen oder zur Direktorin?«, fragte Colette hastig.

»Lieber wäre ich ein Schweinchen.« Doch dann löste ich die Fäuste. Zwar streckte ich die Arme nicht aus wie Colette, sondern ließ sie locker hängen, aber ich drehte die Handflächen nach außen.

»Was hat denn der ganze Krach hier zu bedeuten?«, fragte die Lehrerin mit Blick auf mich. »Solltet ihr nicht in der Pause auf dem Schulhof sein?«

»Wir sind auf dem Weg nach draußen.« Tess lächelte unschuldig.

»Wir haben nur kurz geschaut, wer welche Rolle in dem Theaterstück bekommen hat«, sagte Colette.

Argwöhnisch musterte mich die Lehrerin. »Ist alles in Ordnung?«

»Alles gut«, antwortete Colette für mich. Tess nickte. Und irgendwie war es das tatsächlich. Ich wollte nicht mehr gegen die Wand treten, die Wut war verraucht.

Als ich mit meinen Gedanken wieder zur Intensivstation zurückkehrte, steckte immer noch der Schlauch in Colettes Mund und die Nadel in ihrem Arm. Ihre Augen waren noch geschlossen und auch die Maschine piepte noch. Doch meine Handflächen zeigten nach oben und ich hatte mich etwas beruhigt.

»Frankie?«, fragte Mom. »Hast du gehört?«

»Hä?« Als ich den Kopf hob, sahen mich alle an, Mom, Tess und Colettes Mutter.

»Ich hab gesagt, wir versuchen es an einem anderen Tag noch mal«, sagte Mom. »Tess nimmt es zu sehr mit und dich offenbar auch.«

»Nein, mir geht's gut.« Ich sah wieder zu Colette. Auch wenn sie neulich sehr gemein zu mir gewesen war, aber in all den Jahren unserer Freundschaft hatte sie auch oft zu mir gehalten. Und sie hatte wieder Tat oder Schreck gespielt. Plötzlich dachte ich, dass Tess vielleicht recht hatte und Colette sich mit dem Spiel bei mir entschuldigen wollte. »Ich würde gern mit ihr reden.«

»Wirklich?« Colettes Mutter liefen die Tränen über die

sommersprossigen Wangen, aber sie sah froh aus. »Oh, Frankie. Das ist aber wirklich nett!«

»Wenn du bleibst, bleibe ich auch«, sagte Tess.

»Ich möchte es aber allein machen.« Weil Tess die Stirn runzelte, fügte ich schnell hinzu: »Dann bist du an der Reihe, während ich draußen warte.«

»Okay.« Aber wirklich okay schien sie es doch nicht zu finden. Dass ich allein mit Colette sprechen wollte, bedeutete ja nicht, dass ich keine Unterstützung von Tess wollte. Klar wollte ich das, nur nicht direkt neben mir.

Nachdem eine Schwester Colettes Monitore überprüft hatte, gingen alle nacheinander. Tess schniefte noch immer, mir tat sie richtig leid. Und überhaupt fühlte ich mich schlecht, weil ich beim Anblick einer verunglückten Freundin nicht sofort weinte. Ich wäre so gerne mehr wie Tess gewesen.

»Wenn du uns suchst, wir sitzen da draußen bei den Stühlen neben dem Fahrstuhl. In Ordnung, Frankie?«, fragte Mom.

»In Ordnung.« Ich hatte mich die ganze Zeit nicht vom Fleck gerührt, stand immer noch am Fußende von Colettes Bett.

»Wirklich alles in Ordnung?«, fragte sie erneut.

Und wie Colette damals im Schulflur sagte ich: »Alles gut.«

23. KAPITEL

FAKT: DAS ANSCHWELLEN DES GEHIRNS IST EINER DER GRÜNDE DAFÜR, DASS JEMAND INS KOMA FÄLLT.

»SEIT MIA auf unsere Schule geht, hast du dich total verändert«, sagte ich zu Colette. »Und als ihr bei Tess für die Mathearbeit gelernt habt, warst du ziemlich gemein. Nicht ziemlich. Du warst total gemein. Und deshalb bin ich so sauer auf dich.«

Unter normalen Umständen hätte ich mich nie getraut, ihr das zu sagen. Ich rutschte unbehaglich auf dem Stuhl hin und her, wegen des Schlauchs vermied ich es, ihr ins Gesicht zu sehen.

»Aber wie kann man sauer auf jemanden sein, dem es so schlecht geht? Also bin ich wohl nicht mehr sauer.«

Ich dachte daran, wie Colette allen erzählt hatte, dass ich die Klassenarbeiten in einem extra Raum schrieb, obwohl ich das nur manchmal tat. Wie sie gelacht hatte, als Mia meinte, mein Hirn sei ein einziger Tornado. So was Gemeines würde ich hinter ihrem Rücken nie über sie sagen. Und direkt ins Gesicht auch nicht.

Doch dann wurde mir mit einem Mal ganz flau. Auch ich war schon mal gemein zu ihr gewesen.

Colettes Eltern machten gerne Tagesausflüge nach Portland, Seattle oder Olympia, wo sie dann sämtliche kleinen Buchläden und den ganzen Touri-Nepp abklapperten. Colette fand es ätzend, weil sie keine Freundin mitnehmen durfte. Ende Januar, ein paar Wochen vor den Gemeinheiten beim Lernen zu dritt, hatte Colette mal wieder so einen Ausflug mit ihren Eltern machen müssen. Am Montag darauf wartete sie mit einem freudig aufgeregten Emoji-Gesicht und etwas in buntes Papier Verpacktem in der Hand vor meinem Spind.

»Ich hab ein Geschenk für dich!« Colette hielt mir das Päckchen hin. An dem Morgen trug sie einen knallgrünen Pulli, der mich an Frühling erinnerte, obwohl es doch noch mitten im Winter war. »Hab ich in so einem verstaubten ollen Buchladen gefunden. Ich musste es dir einfach kaufen. Es ist wie für dich gemacht. Los, mach auf!«

»Okay …« Ich zog die Augenbrauen zusammen, denn ich fühlte mich total überrumpelt: weil ich Colette sonst nie vor dem Unterricht sah, sie für die Jahreszeit die falsche Farbe trug und mir an einem Montagmorgen ein Geschenk überreichen wollte. Alles traf mich komplett unvorbereitet. Und ehrlich gestanden war es mir auch peinlich, mitten im Flur etwas geschenkt zu bekommen, denn die Leute glotzten uns an, mich, und an dem Tag wollte ich nicht angeglotzt werden. »Ich hab doch gar nicht Geburtstag.«

»Weiß ich doch, du Dummerchen.« Colette zuckte die Achseln und drückte mir das Geschenk in die Hand. »Ich hab's dir einfach so gekauft. Mach auf. Es gefällt dir ganz bestimmt.«

Ich hasse es, wenn man mich Dummerchen nennt. Ich bin nicht dumm.

Aufgebracht sagte ich: »Ich mach's später auf.« Damit wandte ich mich meinem Spind zu, um das Geschenk möglichst unauffällig darin verschwinden zu lassen, denn die Leute guckten schon. Dann bekam ich das Schloss erst nicht auf, wahrscheinlich weil ich wegen Colette abgelenkt war.

»Komm schon, Frankie. Mach es auf!« Colette hüpfte auf und ab. »Und dann will ich wissen, was du am Wochenende gemacht hast! Warst du …«

»Ich hab dich nicht gebeten, mir was zu schenken.« Endlich war es mir gelungen, den Spind zu öffnen und das Geschenk hineinzupfeffern. »Und du hättest es auch nicht mit zur Schule bringen müssen.«

Mein Gesicht glühte. Colette konnte ja nicht wissen, dass ich einen furchtbaren Morgen hinter mir hatte. Durch die Tabletten, die ich nahm, hatte ich das Gefühl, mein Kopf würde jeden Moment wegfliegen. Ich stand komplett neben mir.

»Dann sag ich dir einfach, was drin ist«, rief Colette. »Es ist ein altes Brettspiel. Tornado Rex. Du wirst begeistert sein! Du bist Bergsteiger und musst versuchen, auf einen Gipfel zu klettern, bevor dich der Tornado um…«

»Hör endlich auf damit!«, fauchte ich. Im Flur war viel los, es war laut, nicht alle hörten mich, aber einige, die in der Nähe standen, schon. Und natürlich Colette. Sie sah mich an, als hätte ich ihr ins Gesicht geschlagen. Da hätte ich einfach den Mund halten müssen, doch an dem Tag hatte ich mich überhaupt nicht im Griff. »Ständig sagst du mir, wann ich was tun soll! Du glaubst wohl, du kannst mir Vorschriften machen! Hör endlich auf, mich herumzukommandieren!«

Es klingelte, wir mussten schleunigst zum Unterricht. Colettes Lächeln war erloschen.

Mehrere Sekunden sah sie mich schweigend an, dann schüttelte sie den Kopf. »Schon gut, Frankie. Du kannst es ja auch später aufmachen.«

Nach der Schule, als die Wirkung der Tablette nachgelassen und ich wieder das Gefühl hatte, dass mein Kopf am Körper angewachsen war, packte ich das Spiel aus und probierte es aus. Und Colette hatte recht gehabt. Und wie es mir gefiel! Es war wie für mich gemacht. In der Nachricht, die ich ihr dann schrieb, bedankte und entschuldigte ich mich zugleich. Alles gut, meinte sie bloß.

Aber ein paar Wochen später lachte sie, als Mia mich beleidigte. Also war vielleicht doch nicht alles gut.

»Wir haben uns beide blöd verhalten.« Ich schaute zu Colette auf, aber nur kurz. »Tut mir leid. Das wollte ich nicht.« Den entscheidenden Satz sagte ich zu meinen Schuhen. »Und mir tut es auch leid, dass ich gemein zu dir war, als du dir Fred ausleihen wolltest.«

In dem Moment wurde mir schlagartig klar, dass Colette an dem Abend bloß darauf gewartet hatte, bis ich zum Hausaufgabenmachen rüber ins Cottage gegangen war, denn ich schließe mein Zimmer nie ab. Und auf einmal ergab alles einen Sinn. Obwohl ich nicht dabei gewesen war, sah ich alles genau vor mir:

Colette hatte sich wegen des Umzugs mit ihren Eltern gestritten.

Sie kam zu mir ins Zimmer, um sich Fred zu leihen. Als ich das Notizbuch nicht rausrücken wollte, wartete sie und nahm es sich einfach. Dann zog sie los, um von der Düne zu springen, aber weil es so kalt war, kam sie noch mal zurück, um sich von Tess einen Schal zu leihen. Denn sie wusste, dass sie den später noch brauchen würde. Anschließend stattete sie Marsh einen Besuch ab, bloß weil es da immer so heiß ist, nahm sie für das Video den Schal ab und zog auch den Delfin-Pulli aus. Weil ihre nächste Mutprobe aber draußen stattfinden würde, nahm sie Kais Jacke … ohne zu fragen.

Sie suchte die Meerhexe auf. Die Schule. Und dann …

»Das war wirklich dumm von dir!«, sagte ich bekümmert.

Wäre ich doch bloß schneller draufgekommen. Hätte ich ihr doch noch rechtzeitig helfen können. Dann rief ich mir die schönen Erinnerungen ins Gedächtnis, die Zeit, als unsere Mutproben einfach nur lustig waren und keiner im Krankenhaus landete.

»Kannst du dich noch an die Aktion in der Highschool erinnern, als Tess über die Hürde springen wollte und direkt reingerannt ist?«, fragte ich. »Wir konnten alle drei nicht mehr aufhören zu lachen. Weißt du noch?«

Ich zog die Beine hoch und verknotete sie auf dem Stuhl wie eine Brezel.

»Und weißt du noch, wie sauer du warst, als du auf Tess' Lieblingspferd Prinz reiten wolltest und es sich die ganze Zeit bloß im Sand gewälzt hat? Und deine Mutter war auch sauer, weil sie schon bezahlt hatte und du einfach weggegangen bist.«

Mit dem Fingernagel malte ich mir einen Tornado aufs Knie. »Und wie du bei der Meerhexe die zwei Taten kombiniert hast, Klingelstreich und was Nettes tun, war genial. Als Tess und ich bei der Meerhexe waren, hatten wir höllische Angst vor ihr!«

Ich lachte, weil es im Nachhinein eher lustig war.

»Und als wir einmal …«

Mir tat es gut, über unsere Mutproben zu reden. Überhaupt tat es mir gut, mit Colette zu reden. Auch wenn ich natürlich als Einzige was sagte.

Hin und wieder vergewisserte ich mich, dass sie mich nicht ansah. Tat sie nicht. Die ganze Zeit über hielt sie die Augen geschlossen und rührte sich auch sonst nicht. Trotzdem hatte ich das Gefühl, dass sie mich hören konnte. Beide hatten wir Mist gebaut und dennoch war es jetzt gut zwischen uns, wir waren wieder Freundinnen. Und vielleicht konnte sie in ihren tiefen Komaträumen ja mit mir lachen.

Als ich durch den Krankenhausflur lief, um Tess zu holen, prasselten die Erinnerungen nur so auf mich ein, all die Taten, die Colette, Tess und ich uns getraut hatten. *Einen Teller Spaghetti ohne Hilfsmittel essen. Wie ein Model durch den Schulflur stolzieren. Mitten im Sommer in einem Raum voller Leute »Fröhliche Weihnachten« brüllen.*

Ich war so versunken in meine Welt, unsere Welt, dass mich die beiden Schwestern, die mir entgegengelaufen kamen, fast umgerannt hätten.

In dem Moment habe ich mich nicht gefragt, wohin sie wollten.

Jetzt weiß ich es.

24. Kapitel

Fake: Bei einem Tornado sollte man Schutz unter einer Brücke suchen.

»Bis zum nächsten Mal.« Gabriel lächelte und schlenkerte mit seiner Gitarre. Während der Sitzung hatte er darauf gespielt. Gar nicht schlimm. Und dass ich wieder regelmäßig zu ihm ging, fand ich auch nicht weiter schlimm. Nicht einmal, wenn es wie heute eine merkwürdige Sonntagssitzung war, weil gestern meine beste Freundin beerdigt worden war und Mom sich Sorgen um mich machte.

Mom wartete draußen im Wagen auf mich. Ich sollte unbedingt mit nach Seaside in ein Outlet, um Sommerklamotten zu kaufen. Im Grunde wollte sie mich bestimmt bloß im Auge behalten, falls ich ausflippe oder so. Tess saß hinten mit Kopfhörern auf, ein Skizzenbuch auf dem Schoß und die Augen rot und geschwollen.

»Wie war's?«, fragte Mom. Sobald ich mich angeschnallt hatte, fuhr sie aus der Parklücke. Jemand anders lauerte schon auf den Platz.

»Gut«, antwortete ich. Ich riss einen Müsliriegel auf, die Mom für mich immer im Handschuhfach parat hält, und nahm einen großen Bissen. »Wo ist denn Charles? Wollte er nicht mitkommen?«

»Tyler hat sich krankgemeldet, da musste er die Rezeption übernehmen.« Mom klang gereizt. »Worüber hast du denn mit Gabriel gesprochen?«

»Ist das nicht vertraulich?« Und weil ich beim Sprechen den Mund voll hatte, biss ich mir versehentlich in die Wange.

»Verzeihung«, sagte Mom. »Ich meine ja bloß …«

Weiter kam sie mit ihrem Satz nicht, und mir war es recht, denn ich wollte auch nicht über meine Therapie reden.

»Wann bekommen wir denn Limonade von der Polizei zurück?« Mit der Zunge fuhr ich mir über die Wunde an der Wangeninnenseite.

»Das Fahrrad?« Mom warf mir einen überraschten Blick zu, bevor sie die Augen wieder auf die Fahrbahn richtete. »Ich glaube nicht, dass wir es zurückbekommen. Wahrscheinlich landet es auf dem Schrott. Es ist doch … kaputt.«

»Ich möchte es gerne wiederhaben.« Wieder biss ich in den Müsliriegel, kaute vorsichtig auf der unverletzten Seite und sah mich kurz zu Tess um, die, statt zu zeichnen oder sich am Gespräch zu beteiligen, bloß aus dem Fenster starrte. »Ich möchte es zurück und Charles soll es reparieren. Es soll nicht dem Hotel, sondern mir allein gehören.«

An der Tankstelle bog Mom links auf den Highway 101 ab, denn das Outlet lag in Oregon, im Nachbarstaat. Die Fahrt würde fast eine Stunde dauern, aber ich freute mich schon auf die Astoria Bridge, die ist richtig, richtig lang und extrem cool. Zuerst führt sie ganz flach über den Columbia River, steigt dann aber in schwindelerregende Höhe, damit Schiffe darunter hindurchfahren können. Ich war in Gedanken bei der Brücke, als Mom schließlich antwortete.

»Frankie, ich halte das für keine gute Idee, dass du mit einem Rad durch die Gegend fährst, das …«

Das meiner Freundin das Leben gekostet hat? Ich sprach das natürlich nicht aus. Auch wenn es die Wahrheit war, hätte es Mom und Tess sicher verletzt, und Gabriel erinnerte mich immer wieder daran, meinen Filter aufzubehalten.

»Das ist eine sehr gute Idee«, sagte ich entschlossen.

»Warum?«

»Weil es eine Verbindung zu Colette ist.« Als ich zu meiner Mutter sah, hatte sie Tränen in den Augen.

»Das verstehe ich irgendwie«, sagte sie und wischte sich die Tränen weg. »Du bist ein ganz wunderbares Mädchen, weißt du das?«

Keine Ahnung, warum sie das in dem Moment sagte, aber mir war das unangenehm, deshalb ging ich nicht weiter drauf ein. »Kann ich nun das Rad haben?«

»Versprechen kann ich's nicht, aber ich werde bei der Polizei nachfragen. Wollen wir ein bisschen Musik hören?«

Nachdem ich einen Sender gefunden hatte, der mir gefiel, stellte ich die Sitzlehne ein wenig zurück und betrachtete die vorbeiziehende Landschaft. Über lange Strecken passierten wir dichten Wald – durch so einen Wald war auch Colette gefahren. Und irgendwann wich der Wald auf einmal dem Meer, blau und bildschön erstreckte es sich bis ins Unendliche.

Als wir über die Brücke fuhren und sich die Sonne im blaugrünen Wasser spiegelte, dachte ich an meine Sitzung mit Gabriel vorhin. Ich hatte ihm erzählt, dass auf Colettes Beerdigung gestern alle geweint hatten, selbst der Pfarrer, der ja ständig Leute beerdigt. Und alle unsere Mitschüler.

Am heftigsten aber Tess, so wie jeden Tag seit Colettes Tod. Bloß ich hatte keine einzige Träne vergossen. Und das machte mir zu schaffen, bis Gabriel einfach sagte: *Jeder trauert anders.*

Bei vielen Dingen im Leben bin ich die Außenseiterin. Ich bin immer anders. Jedenfalls fühlt es sich so an. Doch Gabriel meinte: »Der Tod schaltet alle Regeln aus. Beim Trauern gibt es kein Normal.«

Wenn es kein Normal gibt, gibt es auch kein Unnormal.

Heute trauerte ich, indem ich mich über die coole Brücke freute und darüber, dass nur noch ein Monat Schule war, statt an Colette zu denken, denn heute fühlte es sich einfach zu schrecklich, zu schmerzhaft an.

An anderen Tagen dachte ich an sie, an ihr breites Grinsen und ihr Lachen, das manchmal viel zu laut war; dass sie für Fotos wie ein Model posierte; wie sie mich verletzt hatte, wie ich sie verletzt hatte; wie sie verunglückt war. Und ich redete mit ihr. Manchmal trauerte ich auch, indem ich in Fred las und mir unsere gemeinsame Zeit in Erinnerung rief. Die ganzen Mutproben. Die Geburtstage. Die peinlichen Momente. Einfach alles.

Meine Trauer war nicht jeden Tag gleich. Und sie glich auch nicht der Trauer der anderen. Sie war weder falsch noch richtig. Sie war weder unnormal noch normal.

Sie war einfach so, wie sie war.

25. KAPITEL

FAKT: SICH VON DEN VERWÜSTUNGEN EINES TORNADOS ZU ERHOLEN, KANN JAHRE DAUERN.

ES WAR ANFANG JUNI, am Abend vor meinem letzten Schultag. Ich kletterte mit meinem Handy ins Bett, um die Tornado-App zu checken. Vor Colettes Verschwinden hatte ich das jeden Abend vorm Einschlafen getan. Ich wollte wieder zu meinen alten Gewohnheiten zurückfinden.

»Gestern gab es einen Tornado der Kategorie EF2 in Colorado Springs«, sagte ich laut. »Der hat aber nur ein paar Minuten gedauert.«

»Hhmm«, raunte Tess nebenan. Weil die Verbindungstür offen stand, hörte ich auch jedes Mal, wenn sie einen Buntstift zurück in die Box legte.

»Was zeichnest du?«, fragte ich.

»Colette«, antwortete sie leise.

»Geht's dir gut?« Aus meinem Mund hörte sich die Frage seltsam an. Ich übte, mich in andere einzufühlen.

»Glaub schon?«, antwortete sie. Keine Ahnung, was ich als Nächstes sagen sollte. Eine Weile lauschte ich der Brandung und überlegte. Doch dann sagte Tess: »Ich bin traurig.« Ihr Stift kratzte übers Papier. Aus irgendeinem Grund bildete ich mir ein, dass sie gerade an Colettes Augen arbeitete. »Mom möchte, dass ich diesen Sommer ins Kunst-Camp gehe. Das Camp ist in Boston, da könnte ich dann bei Tante Maureen wohnen. Mom meint, es täte mir gut, mal rauszukommen.«

»Willst du das denn?« Der Gedanke, dass Tess den Sommer über in Boston verbringen könnte, behagte mir gar nicht. War sie doch die einzige Freundin, die mir geblieben war. Ich wäre komplett allein. Na ja, ich hatte noch Kai.

»Weiß ich nicht«, antwortete sie. »Im Moment weiß ich gar nichts.«

»Du weißt mehr als ich.«

»Ich weiß nicht, ob es mir je wieder gut gehen wird«, meinte sie traurig. »Ich hoffe es.«

»Ich auch. Ich meine, ich hoffe, dass es dir wieder gut geht. Und ich hoffe, mir auch.«

»Wird es, Frankie.«

»Das kannst du doch gar nicht wissen.« Stimmte ja auch, aber Tess verstummte. Ob ich schon wieder falsch reagiert hatte?

Manchmal wünschte ich mir, Gabriel würde mir ein Drehbuch fürs Leben geben oder mich über Kopfhörer rund um die Uhr coachen.

Tess und ich widmeten uns wieder unseren Tätigkeiten, ihr Stift schabte übers Papier, und ich las über einen Tornado, der in einem Ort namens Campinas gewütet hatte. Um nachzusehen, wo dieser Ort liegt, öffnete ich die Internet-App auf meinem Handy. Von meiner letzten Suche war noch Viewer eingespeichert. Als ich ins Suchfeld tippen wollte, stach mir plötzlich etwas ins Auge.

In unseren Viewer-Account war ein neues Video eingestellt worden.

»Tess!«, brüllte ich. »Komm schnell her!«

»Was ist denn?« Ganz offensichtlich rührte sie sich nicht aus dem Bett.

»Ich mein' es ernst. Komm her!«

Tess seufzte. Ihr Zeichenblock landete mit einem lauten Knall am Boden. Dann kam sie angetrampelt, im Schlafanzug und mit total zerzaustem Haar.

»Guck mal!« Ich hielt ihr das Handy hin. Es dauerte einen Moment, bis sie es checkte. Sie machte große Augen.

»Wie geht das …«, flüsterte sie und riss mir das Handy aus der Hand, um durch die Seite zu scrollen.

Ich dachte nach.

»Sie ist tot«, sagte ich dann.

»Mein Gott, Frankie, das weiß ich selbst.« Tess schüttelte den Kopf. »Warum musst du bloß immer so …«

»Nein, ich meine ja bloß … ich denke einfach laut«, sagte ich. »Sie kann es nicht selbst hochgeladen haben.«

»Stimmt. Wollen wir es trotzdem anschauen?«

Ich nahm ihr das Handy wieder aus der Hand. »Klar, aber warte mal kurz.« Mein Hirn arbeitete auf Hochtouren. »Außer uns hat keiner das Passwort, also … muss sie das Hochladen selbst gestartet haben und …«

»Und wenn sie das Hochladen gestartet hat, aber gerade kein WLAN hatte? Dann wäre es erst beendet worden, nachdem ihr Handy wieder eine Verbindung hatte.«

»Wenn sie es zum Beispiel am Leuchtturm gestartet hätte«, sagte ich leise.

»Und es nicht wieder zurück in Empfangsnähe geschafft hätte.«

Gemeinsam starrten wir auf das Display.

»Angeblich ist es vor zwei Jahren hochgeladen worden.« Ich zeigte aufs Datum. »Sie muss es geändert haben.«

»Warum bloß?«, fragte Tess.

»Hab ich dir doch schon gesagt, damit wir keine Benachrichtigung bekommen. Wahrscheinlich wollte sie uns mit den Videos überraschen.«

»Von einer Benachrichtigung hast du nie was gesagt.« Tess klang sachlich, kein Stück beleidigt. »Du hast mir irgendetwas von Kai und Dillon und ihrem Skateboard-Kanal erzählt.«

»Ja, aber …« Hatte ich's ihr nun gesagt oder nicht? Ich wusste nur noch, dass ich sofort die Verbindung von Kais Kanal zu Colette gezogen und begriffen hatte, warum sie das Datum verändert hatte, nämlich, um die Videos vor uns geheim zu halten. Und ich dachte auch, dass ich es Tess gesagt hätte. Aber nun konnte ich mich nicht mehr dran erinnern. »Habe ich dir eigentlich erzählt, dass Viewer die Videos alle drei Jahre automatisch speichert?«, fragte ich. »Also sind die alten gar nicht weg … bloß in einer Cloud oder so.«

»Das hast du doch von mir.« Tess schüttelte den Kopf.

Tess setzte sich neben mich aufs Bett, was mir zu nah war, aber ich scheuchte sie trotzdem nicht weg. War ja nur für kurze Zeit. Ich nahm mir fest vor, nichts zu sagen.

Tess rückte dichter an mich ran, um besser sehen zu können. Mit einem Klick auf den *Play*-Button startete ich das Video. Im Video war Colette noch am Leben, jetzt nicht mehr. Darüber verloren wir kein Wort.

»Stell mal den Ton an«, flüsterte Tess. »Ich will hören, was sie sagt.«

»Der ist an, die Videos sind alle ohne Ton«, flüsterte ich zurück.

Tess schnalzte ungehalten mit der Zunge, nahm mir das Handy weg und fummelte an den Einstellungen herum. Dann klickte sie zurück auf Anfang. Beim Klang von Colettes Stimme bekam ich einen Riesenschreck.

»Wie hast du das geschafft?«, fragte ich.

»Schhh!«, machte Tess. Aber ich wurde nicht wütend, denn ich wollte ja selbst hören, was Colette zu sagen hatte.

»Ich will nur mal sagen, dass ich ganz schön Schiss hab!« Colette lachte. Sie stand auf dem Fahrradweg und hielt sich die Kamera vors Gesicht. Einen Helm trug sie nicht. »Wird schon schiefgehen!«

Ihre Fahrt auf dem Rad sahen wir im Zeitraffer. Tess und ich drängten uns aneinander, sie kaute laut an den Nägeln, doch ich war von dem Video so gefangen, dass mich nichts stören konnte, weder ihr Nägelkauen noch ihre Berührung oder überhaupt ihre Anwesenheit auf meinem Bett. Ständig bangte ich, dass Colette vom Weg abkommen würde, doch im nächsten Moment hielt der Zeitraffer an und Colette war am Leuchtturm zu sehen. Sie hatte es geschafft.

Während ich den Gedanken sacken ließ, hörte ich plötzlich Colette sagen: »Frankie, ich weiß nicht, wie du das so lässig geschafft hast, dabei warst du noch viel jünger! Du bist echt mutig.« Sie sah sich um. »Okay, das war's dann hier.«

Damit war das Video zu Ende.

Tess begann zu weinen, ihr Schultern zuckten und versetzten mein ganzes Bett in Schwingung.

»Tut mir leid«, sagte ich. »Ich hätte dir nichts von dem Video sagen sollen.«

»Nein, schon gut«, sagte sie unter Tränen. »Ich fand's schön, sie noch mal zu sehen.« Tess rieb sich die Augen und schniefte. »Waren das alle oder gibt's noch mehr?«

»Ich glaub', mehr gibt's nicht.« Ich scrollte durch die Seite. »Nein, das war's.«

Ich rückte ein wenig zur Seite, damit wir beide etwas mehr Platz hatten. Tess hatte sich eines meiner Kissen geschnappt und drückte es an sich. Mir war das nicht recht, aber wahrscheinlich brauchte sie gerade ein wenig Trost. Wieder wischte sie sich mit dem Ärmel die Tränen weg. Garantiert war das Kissen nachher klitschnass. Tess schniefte und starrte vor sich hin. Im Zimmer war es dunkel geworden, weil ich kein Licht angeschaltet hatte. Die Dunkelheit machte mich müde. Ich rutschte näher an die Wand und lehnte mich ins andere Kissen zurück.

»Kann ich heute Nacht bei dir schlafen?«, fragte Tess. Weil ich nicht gleich antwortete, sagte sie schnell: »Schon gut, Frankie. Du magst ja niemanden bei dir.«

Nein, mag ich auch nicht.

Aber du bist anders.

Du trittst im Schlaf!

Dennoch brauche ich meinen Raum.

Aber du bist so traurig.

Und ich bin auch so traurig.

In mir rangen die beiden Seiten so lange miteinander, bis Tess sich langsam erhob.

»Warte mal.« Ich wollte nicht gefühllos sein. Ich wollte für meine Schwester da sein, wenn sie mich brauchte.

»Schon gut«, sagte Tess wieder. Sie sah so unglücklich aus. »Bis morgen früh.«

Wie gerne hätte ich spontan Ja gesagt. Nicht erst lange grübeln müssen, wie seltsam es wäre, mit einer anderen Person in einem Bett zu schlafen, auch wenn es die eigene Schwester war. Andere Kinder machten Übernachtungspartys. Ich nie. Ich wollte auch mal das Mädchen mit einer Übernachtungsparty sein.

»Warte, Tess«, sagte ich und stand auf. Ich hatte mir einen Kompromiss überlegt, bei dem niemand mir meinen Raum streitig machte und meine Sachen anfasste. »Komm, wir schlafen bei dir.«

EPILOG

VOR MEINEM ERSTEN SCHULTAG als Achtklässlerin saß ich frühmorgens auf einem angeschwemmten Baumstamm am Strand, während Pirat im flachen Wasser die Strandläufer jagte.

Ich holte mein Handy raus und rief Viewer auf. Den ganzen Sommer über hatte ich mir die Videos nicht angeschaut, denn Colette so lebendig zu sehen, war zu schmerzhaft, aber ich hatte mir geschworen, es zu tun, bevor die Schule wieder losging. Und das war in wenigen Minuten, es wurde also höchste Zeit. Jetzt oder nie.

Als ich den Ton voll aufdrehte, kam ich mir noch im Nachhinein blöd vor. Hatte ich doch echt allen Ernstes geglaubt, die Videos wären stumm. Zum Glück hatte Tess das Problem behoben.

Ich schaute mir Colettes letzte Mutprobe an, die Fahrt zum Leuchtturm, und freute mich, dass sie mich mutig nannte. Ich sah mir auch die anderen Videos an, wie sie mit dumpf dröhnenden Schritten durch den Strandhafer rannte, und stellte mir vor, wie sie von der Düne sprang. Wie weit sie wohl gekommen war? Und dann öffnete ich das Gesangsvideo und klickte mich bis zum Lied vor.

Colette stand in der Mitte der Turnhalle und sang aus voller Kehle in ihr tragbares Mikro, das sie schon seit Ewigkeiten hatte. Da ich sie schon oft hatte singen hören, war ich nicht überrascht, wie schön ihre Stimme klang.

Nur das Lied selbst war eine Überraschung.

Letztes Jahr um die gleiche Zeit hatten ein paar Schüler ein Lagerfeuer am Strand gemacht, um das Ende des Sommers zu feiern. Colette und Tess hatten mich gewissermaßen genötigt mitzugehen, obwohl ich lieber zu Hause geblieben wäre, um Tornado Ally zu gucken. Aber sie hatten mich mit Marshmallows bestochen.

Irgendjemand hatte Boxen mitgebracht und Musik lief im Stream. In einem der Unterstände lungerte ein Vater herum, der auch das Feuer angezündet hatte, wahrscheinlich war er dazu abkommandiert, Aufsicht zu führen.

Sobald Tess, Colette und ich angekommen waren, hatten wir uns Stöcke gesucht, unsere Decke ausgebreitet und Marshmallows geröstet. Mit uns waren es vielleicht zwölf oder dreizehn Jugendliche, darunter auch Mia, Colin, Bryce und Marcus, der immer Ärger machte. An dem Abend hatte er Mia mit einem lebendigen Krebs gejagt, bis der Vater aus dem Unterstand geschossen kam und ihn ausschimpfte.

Jedenfalls war Kai auch dabei. Durch die Flammen des Lagerfeuers nahm ich ihn genau in dem Augenblick wahr, als ein Song einsetzte, den ich nun mein Leben lang nicht wieder vergessen werde. Kennt ihr auch solche Songs, die einem mitten ins Herz gehen? So einer war das.

»Du magst ihn, stimmt's?« Colette hatte so leise gefragt, dass es sonst niemand hörte. Ich ließ Kai nicht aus den Augen, er lachte, weil Dillons Marshmallow im Sand gelandet war. Kai stachelte ihn an, ihn trotzdem zu essen. »Frankie, du magst ihn doch?«

»Vielleicht«, flüsterte ich. Colette war die Einzige, der ich das so halbwegs gestanden hatte, und dieses »Vielleicht« war ein Riesenschritt für mich gewesen.

Bestimmt wusste Colette das auch.

Ich setzte das Video wieder auf Anfang.

»Gleich kommt die Mutprobe, aber vorher muss ich dir noch was sagen.« Als sie einen Schritt vom Handy zurücktrat, wäre sie fast auf dem glatten Hallenboden ausgeglitten. »Ich weiß, dass du sauer auf mich bist.« Colette senkte den Blick, schaute auf ihre abgestoßenen weißen Turnschuhe, auch in der Hinsicht hatte ich recht gehabt. »Ich glaub', ich weiß auch, warum, und ich schäme mich dafür.« Mit besorgtem Gesicht sah sie hoch. »Wenn du dir meine Videos mit unseren alten Mutproben anschaust, siehst du vielleicht, wie leid es mir tut. Was Besseres fällt mir nicht ein, um dir zu zeigen, wie sehr ich unsere Freundschaft vermisse. Dieses seltsame Spiel, das du dir ausgedacht hast, gehört für mich zum Schönsten, was wir zusammen gemacht haben. Und wenn du die Videos siehst, willst du hoffentlich wieder meine Freundin sein, denn ich ziehe bald weg, und ich ertrag' es nicht, wenn du mir dann immer noch böse bist.«

Colette schniefte mit gesenktem Kopf, dann holte sie tief Luft. Zog den Saum ihres Pullis runter, warf die roten Haare zurück und räusperte sich. Dann sah sie sich um, wohl um sich zu vergewissern, dass sie allein war.

»Okay, Frankie, dieses Lied ist für dich.«

Und dann sang sie mein Kai-Lied.

Auch wenn es Colette war, die da sang, und nicht die Originalband, berührte es mich genauso wie letzten Sommer am Lagerfeuer. Nachdem sie sich in die Schule geschlichen hatte, sang sie, als wäre sie in einer Castingshow, sie gab alles. Und das machte mir Mut fürs neue Schuljahr. Überhaupt machte es mir Mut. Colette inspirierte mich.

Ich wischte die Tränen weg, die schließlich doch geflossen waren, aber nicht auf Knopfdruck, genau wie Gabriel gesagt hatte. Ich warf das Stöckchen, das Pirat mir gerade vor die Füße gelegt hatte, und schrieb Kai.

Frankie
Hallo

Er antwortete umgehend.

Kai
Wie geht's?
Wie war dein Sommer?

Frankie
Ganz gut.
Freust du dich auf die Schule???

Kai
Ich freue mich, nicht mehr im Seniorendorf festzustecken.
Bloß alte Leute.
So schlimm war's auch nicht.
Ich musste mit meinem Opa jeden Tag Karten spielen.

Frankie
LOL
Also, ich wollte mal fragen …

Kai
???
Ähm … was tippst du denn so lange?

Ich werde langsam nervös.
Frankie?
Soll ich dich Frances nennen, damit du reagierst ...

Frankie
Wieder da
Pirat wollte, dass ich ihr Stöckchen werfe
NENN MICH JA NICHT FRANCES

Kai
LOL, kapiert
Also ... was???

Ich holte tief Luft.

Frankie
Ich wollte einfach mal fragen, ob ...
Willst du mal 'ne Mutprobe mit mir machen?

Und die Antwort kam im Nu.

Kai
JA
Heute
?

Mir kribbelte der Bauch und meine Wangen glühten. Gut, dass ich allein am Strand war. Hunde kümmert es ja zum Glück nicht, wenn man verlegen ist.

Frankie
Nach der Schule an der Bratpfanne ... um vier?

Kai

Okay!!

Ich schickte ihm ein Daumen-hoch-Emoji und er mir ein Smiley, daraufhin steckte ich mein Handy weg, auch wenn ich ihm gerne gleich noch mindestens fünfzig Smileys geschickt hätte. Gabriel wäre stolz auf mich.

In dem Moment wusste ich es noch nicht, schließlich bin ich ja keine Hellseherin, aber später sollte Kai mich bitten, seine Hand zu halten, und das tat ich auch, eine volle Minute lang, ohne auszuflippen, denn Kai ist nicht irgendjemand. Er ist Kai. Und seine Hand zu halten, war ein bisschen peinlich, aber auch schön und gar nicht so eklig, wie ich dachte.

Und das ging nur, weil es Veränderungen gegeben hatte. Vor Veränderungen hat mir immer gegraut, weil ich dachte, sie wären grundsätzlich schlecht. Und klar hatte sich in letzter Zeit so einiges zum Schlechten verändert. Aber ein bisschen was auch zum Guten, ich hatte mich nämlich verändert. Da saß ich nun auf dem Baumstamm und grinste bis über beide Ohren, so freute ich mich über meine Verabredung mit Kai. Ich war bereit für die achte Klasse. Ich fühlte mich älter. Nicht mehr so allein. Eigentlich ganz okay.

Und es war auch okay, dass ich Colettes Tod noch nicht verwunden hatte.

Bisher wollte ich mich nie lange mit Dingen beschäftigen. Wenn man von Kindern gehänselt wird, die man gar nicht kennt, lohnt es sich nicht, weiter darüber nachzudenken. (Wenn man sie kennt, ist es schon schwieriger.) Aber früher habe ich solche Situationen anschließend immer ausgeblendet. Gabriel hätte dafür sicher das passende Therapeuten-Wort parat.

Doch dann kam Colette ... Über ihren Tod konnte ich nicht so einfach hinweggehen. Seit sie nicht mehr da war, fühlte es sich an, als würde ein schwerer Stein auf meinem Herzen lasten. Wie lange das so bleibt, weiß ich nicht, vielleicht für immer. Doch jetzt weiß ich endlich, dass unsere Freundschaft nie wirklich zerbrochen ist, und das hilft mir ein winziges bisschen. Und deshalb war es auch okay, sich nicht okay zu fühlen. So lange es eben dauern würde.

»Ich vermisse dich«, sagte ich zu Colette, in der Hoffnung, der Seewind würde meine Botschaft zu ihr tragen, wo auch immer sie jetzt war. Ich wartete eine Weile, aber es kam keine Antwort. Trotzdem hatte ich das Gefühl, dass sie mich gehört hatte.

Ich stand auf und streckte mich; gleich musste ich noch meinen Rucksack aus dem Hotel holen. Aber bevor ich Pirat zu mir rief, bevor ich den nächsten Schritt in meinem Leben machte, hielt ich noch ein paar Sekunden inne. Irgendwie fühlte ich mich anders, besser.

Als ich an mir runterschaute, sah ich, dass ich unwillkürlich die Handrücken an die Jeans gepresst hatte.

Das Gesicht dem Meer zugewandt, stand ich an dem Strand, wo wir so viel Zeit gemeinsam verbracht hatten, mit dem Gefühl, dass alles okay und zugleich nicht okay war; ich stand da, wie meine Freundin Colette es mir beigebracht hatte:

mit offenen Händen.

ANMERKUNG DER AUTORIN

NEURODIVERS IST ein ziemlich neuer Begriff für Menschen mit Entwicklungsstörungen wie Legasthenie, Aufmerksamkeits-Defizit-Syndrom (ADHS), Tourette-Syndrom, Zwangsstörungen und Autismus. Bevor ich mit *Tornado im Kopf* anfing, hatte ich das Wort noch nie gehört, obwohl ich etliche Menschen kenne und liebe, die gerade in diese Kategorie fallen. Bis dahin hatte ich sie mit positiven Begriffen beschrieben: aufgeweckt, kreativ, komisch, neugierig und erfindungsreich.

Nicht immer können sie sich auch so sehen, denn das Leben mit einer Entwicklungsstörung weckt oft ganz andere Gefühle. Dann halten sie sich für dumm, andersartig und sonderbar, fühlen sich isoliert. Laut dem amerikanischen Gesundheitsministerium leidet jedes sechste der 74,2 Millionen Kinder in den USA unter einer Entwicklungsstörung. Diese Menschen stehen also nicht allein da, auch wenn es sich für den Einzelnen so anfühlen mag.

Es wäre schön, wenn *Tornado im Kopf* neurodiversen Leserinnen und Lesern helfen könnte, sich weniger isoliert zu fühlen. Frankie hat einen einzigartigen Blick auf die Welt, und ich hoffe, dass sich durch ihre Geschichte neue Sichtweisen eröffnen. Und ich hoffe auch, dass *Tornado im Kopf* neurotypischen Lesern mehr Empathie ermöglicht. Neurodiversität ist unsichtbar. Bücher mit neurodiversen Protagonisten können zu mehr Verständnis beitragen.

In der Computerzeitschrift *Wired* erschien 2013 ein Artikel, in dem stand: »In einer sich immer schneller ändernden Welt hat unsere Zivilisation eine größere Chance, in einer ungewissen Zukunft zu bestehen, wenn sie Neurodiversität anerkennt und fördert.«

Eine größere Chance, in der Zukunft zu bestehen.

Das ist ganz und gar nicht dumm.

DANKSAGUNG

LEST IHR AUCH gerne Danksagungen? Dann haben wir was gemeinsam. Trotzdem will ich mich kurz fassen.

Ich danke allen, die dieses Buch ermöglicht haben: Dan Lazar, Cecilia De La Campa, Torie Doherty-Munro und Alessandra Birch von Writers House sowie Stacey Barney, Jen Klonsky, Chandra Wohleber, Caitlin Tutterow, Vanessa DeJesús und der gesamten Marketingabteilung von G.P. Putnam's Sons. Stacey und Jen – unsere Telefonkonferenz, als ich bei euch unter Vertrag kam, werde ich nie vergessen! Ich danke auch Agent_innen und Lektor_innen rund um den Globus, die Frankie ins Herz geschlossen haben und sie nun Leserinnen und Lesern weltweit zugänglich machen.

Besonders dankbar bin ich den Autor_innen folgender Webseiten, die es mir ermöglicht haben, mein Wissen über Tornados auszubauen, das teilweise noch aus meiner Kindheit stammte: *National Geographic, HowStuffWorks, Scientific American, LiveScience* und *Weather.com*. Jane McGonigal, der Autorin von *Superbetter*, für den Tipp, die Handflächen nach oben zu drehen, wenn man sich gestresst fühlt. Und meiner Schwester, die mir *Superbetter* im richtigen Augenblick vor die Haustür gelegt hat.

Danken möchte ich aber nicht bloß meiner Schwester, sondern meinem ganzen Umfeld: Schwestern und Brüdern,

Schwägerinnen und Schwagern, Eltern, Tanten und Onkeln, Nichten und Neffen, miterziehendem Elternteil der Extraklasse, hundert Jahre altem Opa und den übrigen Menschen meiner weitverzweigten Familie – ob nun verwandt oder nicht – in Oregon, Kalifornien, Wyoming, Colorado und natürlich Washington.

Zum »Evergreen State« Washington fällt mir noch ein, dass ich den Bewohnern von Long Beach danken möchte, dass sie mir so ein passendes Setting für Frankies Geschichte geschenkt haben. Wäre das ein Poesiealbumspruch, stünde da: »Bleibt, wie ihr seid!«

Und du, Jon, bleib bitte auch, wie du bist. Du bist mein Long Beach. Du hast mich an meinen persönlichen Glücksort geführt und ihn sogar noch besser gemacht – du entzündest Lagerfeuer im Regen, entwirrst Drachenschnüre, heckst Fahrradtouren aus, lässt dich zu Recherchetouren breitschlagen und lachst mit mir, wenn ich mich bei Cluedo zu sehr grusele. Danke, dass du mir bei der Entstehung des Buches beigestanden hast und mir auch sonst immer beistehst.

Besonders danken möchte ich auch meinen Töchtern. Ihr seid schlicht und ergreifend mein Ein und Alles. Ihr inspiriert und unterstützt mich wie niemand sonst: du, L, mit deiner Kreativität und Aufrichtigkeit, du, C, mit deiner unermüdlichen Aufmunterung und deinem Lektorinnenblick. Das hier ist unser Buch, ohne euch wäre es undenkbar. Ich liebe euch mehr, als ihr euch vorstellen könnte.

Zum Schluss möchte ich noch allen Frankies danken, die sich damit abmühen, in einer Welt zu bestehen, die nicht für euch gemacht wurde. Wer anders tickt, steht vor vielen Herausforderungen. Vergesst nicht, ihr seid nicht allein, auch wenn es euch manchmal so vorkommen mag.

Gemeinsam können wir anerkennen, dass wir alle unterschiedlich sind. Können uns von der Kreativität und einzigartigen Sichtweise von Menschen wie Frankie anstecken lassen, statt alle in dieselbe Schublade zu stopfen. Mal ehrlich, das wäre doch eine ziemlich öde Schublade, wenn wir alle gleich wären.

Danke, liebe Leserinnen und Leser, dass ihr alle einzigartig seid. Ganz gleich, wie es in eurem Kopf zugeht.